LE DUC BOUTE-EN-TRAIN
LES INSAISISSABLES
LIVRE DOUZE

DARCY BURKE

Traduit par
SOPHIE SALAÜN

Zealous Quill Press

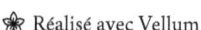

LE DUC BOUTE-EN-TRAIN

Témoin de la façon dont l'amour a rendu son oncle amer et a brisé son père, Felix Havers, comte de Ware, a fait le serment de ne jamais aimer. Il dissimule ses émotions derrière une façade d'esprit et de charme, et il est considéré comme le maître des divertissements, qu'il s'agisse de fêtes, de pique-niques ou de courses. Lorsque la discrète sœur de son meilleur ami doit se trouver un mari, il promet de faire d'elle la coqueluche de Londres… sans y perdre son cœur.

Mlle Sarah Colton a renoncé à l'idée de se marier. Lorsque ses parents apprennent qu'elle a l'intention d'ouvrir une chapellerie, ils lui posent un ultimatum : elle doit choisir un mari ou ils le feront à sa place. Elle accepte l'aide de Felix, sans se douter que leur projet va faire naître une attirance mutuelle à laquelle aucun d'entre eux n'ose se laisser aller. Mais lorsque la tragédie frappe, pourront-ils se guérir mutuellement, ou les démons du passé de Felix les consumeront-ils tous les deux ?

CHAPITRE 1

Londres, mai 1818

*E*st-ce un autre nouveau chapeau, mademoiselle Colton ?

Sarah porta une main sur le côté de son bonnet couleur émeraude, garni d'un ruban rayé de kaki et orné de fleurs jaune vif au centre kaki.

— Oui.

Mme Wetherell fit claquer sa langue.

— Il est absolument stupéfiant. Où l'avez-vous acheté ? Il me faut quelque chose comme cela.

— Enfin, pas *exactement* comme cela, j'espère.

Sarah afficha un sourire modeste, et l'amie de sa mère rit gaiement.

— Bien entendu, pas exactement le même, confirma Mme Wetherell. Mais ce ruban rayé est superbe. Il met magnifiquement en valeur le vert de votre robe.

La robe de promenade de Sarah était d'un vert émeraude, agrémentée d'une ceinture ivoire. Le ruban rayé et les fleurs jaunes étaient un choix audacieux selon sa mère, mais elle pensait qu'ils s'accordaient parfaitement.

— Merci, dit la jeune femme, rayonnant intérieurement.

Lavinia, marquise de Northam et amie la plus chère de Sarah, s'approcha avec un large sourire.

— Sarah, tu es particulièrement ravissante aujourd'hui, dit-elle avant d'adresser un signe de tête en direction de Mme Wetherell. Bonjour. J'espère que vous ne voyez pas d'inconvénient à ce que je vous vole Mlle Colton ?

Mme Wetherell fit une brève et superficielle révérence.

— Pas du tout, my lady.

Sarah passa son bras dans celui de Lavinia et l'éloigna du groupe de dames qui s'étaient rassemblées pour assister aux courses de l'après-midi.

— Merci de m'avoir secourue. Je dois placer mes paris.

Lavinia plissa légèrement les yeux en jetant un regard en coin à Sarah.

— Combien d'argent as-tu gagné sur ces courses ?

C'était la troisième semaine d'un tournoi, et il en restait encore deux.

Sarah haussa les épaules et les entraîna vers la table où M. Kinsley recueillait et enregistrait les paris pour les cinq courses de la journée : deux pour les femmes et trois pour les hommes.

— Je ne suis pas en train de devenir riche, si c'est là ta question.

Elle accumulait pourtant une belle somme d'argent, et il était possible qu'elle puisse atteindre son objectif ce jour-là. Si elle avait de la chance.

— Je suppose que tu vas parier sur Lucy et Dartford, dit Lavinia.

— Bien sûr, confirma-t-elle.

Leur amie Lucy, la comtesse de Dartford, participait à l'une des courses féminines, tandis que son mari concourait chez les hommes.

— Je vais aussi miser sur Lady Exeby et M. Wakeham.

— Vraiment ? s'enquit Lavinia, surprise. M. Wakeham plutôt que Lord Ponsford ?

— C'est un pari risqué, mais c'est bien là le but.

Si Wakeham l'emportait, la bourse de Sarah s'en trouverait augmentée exactement au niveau qu'il lui fallait.

— Je suis étonnée que tu n'aies pas pris l'habitude de jouer avec Lucy, dit Lavinia avant d'agiter la main. Peu importe. Tes parents seraient horrifiés.

Furieux était sans doute un terme plus approprié. Ils avaient remarqué qu'elle pariait lors d'événements sociaux, mais ils ignoraient sur quoi exactement. Son père venait rarement au parc et sa mère restait à l'écart des courses, qui étaient de toute manière destinées aux plus jeunes.

— La seule raison pour laquelle ma mère me permet d'y assister est qu'il y a des célibataires.

Alors qu'elle en était à sa quatrième saison, Sarah ressentait une intense pression de la part de ses parents pour se marier. Pour sa part, la seule urgence qu'elle éprouvait était celle d'être heureuse, et le mariage seul ne suffisait pas. D'un autre côté, épouser un homme qu'elle *aimait*…

Mais elle ne s'y attendait pas. Elle était fatiguée d'espérer quoi que ce soit, d'anticiper quelque chose, ou quelqu'un. Elle était prête à construire son propre avenir.

— Tu n'as pas dit sur qui tu comptais parier dans la course de Saint-Ives, remarqua Lavinia en arquant un sourcil auburn.

Le comte de Saint-Ives avait semblé sur le point de faire la cour à leur amie Fanny, mais celle-ci avait brusquement quitté la ville, se retirant à la campagne avec sa sœur qui attendait son deuxième enfant.

— Saint-Ives est de loin le meilleur concurrent, dit Sarah.

Lavinia se renfrogna.

— Mais nous lui en voulons parce qu'apparemment, il pourrait avoir fait fuir Fanny.

Elles en avaient discuté, et en étaient arrivées à cette conclusion. Elles avaient écrit à leur amie pour l'interroger sur sa relation avec lui, mais elles n'avaient toujours pas reçu de réponse.

Sarah souffla.

— Malgré cela, je vais parier sur lui.

Lavinia la toisa d'un regard narquois alors qu'elles arrivaient à la table des paris.

— Tu essaies vraiment de gagner de l'argent.

Laissant échapper un rire nerveux, Sarah retira son bras de celui de Lavinia pendant que le beau M. Kinsley, qui était aussi le secrétaire du comte de Saint-Ives, prenait ses paris.

Il grimaça lorsqu'il en arriva à la course de son employeur.

— Je crains que Saint-Ives n'ait déclaré forfait pour la course du jour.

Sarah fronça les sourcils.

— Pourquoi ferait-il cela ? Il était presque certain de se retrouver en finale avec Dartford dans deux semaines.

— Il a dû quitter la ville.

Elle échangea un regard avec Lavinia, qui haussait les sourcils à l'instar de Sarah.

Celle-ci reporta son attention sur M. Kinsley en murmurant :

— Vraiment ?

— S'est-il rendu dans le Yorkshire ? s'enquit Lavinia, qui manquait souvent de subtilité.

M. Kinsley esquissa un sourire.

— Je n'en suis pas tout à fait certain.

Sarah et Lavinia échangèrent à nouveau un regard qui traduisait sans un mot leur extrême scepticisme à *ce sujet*.

— Eh bien, nous espérons qu'il est allé dans le Yorkshire, dit Sarah en lui tendant son argent.

M. Kinsley acheva d'enregistrer ses paris, puis la jeune femme quitta la table avec son amie.

Dès qu'elles se furent un peu éloignées, Lavinia demanda :

— Devrions-nous écrire à Fanny pour l'informer qu'il a quitté la ville ?

— Et s'il ne se rendait pas dans le Yorkshire ? Nous ne devrions pas intervenir.

Lavinia laissa échapper un soupir de frustration.

— Tu as raison. Je n'aimais pas quand Beck essayait de s'immiscer dans les affaires de cœur.

Son mari, Beck, qui s'était décrit lui-même comme le duc Galant, avait inventé des poèmes à l'intention de jeunes femmes dans le but d'accroître leur popularité sur le marché du mariage et d'attirer ainsi l'attention de célibataires désireux de convoler. Il avait écrit au sujet de Sarah et de Lavinia avant que cette dernière ne mette un terme à son « aide ». Si certaines ladies avaient apprécié son soutien, ce n'était pas le cas des autres.

La mère de Sarah avait adoré l'attention portée à sa fille pendant quelques semaines. Mais cela n'avait pas duré. La jeune femme avait également apprécié au début, mais ensuite, elle s'était rendu compte qu'elle n'était qu'une nouveauté, et que les hommes s'intéressaient moins à elle qu'au divertissement créé par l'afflux de notoriété du duc Galant.

Sarah regarda les véhicules rassemblés pour les courses, puis elle jeta un coup d'œil à Lavinia.

— Es-tu triste de ne plus être en course pour le championnat ?

Lavinia, qui avait perdu sa course au deuxième tour, haussa une épaule.

— Un peu, mais je n'ai jamais été vraiment dans la compétition. Ces autres femmes ont bien plus d'expérience que moi. L'an prochain, je serai une adversaire redoutable.

Elle agita les sourcils en souriant.

— Crois-tu que Felix recommencera à organiser les courses l'an prochain ? s'enquit Sarah.

— Pourquoi pas ? Qu'aurait-il de mieux à faire ? Ce n'est pas comme s'il allait se marier.

C'était vrai.

Le regard de Sarah se porta sur l'homme en question. Felix Havers, le comte de Ware, se tenait à côté de l'estrade d'où il ferait ses annonces, entouré du mari de Lavinia, le marquis de Northam, que tous appelaient Beck, et du frère de Sarah, Anthony. Ils avaient connu Felix presque toute leur vie. Anthony et lui avaient huit ans lorsqu'il était venu avec son père séjourner chez eux. Sarah n'avait que quatre ans à l'époque, et le seul souvenir qu'elle gardait de ce jour-là, c'était que les garçons avaient caché ses chaussures favorites. Ils les avaient d'ailleurs si bien dissimulées qu'elles n'avaient jamais été retrouvées. La petite fille avait pleuré pendant des jours.

— Mais qu'en est-il de toi ? demanda Lavinia, jetant un regard à Sarah. Y a-t-il des célibataires qui auraient attiré ton attention ?

Sarah pinça les lèvres.

— Tu le saurais, si c'était le cas.

— L'homme qu'il te faut finira par arriver, affirma Lavinia avec une grande confiance. Sans doute au moment où tu t'y attendras le moins, comme cela s'est produit pour Beck et moi.

Ses yeux se portèrent sur son mari, qui était justement tourné dans sa direction, et ils échangèrent un long regard intime qui fit se nouer d'envie le ventre de Sarah.

Elle s'en voulut aussitôt. Elle ne jalousait absolument pas le bonheur de son amie. Elle trouverait le sien, et elle n'avait pas besoin d'un homme pour cela.

— Et si nous les rejoignions ? proposa Sarah avec un sourire, consciente que Lavinia voulait être avec son mari.

— Si cela ne te dérange pas, répondit Lavinia, un peu penaude.

Sarah rit doucement.

— Pas du tout.

Deux femmes arrivèrent avant elles, et leur but était clair.

— Pourquoi avez-vous cessé de demander d'offrir des faveurs ? s'enquit l'une d'elles auprès de Felix.

Sa voix comportait un soupçon de pleurnicherie, et elle avait l'air plutôt déçue. Son amie, en revanche, regardait Felix avec une pointe d'hostilité.

Lors des deux premières fois où ils s'étaient réunis pour des courses, Felix avait demandé que des faveurs soient offertes aux conducteurs. Pour le premier tournoi, seules les femmes avaient été invitées à en proposer une aux pilotes masculins : si la leur était choisie, elles montaient à bord. Quand elles s'étaient plaintes, Felix avait enjoint aux hommes d'offrir des faveurs lors de la série de courses suivante.

Felix sourit chaleureusement aux deux femmes.

— Même si c'était incroyablement divertissant, quelques conducteurs m'ont confié qu'il était perturbant d'avoir une passagère avec eux, alors par souci de sécurité, j'ai décidé de mettre un terme à cette pratique. J'espère que vous n'êtes pas trop déçue. J'en serais très contrarié, affirma-t-il, posant une main sur son torse, leur adressant un regard solennel.

Les deux femmes semblèrent fondre sous son charme, et

elles parlèrent en même temps, soucieuses de lui assurer qu'elles comprenaient. Sarah leva les yeux au ciel. Si elles espéraient séduire Felix d'une manière ou d'une autre, elles allaient être très déçues.

Après le départ des deux ladies, Lavinia regarda le jeune homme en cillant.

— Quelqu'un d'autre que moi s'est-il plaint ?

— En fait, oui, c'est le cas, admit Felix. Même si, dans son cas, je ne suis pas certain que sa passagère ait eu quelque chose à voir avec sa défaite.

— Beck était à l'origine de la mienne, en tout cas, répondit Lavinia, jetant un regard brûlant à son mari. Très distrayant…

Beck inclina la tête en guise d'excuses, mais il ne semblait pas éprouver de remords.

Anthony se tourna vers Sarah.

— Je vois que tu as encore placé des paris. Nos parents sont-ils au courant ?

Sarah lui jeta un regard noir.

— Qu'en penses-tu ? Tu ferais mieux de ne pas le leur dire.

Anthony s'esclaffa.

— Je n'oserais pas. Mais j'aimerais te demander ce que tu comptes faire de tous tes gains. Il semble que tu aies été plutôt chanceuse ces deux dernières semaines.

— La chance n'a rien à voir là-dedans, répondit-elle d'un ton guindé.

— Ta sœur a l'œil pour repérer les gagnants, intervint Felix, dont les yeux verts étincelaient dans la lumière chaude du soleil.

Il adressa un clin d'œil à Sarah, qui hocha la tête en signe d'appréciation.

— C'est dommage que Saint-Ives ait déclaré forfait.

Felix acquiesça.

— Il me l'a annoncé hier soir au club, et j'ai essayé de le convaincre de rester.

— Se rend-il dans le Yorkshire ? s'enquit Lavinia.

— Il ne l'a pas dit, répondit Felix, une pointe d'excuse dans la voix. Je n'ai pas posé la question non plus.

Lavinia secoua la tête.

— Vous les hommes, vous n'êtes pas doués pour recueillir des informations.

— Nous ne sommes pas des commères ! argumenta Anthony en riant.

— Ce ne sont pas des ragots. Nous sommes tous amis. Nous partageons des informations, répliqua Lavinia, pinçant brièvement les lèvres. Ou du moins, nous devrions.

Sarah se tourna vers son amie, qui n'avait pas toujours partagé toutes les informations les concernant, Beck et elle. Lavinia parut avoir compris ce que la jeune femme ne disait pas, car ses joues prirent une légère teinte rosée, et elle murmura :

— Peu importe. Ce ne sont pas nos affaires.

Certes, mais tout comme Lavinia, Sarah se souciait de leur amie Fanny, et elle espérait que Saint-Ives et elle vivraient une vie digne d'un conte de fées.

Et Sarah se retrouverait seule.

— Il est temps de commencer, dit Felix.

Il plaça le porte-voix devant sa bouche et annonça la première course féminine, à laquelle participeraient leur amie Lucy et Mme Jermyn.

La piste était en forme de boîte à trois côtés avec des angles vifs qui nécessitaient de savoir tourner de manière experte. Le parcours avait été allongé après la première semaine, et il ressemblait plus à un U. Il fallait de l'habileté et du sang-froid, deux choses qui manquaient à Sarah lorsqu'il était question de faire la course avec un véhicule. Elle savait monter à cheval et galoper comme pour fuir un incendie, mais elle préférait conduire à un rythme serein et régulier.

Lucy et Mme Jermyn se placèrent sur la ligne de départ, qui se trouvait à droite. L'estrade de Felix était placée au centre du côté ouvert de la piste à trois côtés. De là, il pouvait voir toute la course et crier ses commentaires à mesure qu'elle progressait.

Anthony lui tendit une cloche, que Felix fit sonner bruyamment pour indiquer le départ.

Sarah retint son souffle alors que les deux phaétons s'élançaient. Mme Jermyn prit la tête à l'approche du premier tournant. Lucy était d'une efficacité redoutable dans les virages, et cette fois ne fit pas exception. Elle était à l'extérieur, mais elle accéléra et parvint à rouler à côté de Mme Jermyn sur la ligne droite lorsqu'elles se dirigèrent vers le second virage.

— La duchesse Audacieuse est prête à prendre la tête. Mme Jermyn va devoir rattraper son retard au prochain virage, cria Felix dans le porte-voix.

Les spectateurs étaient rassemblés au centre de la piste à trois côtés, et la plupart d'entre eux se tenaient près de l'arrivée. L'époux de Lucy, le comte de Dartford et propriétaire du surnom de duc Audacieux, n'arrivait pas à rester immobile en regardant sa femme prendre le deuxième virage. Comme pour le premier, elle fut plus rapide, et cette fois, elle prit de l'avance alors qu'elles filaient vers la ligne.

Au final, le résultat ne fut pas très serré, puisque Lucy la franchit en premier.

— Et nous avons notre première participante au championnat féminin ! s'écria Felix. La comtesse de Dartford !

Sarah se joignit aux acclamations fortes et bruyantes, calculant mentalement ses gains. Si elle pouvait gagner dans la course de Wakeham, elle aurait ce qu'il lui fallait.

Sarah et Lavinia allèrent féliciter Lucy, qu'elles connaissaient : c'était une amie proche de la sœur de Fanny. La comtesse était folle de joie, et la fierté qui se lisait sur le visage de son mari était presque aussi éclatante que le soleil.

Felix annonça qu'il était temps de se préparer pour la prochaine course entre Lady Exeby et Mme Childers. Les deux femmes étaient âgées d'une trentaine d'années, et c'étaient d'admirables conductrices. Mme Childers avait un style plus fringant et elle était plus rapide, mais l'habileté et la confiance tranquille de Lady Exeby justifiaient le pari de Sarah.

Celle-ci se rapprocha de l'estrade où se tenait Felix.

— Tu sais que tu as la meilleure vue.

— Effectivement, confirma-t-il en lui souriant. Viens voir.

Il lui tendit la main pour l'aider à monter les marches.

Sarah s'en saisit, et monta sur l'estrade. Elle n'était qu'à environ un mètre du sol, mais elle offrait effectivement un meilleur point de vue. Elle observa la foule et la piste.

— Tu devrais construire des estrades pour tout le monde l'année prochaine.

Il lui jeta un regard entendu.

— Tu penses qu'il y aura une année prochaine ?

— Pourquoi pas ?

Il haussa les épaules.

— Tu me connais, je trouve toujours quelque chose d'autre pour m'occuper l'esprit. En outre, je ne crois pas que je serai autorisé à construire quelque chose d'aussi grand. Cette structure est transportable, mais, comme tu peux le voir, elle est à peine assez grande pour deux personnes.

C'était le cas, en effet. Elle devait se tenir assez près de lui, ce qui n'était pas pour lui déplaire. Felix était le seul gentleman avec lequel elle se sentait parfaitement à l'aise, sans doute parce qu'il était le seul qu'elle n'avait pas besoin d'impressionner.

— As-tu parié sur Mme Childers ou Lady Exeby ? demanda-t-il. Laisse-moi deviner… Mme Childers.

— En fait, non, répondit Sarah.

— Je suis surpris. Tu as fait des paris audacieux ces deux dernières semaines et, d'après les registres, tu as gagné une belle somme.

Sarah tressaillit, puis leva les yeux vers lui, car il mesurait au moins quinze centimètres de plus qu'elle, voire vingt.

— Je t'en prie, dis-moi que tu n'as pas partagé cette information avec Anthony.

— Je ne l'ai pas fait. Les paris des gens sont privés et je n'ai pas à les divulguer, la rassura-t-il avec un regard vers la piste. Tu économises pour quelque chose de précis ?

— Je planifie simplement mon avenir de vieille fille.

Il tourna brusquement les yeux vers elle.

— Pourquoi ferais-tu une chose pareille ?

— Parce que cela me semble prudent ? dit-elle en riant. Si j'ai assez d'argent pour subvenir à mes besoins, mes parents ne pourront pas m'obliger à accepter une situation dont je ne veux pas.

Felix eut l'air légèrement horrifié.

— Quel genre de situation ?

— Un mariage avec un homme que je n'aime pas.

— Hum, ce serait plutôt odieux, murmura-t-il.

Il tourna les yeux vers la ligne de départ où Mme Childers et Lady Exeby se préparaient.

Sarah ricana d'une manière peu élégante, mais elle n'avait jamais ressenti le besoin de se censurer devant Felix.

— Tu penses que le mariage en général est odieux.

Il lui sourit.

— C'est vrai.

— Mais même toi, tu devras finir par céder, car tu as un titre à transmettre.

— Mon cousin est tout à fait capable de devenir comte, protesta-t-il. Mon oncle y veille.

Sarah n'avait jamais rencontré son oncle.

— Voilà qui semble plutôt présomptueux de sa part.

— Cela ne me gêne pas. En fait, c'est plus simple de savoir que je ne suis pas contraint de me marier, expliqua-t-il avec un regard compatissant. Je suis désolé que ce soit ce que tu ressens.

Elle laissa échapper un petit rire creux.

— *Toutes* les femmes ressentent ça, parce que c'est notre devoir.

— C'est vraiment ridicule. Tu devrais pouvoir investir ton argent et vivre ta vie comme tu l'entends.

— C'est très avant-gardiste de ta part, Felix.

— Oui, eh bien, il ne faut pas sous-estimer l'indépendance, dit-il en redressant sa veste. Et maintenant, il faut que je donne le départ de la prochaine course. Veux-tu rester ici pour regarder ?

Un frisson la parcourut.

— Oui, si cela ne te dérange pas.

Il lui adressa un petit sourire.

— Je ne te l'aurais pas proposé si c'était le cas.

Felix mit le porte-voix devant sa bouche et annonça le départ imminent de la course. Les participantes prirent leurs marques, et Anthony s'approcha de l'estrade.

— Que fais-tu là-haut ? demanda-t-il à Sarah.

— Je regarde la course. N'est-ce pas évident ?

Anthony plissa les yeux avec un sourire en coin, et tendit la cloche à Felix.

— Tu ne m'as jamais invité à monter pour regarder.

— Il n'y a pas beaucoup d'espace, et ta sœur est bien plus petite, répondit Felix. Elle est aussi beaucoup plus jolie.

Il adressa un clin d'œil à Sarah, et elle éclata de rire avant de lancer un regard supérieur à son frère.

Anthony secoua la tête, mais il sourit.

— Et maintenant, la course ! cria Felix. Prêtes ? Partez !

Il sonna la cloche, et les femmes prirent le départ.

Lady Exeby semblait avoir un peu de mal à se mettre en route, et Sarah eut un moment d'inquiétude. Peut-être aurait-elle dû parier sur Mme Childers, qui avait été plus réactive. En fait, c'était sans doute le départ le plus rapide de toutes les femmes sur l'ensemble des courses.

— C'est un départ fulgurant de la part de Mme Childers ! cria Felix dans le porte-voix.

— C'est aussi ce que je pense, dit Sarah, dont le cœur s'emballait à mesure que les coureurs approchaient du premier virage. Elle ne ralentit pas du tout…

Mme Childers était folle de prendre le virage à une telle vitesse ! Sarah retint son souffle lorsqu'elle tourna. L'une des roues arrière de son phaéton se décolla du sol, et l'ensemble du véhicule vacilla. Sarah avait entendu parler d'accidents où l'attelage se renversait, mais elle n'avait jamais vu une telle chose. Sans réfléchir, elle agrippa l'avant-bras de Felix et le serra.

Le phaéton bascula, et des cris résonnèrent.

— *Sacré bon sang !*

Le juron de Felix atteignit les oreilles de Sarah, qui se retourna et vit qu'il était devenu complètement blanc.

❧

*F*elix fut saisi d'horreur et pivota brusquement, manquant de faire tomber Sarah de l'estrade. Elle serra plus fort son bras et il l'attrapa par la taille, la tirant vers lui de sorte que leurs poitrines se touchaient presque.

— Mes excuses, murmura-t-il. Je dois y aller.

— Bien sûr.

Elle le contourna pour qu'il puisse descendre les marches. Il lui tendit le porte-voix avant de s'envoler de l'estrade, ses pieds touchant à peine les marches. Puis il s'élança dans l'herbe en direction du lieu de l'accident.

Le ventre noué, il pria pour que Mme Childers ne soit pas gravement blessée. Ou pire.

D'autres s'étaient précipités vers le véhicule renversé, et beaucoup de gens s'y dirigeaient encore. Cependant, Felix fut l'un des premiers à arriver.

Mme Childers était étendue sur l'herbe, le visage pâle, et semblait inconsciente.

Lady Exeby avait arrêté son phaéton et en était descendue. Elle s'agenouilla à côté de son adversaire, l'air effaré, tandis que Felix s'accroupissait de l'autre côté.

— Pourquoi est-elle partie si vite ? demanda Lady Exeby, levant son regard sombre et rempli de larmes vers celui de Felix.

— Charlotte ! Ma Charlotte ! s'exclama Childers, tombant pratiquement à genoux à côté de Felix.

Âgé d'une quarantaine d'années, c'était un homme affable qui avait un penchant pour la boisson. Il semblait d'ailleurs avoir déjà bien bu, si l'on se fiait à la couleur de ses joues et à la puanteur de son haleine. Childers souleva la tête de sa femme et jeta un regard venimeux à Felix.

— C'est de votre faute ! Ces maudites courses !

Felix était horrifié de ce qui s'était produit, mais était-ce sa faute si la femme de cet homme s'était élancée à une allure imprudente ?

— Vous devriez avoir au moins un chirurgien présent ! s'emporta Childers, caressant le visage de sa femme. Réveille-toi, ma chérie.

Les paupières de Mme Childers s'ouvrirent, et elle leva les yeux vers son mari.

— Est-ce que je me suis renversée ?

— Oui. Tu roulais beaucoup trop vite, espèce d'idiote !

— Il n'est pas nécessaire de la traiter d'idiote, murmura Lady Exeby.

Felix regarda le véhicule renversé, mais aussi les deux chevaux effrayés, toujours attachés au phaéton. Dartford et quelques autres gentlemen, y compris Beck, l'ami de Felix, s'occupaient des animaux et s'efforçaient de les libérer du véhicule, tout en essayant de le redresser.

— Comment vont les chevaux ? s'enquit Mᵐᵉ Childers.

Elle avait le regard un peu vague, et les pupilles plus grandes que la normale.

— J'espère qu'ils ne seront pas blessés !

M. Childers confia sa femme à Lady Exeby, surprise, puis se leva d'un bond pour s'occuper des animaux.

Mᵐᵉ Childers jeta un regard perplexe vers Felix.

— Voudriez-vous m'aider à me lever ?

— Bien sûr.

Il saisit sa main et échangea un regard avec Lady Exeby, qui l'aidait de l'autre côté.

Felix fit le plus gros du travail, tirant Mᵐᵉ Childers pour qu'elle se relève. Elle vacilla et il passa son bras autour d'elle pour la stabiliser.

Elle lui adressa un sourire.

— Merci, my lord. Vous êtes très attentionné.

Lady Exeby la lâcha, au grand dam de Felix. Il n'avait pas particulièrement envie de rester là à soutenir Mᵐᵉ Childers.

— Il semblerait que j'aie donné un peu plus de piquant à vos courses, déclara Mᵐᵉ Childers.

Felix maintenait un contact léger.

— Pas volontairement, j'espère.

Elle éclata de rire en réponse.

— Certainement pas. J'ai l'impression que ma tête va se fendre en deux ! Je vais devoir déterminer si le tonique pour les maux de tête de Childy est aussi efficace dans ce cas qu'il l'est pour lui après une nuit d'excès d'alcool.

Childy ?

— Pouvez-vous tenir debout toute seule ? s'enquit Felix.

— Je n'ai pas vraiment envie de le découvrir, répondit-elle en battant des cils, puis elle se rapprocha de lui en baissant la voix. J'ai souvent espéré avoir un moment seule avec vous, my lord. Pour vous montrer mon… *penchant.*

Doux Jésus ! Felix savait qu'il jouissait d'une certaine réputation auprès des femmes mariées, mais il limitait ces liaisons, et elles ne duraient qu'une nuit. De plus, il était très satisfait de sa maîtresse actuelle.

Il s'obligea à afficher un sourire agréable.

— Je suis certain que ce n'est pas le moment d'aborder ce genre de sujets. À cause de votre tête.

Il jeta un regard à son mari.

— N'allez pas croire que Childy s'en offusquerait, my lord, murmura-t-elle. Il arrive à peine à être performant sur le plan physique, et il ne me reprocherait pas d'aller voir ailleurs.

Felix en doutait. Il éleva la voix :

— Lady Exeby, pourriez-vous aider Mme Childers ? Je dois m'occuper des courses.

— Vous n'avez quand même pas l'intention de les poursuivre ? s'enquit Lady Exeby.

Il s'apprêtait à lui demander pourquoi il ne devrait pas quand Sarah arriva.

— Tout va bien, alors ? demanda-t-elle en se tournant vers Mme Childers. Vous semblez être entre d'excellentes mains. Je suis ravie que vous n'ayez pas été blessée. Mon frère est allé chercher un médecin. Ils devraient arriver d'ici un instant. En attendant, vous devriez vous asseoir.

— Elle a raison, dit Lady Exeby. Trouvons un banc.

— Je dois m'occuper de mes chevaux…

Felix regarda Lady Exeby emmener Mme Childers.

— Tu ne peux pas continuer les courses, dit Sarah d'un ton sombre.

— Mais Mme Childers va bien.

— En apparence, mais tu devrais au moins reporter le reste à la semaine prochaine.

Il se renfrogna.

— Cela les ferait traîner encore une semaine. Il en faut déjà une supplémentaire pour l'épreuve masculine.

— Est-ce un problème ? Ce n'est pas comme si les gens se lassaient de ces événements, dit-elle, inclinant la tête sur le côté. À moins que ce ne soit ton cas.

— Peut-être un peu.

En effet, il n'avait pas vraiment réfléchi sur le long terme lorsqu'il avait imaginé cette idée. Il s'était engagé à venir ici cinq semaines d'affilée, si le temps le permettait. Et, jusqu'à présent, le temps s'était montré plus que favorable.

Sarah souffla.

— Ce n'est pas étonnant de ta part que tu commences à t'impatienter, j'imagine. Peut-être devrais-tu arranger une aventure avec Mme Childers lorsqu'elle se sentira mieux.

Il croisa le regard de Sarah.

— Pourquoi dis-tu une chose pareille ?

— Parce que vous flirtiez tous les deux et que je ne suis pas la seule à l'avoir remarqué. M. Childers te fusillait du regard, voilà pourquoi je suis intervenue.

Felix ne l'avait pas remarqué.

— Je ne flirtais pas avec elle. Elle était en train de se jeter à mon cou.

— Eh bien, quels que soient les détails, puis-je te suggérer de rester loin d'elle pendant un certain temps ?

— Ce n'est pas nécessaire, lui dit-il en plissant les yeux. Je ne suis pas certain d'aimer que tu joues le rôle de directrice avec moi.

— Directrice ? Je croyais te sauver.

Elle rit doucement, et il laissa échapper un faible gémissement, car elle avait raison.

— Quoi que tu fasses, cela ne me semble pas correct. Nous ne devrions pas discuter de mes... Peu importe.

Il tourna les yeux vers les chevaux, qui étaient à présent détachés du phaéton. Plusieurs gentlemen s'efforçaient de redresser le véhicule. M. Childers n'en faisait pas partie, il jetait des regards noirs à Felix.

Bon sang !

Et maintenant, il fonçait droit sur lui.

Heureusement Anthony arriva à cet instant, accompagné d'un médecin.

— J'ai amené le docteur, annonça-t-il.

— Je suis heureux que quelqu'un réfléchisse, grommela Childers.

— Où se trouve la patiente ? s'enquit le médecin.

— Par ici, dit son mari, conduisant l'homme auprès de sa femme, qui était assise sur un banc à côté de Lady Exeby.

Felix laissa échapper un soupir, soulagé... du moins pour le moment.

— C'est dommage que les courses soient terminées pour la journée, dit Anthony. Sarah, on dirait que ta bourse ne se remplira plus aujourd'hui.

— C'est vrai.

Elle semblait déçue. Felix savait combien elle avait gagné, et il se demandait si elle était vraiment en train d'économiser pour un avenir solitaire.

Solitaire. Était-ce ainsi qu'il voyait le célibat ? Il n'avait pas l'intention de se marier. Pourquoi ne pourrait-elle pas faire le même choix ? De plus, il ne s'attendait pas à se sentir seul, alors pourquoi le devrait-elle ?

Hélas, cela n'avait aucune importance, car on n'accordait

pas les mêmes choix aux femmes et aux hommes. Lui pourrait être un célibataire, tandis qu'elle serait une vieille fille.

— Felix n'est pas certain que les courses soient terminées,
intervint Sarah en le regardant.

Anthony le fixa.

— Es-tu fou ? Tu ne peux pas vouloir continuer. Pas
aujourd'hui. Pourquoi ne pas poursuivre avec les courses
masculines demain ?

Parce qu'il avait des rendez-vous ce jour-là.

— Pensez-vous vraiment que je n'ai rien de mieux à faire
que d'organiser des divertissements ?

— Oui ! répondirent-ils à l'unisson, et il hésita entre leur
grogner dessus et rire.

Ce qui sortit de sa bouche fut un mélange regrettable des
deux. Anthony rit en réponse, et Sarah se contenta d'arquer
un sourcil.

Il fallait bien reconnaître qu'il passait la plus grande
partie de sa vie à s'amuser.

— Demain, je suis occupé. Je suis sûr que Dartford et les
autres préféreraient continuer.

— Allons lui demander, proposa Anthony.

Avant qu'ils ne puissent le faire, Childers se dirigea à
nouveau vers eux, ne s'arrêtant que lorsqu'il fut juste devant
Felix.

— Ma femme a subi une commotion cérébrale, espèce
d'imbécile ! Je vais m'assurer que vos courses sont terminées.
Je présenterai une requête au Régent s'il le faut.

Felix soupira d'ennui.

— Il va sans doute assister à la finale, alors je vous
souhaite bonne chance pour cela.

— J'en doute. L'oncle de Mme Childers est un de ses amis.
Lorsqu'il découvrira qu'elle a été blessée et que vous n'avez
même pas eu le bon sens de vous assurer qu'un médecin était

présent, il mettra fin à ces courses plus vite que vous ne pouvez dire, *partez*.

De la salive s'était accumulée sur sa lèvre, puis avait sauté sur le manteau de Felix lorsque celui-ci avait prononcé son dernier mot avec véhémence.

Felix avait beau être sceptique quant à l'importance de l'oncle de Mme Childers, il ne dit rien. Il était peut-être effectivement temps de passer à un nouvel amusement.

Ou peut-être devrait-il déplacer les courses dans un nouveau lieu, et veiller à limiter les invitations à certaines personnes. Alors, elles seraient tout à fait exclusives… Mieux encore, il organiserait une dernière course : la finale féminine entre Lady Dartford et Lady Exeby, et une course folle à six avec les gentlemen restants. Il faudrait organiser cela dans un endroit assez grand… L'esprit de Felix tournait déjà à toute allure.

Il sourit à M. Childers.

— Vous avez raison, nous devrions arrêter les courses.

Felix alla voir Sarah.

— Puis-je avoir le porte-voix ?

Elle le plaça dans sa main.

— Certainement.

Il annonça que les courses étaient terminées… définitivement. Le mécontentement fut grand, et nombre de personnes exprimèrent leur déception, ce qui ne fit qu'accroître l'enthousiasme de Felix à l'égard de son plan.

Childers retourna auprès de sa femme, et Sarah fit un pas vers Felix.

— C'était la bonne chose à faire, dit-elle d'une voix douce, juste à côté de lui. Sans doute.

Il la regarda droit dans les yeux, et le coin de sa bouche essaya de se soulever de son propre chef.

— Sois patiente.

Elle haussa un sourcil à nouveau, et c'était une expression séduisante chez elle, surtout avec son couvre-chef.

— Ton chapeau est magnifique, remarqua-t-il.

Ses joues rosirent légèrement.

— Merci.

Beck et sa femme, Lavinia, les rejoignirent.

— C'est dommage que tu aies dû annuler les courses, dit Beck.

Lavinia fronça les sourcils en regardant Felix.

— Je désapprouve totalement cette décision. Nous méritons de savoir qui gagnerait.

Felix serra les dents, de peur de gâcher la surprise.

— C'était nécessaire, j'en ai bien peur.

Anthony acquiesça.

— C'est quand même décevant. Si seulement cette Childers n'était pas partie si vite !

— Je suis juste content qu'elle aille bien.

Felix ignorait ce qu'il aurait fait si elle avait été gravement blessée, ou pire. L'espace d'un instant, son cœur s'était arrêté et il avait pensé aux enfants de cette pauvre femme qui n'auraient plus de mère... Il n'était même pas sûr qu'elle ait des enfants, mais c'était probable.

— Oui, c'est notre cas à tous, dit Sarah. Et maintenant, je suppose que nous devrions y aller.

Elle regarda Lavinia d'un air résigné.

— Oui, sans doute. Veux-tu que je t'accompagne jusqu'à ta mère, ou que je te ramène chez toi ?

— Je vais rentrer avec toi, si ça ne te dérange pas, répondit-elle avant de se tourner vers Anthony. Peux-tu le dire à mère ?

— Oh ! Maintenant, je suis ton secrétaire ?

Sarah lui adressa un sourire coquin qui fit rire Felix. Il avait toujours apprécié leurs chamailleries de frère et sœur, sans doute parce que lui-même n'en avait pas.

— Pourquoi pas ?

Anthony gémit.

— Très bien. Mais n'attends pas de moi que je danse avec toi au bal où nous nous rendons ce soir, quel qu'il soit.

— Je danserai avec toi, Sarah, intervint Felix.

Elle lui adressa un signe de tête guindé.

— Merci, my lord. Ce sera un honneur pour moi. À ce soir.

Elle exécuta une révérence exagérée et s'en alla avec Lavinia et Beck.

— C'est gentil de ta part de danser avec elle, remarqua Anthony. Non que cela soit utile. Je ne comprends pas pourquoi elle ne trouve pas de mari, mais nos parents insistent pour qu'elle le fasse rapidement. Tu es sûr de ne pas vouloir le poste ?

Il posa un regard interrogateur sur son ami, éclata de rire, puis poursuivit en riant.

— Allons-nous toujours à la *Porte Rouge* ?

Felix y allait. C'était là que sa maîtresse, l'incomparable Meggie, vivait et travaillait.

— Oui.

— Excellent. J'ai envie de rendre visite à une certaine rousse, affirma Anthony en remuant les sourcils, hilare.

— On se voit au bal.

Felix se tourna et se dirigea vers l'estrade, ou plutôt, l'endroit où elle s'était trouvée. Son valet de pied l'y attendait.

— J'ai déjà mis l'estrade dans la calèche, my lord, lui dit Glover.

— Merci.

Felix s'en alla vers son véhicule, accompagné de son valet.

— C'est dommage de voir votre travail acharné prendre fin de cette manière aujourd'hui.

— Oui.

Mais Felix ne voulait pas s'attarder là-dessus. Il était déjà trop obnubilé par la course secrète. Tout d'abord, il devait décider de l'endroit où l'organiser. Il songea au domaine de Dartford. C'était à moins d'une journée de route de Londres, et Felix était certain que son ami accepterait avec enthousiasme.

Il lui en parlerait peut-être au bal ce soir-là, ou peut-être chez Brooks ensuite. Entre la danse avec la sœur de son meilleur ami et la nuit dans les bras de sa maîtresse.

CHAPITRE 2

*S*arah s'assura que sa mère était occupée à discuter avec Mme Kyle à l'entrée de la chapellerie Marsden avant de se diriger vers le fond du magasin où se trouvait l'assistante principale de M. Marsden, Dorothy Hinman. Elle observait Sarah depuis son arrivée.

— Bonjour, Dolly, dit cette dernière en souriant.

Depuis le jour des courses, quelques jours plus tôt, elle avait hâte de voir Dolly.

— Bonjour, mademoiselle Colton. Je suis ravie de vous voir.

Sarah voyait bien que Dolly tentait de ne pas avoir l'air impatiente, et aussi qu'elle échouait lamentablement. L'impatience faisait briller ses yeux marron clair, et un sourire des plus discrets ourlait ses lèvres.

— J'ai réussi ! murmura Sarah après avoir jeté un coup d'œil à sa mère par-dessus son épaule. J'ai assez d'économies pour ouvrir un magasin !

La bouche de Dolly s'entrouvrit, et un petit halètement lui échappa avant qu'elle ne plaque sa main sur ses lèvres.

— Mes excuses.

Horrifiée, elle regarda la mère de Sarah, puis tourna les yeux vers M. Marsden qui discutait avec une autre cliente au comptoir.

— Ne vous inquiétez pas, lui répondit la jeune femme d'une voix douce. Ils n'ont rien entendu, et c'est excitant, n'est-ce pas ?

— J'ai du mal à y croire, lui dit Dolly, secouant la tête alors que ses yeux se remplissaient de larmes.

Sarah posa la main sur l'épaule de la femme.

— Ne pleurez pas. Ils ne manqueraient pas de le remarquer.

— Vous avez raison.

Dolly renifla et redressa les épaules avec un sourire déterminé. Elle était âgée d'une trentaine d'années, mais elle paraissait plus jeune. Cependant, le regard farouche qu'elle arborait à ce moment-là lui donnait un air de maturité et d'expérience.

Tant mieux, car elles auraient besoin des deux dans cette nouvelle entreprise.

— J'ai encore beaucoup de travail à faire, annonça Sarah. Mais, avec un peu de chance, la boutique sera ouverte d'ici l'automne.

Dolly jeta un coup d'œil à son employeur et grimaça.

— J'espère que M. Marsden ne sera pas trop fâché après moi.

— Comment pourrait-il l'être après les années que vous avez passées à son service ? En outre, il ne peut pas vous reprocher de vouloir améliorer votre situation et augmenter vos revenus.

Ce serait la boutique de Sarah, bien sûr, mais personne ne le saurait. Dolly serait le visage extérieur de *Farewell's*. C'était le nom que Sarah avait choisi. Il sonnait bien, et elle espérait qu'elles auraient du succès. En coulisses, elle s'occuperait de tout. Mais surtout, elle concevrait autant de chapeaux qu'elle en aurait envie. Et *surtout*, elle serait payée pour cela.

Au diable la chasse au mari.

Ses parents détesteraient ce projet, raison pour laquelle Sarah espérait les tenir dans l'ignorance jusqu'à ce qu'il soit trop tard pour qu'ils puissent l'arrêter. Ou ignorer à quel point c'était lucratif. Ce qui rendrait caduque la nécessité pour Sarah de se marier. Mais elle soupçonnait que sa mère le voudrait quand même.

Il ne s'agissait pas uniquement de l'aspect financier. La vicomtesse considérait comme un échec personnel le fait que sa fille ne se soit pas encore mariée.

Sarah se tourna vers sa mère, qui était justement en train de la regarder, et leurs yeux se croisèrent. La voyant froncer les sourcils, la jeune femme comprit qu'il était temps de mettre fin à cette brève, mais nécessaire rencontre avec Dolly.

— Je dois y aller, dit Sarah. Je vous enverrai un message lorsque j'aurai une propriété à visiter.

Dolly hocha la tête avec enthousiasme.

— J'ai hâte ! dit-elle, reportant son attention sur le chapeau de Sarah. J'aime beaucoup ce modèle. C'est un modèle vraiment remarquable.

Le rebord du côté droit était bas, mais épinglé dans le style mousquetaire. Cependant, au lieu de placer des plumes à l'endroit de l'épingle, Sarah les avait fixées sur le dessus, ce qui ajoutait de la hauteur et du volume.

— Je suis ravie que vous l'aimiez. J'ai attiré quelques regards. Je craignais qu'il ne soit un peu osé.

Elle sourit, puis s'éloigna de Dolly avant que sa mère ne vienne les interrompre.

Sarah la rejoignit donc et discuta avec Mᵐᵉ Kyle pendant quelques instants avant qu'elles ne s'excusent et quittent le magasin.

Alors qu'elles se dirigeaient vers la calèche garée un peu plus haut dans Bond Street, la mère de Sarah lui jeta un coup d'œil.

— Étais-tu en train de discuter de ton nouveau chapeau avec l'assistante de M. Marsden ?

— Oui. Elle s'est montrée très élogieuse.

— Il est plutôt ravissant, dit-elle, ses yeux bleu gris revenant sans cesse sur le chapeau de Sarah. Je n'arrive toujours pas à croire que tu l'as fait toute seule ; mais, d'un autre côté, je sais que tu ne l'as pas acheté. Quand j'y pense, quand as-tu acheté un chapeau pour la dernière fois ?

— Cela ne fait pas si longtemps, répondit la jeune femme.

En fait, si, mais elle essayait de détourner l'attention de sa mère pour qu'elle ne se rende pas compte depuis combien de temps Sarah créait ses propres chapeaux. Au début, elle achetait un accessoire basique et le garnissait elle-même, comme le faisaient de nombreuses femmes. Mais depuis deux ans, elle s'était mise à les fabriquer entièrement elle-même. Le plus difficile était de former les chapeaux sans attirer l'attention de sa servante.

— Il se pourrait que je te demande de m'en faire un comme celui-ci, dit sa mère alors qu'elles arrivaient à la calèche.

Le cœur de Sarah se gonfla en entendant les louanges de sa mère. De manière générale, Sarah décevait la vicomtesse dans la plupart des domaines et était heureuse de savoir que ce n'était pas le cas dans tous.

Elles rentrèrent chez elles, et dès qu'elles pénétrèrent dans le hall d'entrée, la bonne humeur de Sarah fut réduite à néant.

Sa mère annonça :

— Sarah, s'il te plaît, rejoins-moi dans la bibliothèque avec ton père.

De telles convocations n'étaient jamais de bon augure.

Après avoir remis ses gants et son chapeau au valet de pied, elle suivit consciencieusement sa mère jusqu'à la bibliothèque à l'arrière de la maison. S'attendant à trouver son père assis dans son fauteuil favori près de la cheminée, elle fut surprise de le voir debout. Et il n'était pas seul.

Anthony était assis dans un fauteuil près de la fenêtre donnant sur le jardin, et Felix – Felix ? – se tenait dans le coin de la pièce, arborant une expression que l'on ne pouvait qualifier que de confuse.

— Ah ! Te voilà, dit son père avec un regard vers l'horloge de la cheminée, avant de se redresser de toute sa hauteur. J'ai un rendez-vous dans peu de temps, alors allons droit au but.

Il se tourna vers sa fille.

— Il est temps que tu…

— Laisse-la s'asseoir d'abord, dit la mère de Sarah avec une pointe de chaleur avant de faire signe à sa fille de prendre place sur le canapé.

Celle-ci n'avait pas vraiment envie de s'asseoir. Elle voulait fuir. En guise de compromis, elle se percha au bord du siège, ses fesses frôlant à peine le bord du coussin pour pouvoir s'échapper à tout moment.

Sa mère prit place à côté d'elle, mais s'installa bien plus confortablement.

— Maintenant, tu peux commencer, dit-elle en lissant sa jupe, observant son mari d'un air impassible, comme s'il était monnaie courante pour eux de convoquer leur fille pour un sermon.

Enfin, Sarah devait bien l'admettre, ce n'était pas inhabituel. Cependant, cette fois, la situation semblait différente, car Anthony et Felix étaient là. Elle pouvait presque comprendre la présence de son frère, mais Felix ? Sarah lui jeta un coup d'œil et constata qu'il avait toujours l'air perplexe. À moins que *mal à l'aise* ne soit plus approprié. Oui, elle se sentirait mal à l'aise à sa place.

Comme si cela avait de l'importance. Elle *n'était pas* lui, et elle se sentait quand même mal.

— Il est temps pour toi de te marier, affirma son père, sans surprendre personne.

Du moins, c'était ce que Sarah supposait. Anthony savait à quel point ils désiraient la voir se marier, et c'était sans doute aussi le cas de Felix. Évidemment. Sarah était la première à se plaindre de la pression qu'ils exerçaient sur elle.

— Il est même trop tard, pourrait-on dire, murmura Sarah en s'efforçant de ne pas adresser un regard exaspéré à sa mère.

— Ce n'est pas la peine d'être insolente, dit sa mère d'un ton acerbe.

— Pourquoi Felix et moi devrions-nous assister à l'humiliation de Sarah ? s'enquit Anthony.

Humiliation ? Sarah avait été agacée, légèrement gênée même, mais pas humiliée. Du moins, pas jusqu'à *maintenant*. Elle jeta un regard méprisant à son frère, qui eut la grâce de grimacer et de détourner le regard.

— Il y a une raison, intervint sa mère avant d'incliner la tête vers le père de Sarah.

Celui-ci toussa.

— Euh, oui. Nous nous demandions s'il ne serait pas judicieux pour vous, Felix, d'épouser Sarah.

Le mot *humiliation* était loin de suffire à décrire les sentiments qui tourbillonnaient dans le cœur de la jeune femme, et qui lui montaient aux joues. Elles étaient sans doute sur le point de prendre feu.

Elle aurait bien voulu lancer une réplique cinglante à son père, à sa mère, ou même aux deux, mais elle ne trouvait pas les mots.

Anthony se leva.

— Vous ne pouvez pas tendre une embuscade à Felix

comme ça ! Ou à Sarah ! ajouta-t-il en entendant la brusque inspiration de sa sœur.

Celle-ci ne prit pas la peine de lui jeter un autre regard amer.

Leur mère pinça les lèvres en fixant Anthony du regard.

— Nous ne lui tendons pas d'embuscade. Felix fait presque partie de la famille. Il est bien conscient du triste état de Sarah.

Oh ! C'était de mieux en mieux ! Maintenant, elle était dans un triste état ?

— De plus, Felix a besoin d'une épouse. Votre père et moi en avons discuté, et nous pensons qu'ils vont très bien ensemble.

Sarah ne supportait pas l'idée de croiser le regard de Felix, alors elle fixait le sol. Le tapis à motifs avait-il toujours eu cette forme étrange de champignon près du pied du canapé ?

— Je suis ravi que vous en ayez discuté, répliqua Anthony d'un ton plus que sarcastique. Cependant, vous auriez pu aborder le sujet avec Felix.

Il se tourna vers son ami pour lui poser la question.

— L'ont-ils fait ?

Sarah risqua un regard vers le jeune homme, qui secoua la tête. À sa décharge, il n'avait l'air ni surpris ni ennuyé, et il n'était pas blême non plus. Il était comme depuis l'arrivée de Sarah : mal à l'aise.

Leur père fronça les sourcils en direction d'Anthony.

— Peu importe que tu sois indigné, Anthony. En fait, tu n'as pas vraiment besoin d'être ici, lui dit-il, avant de se tourner vers sa femme. D'ailleurs, pourquoi est-il présent ?

— Nous avons pensé qu'il pourrait nous aider à les convaincre qu'ils vont bien ensemble. Apparemment, il ne le fera pas.

Le simple fait que ses parents aient imaginé qu'il serait de leur côté faillit faire rire Sarah. En réalité, pourquoi pense-raient-ils une chose pareille ? Elle ouvrit la bouche pour poser la question, mais Anthony la devança, bondissant presque de son fauteuil.

— Pourquoi pensez-vous cela ? demanda-t-il en secouant la tête. Je ne vais pas caser mon meilleur ami, qui n'a absolument aucune envie de se marier, avec ma sœur !

Il tourna un visage peiné vers Felix.

— Je te prie d'accepter mes plus sincères excuses pour cette… erreur.

Leur mère se leva.

— Pourquoi ne pas y réfléchir, Felix ? proposa-t-elle. Sarah serait la femme idéale pour vous. Vous vous connaissez déjà bien. Il n'y aura pas de surprise ou de gêne.

Sarah ricana. La gêne était déjà présente.

— Mère, je t'en prie, ne nous mets pas, Felix ou moi, dans cette position.

— Ma fille, tu es déjà dans cette *position*. Je ne comprends tout simplement pas pourquoi tu n'es pas mariée. Tu es jolie, tu t'habilles formidablement bien, tu possèdes de nombreux talents, et tu es d'une intelligence au moins moyenne, affirma sa mère, une main sur la hanche, le cou rougissait sous l'effet de son agitation. Felix, vous êtes un homme, et apparemment, vous faites partie du nombre de ceux qui ne veulent pas épouser notre fille. Qu'est-ce qui ne va pas avec Sarah ?

Oh, mon Dieu ! Sarah pria pour se fondre dans le sol, dans l'oubli, sans plus jamais en ressortir.

— Il n'y a rien qui n'aille pas chez elle, répondit Felix, se tournant vers Sarah. Elle est belle, exceptionnellement talen-tueuse et brillante.

Un sentiment de fierté filtra à travers l'horreur du moment et emplit Sarah de chaleur. Brillante ? Elle se tourna vers Felix qui lui adressa un subtil hochement de tête.

— Vous venez de me convaincre que vous devriez l'épouser, affirma la mère de Sarah, l'air satisfait.

— *Mère*, grogna Anthony.

La vicomtesse jeta un regard irrité à son fils.

— Puisque tu n'as pas l'intention d'aider, cela ne te concerne pas.

Sarah en avait assez supporté. Elle se leva du canapé, de sorte que tout le monde était debout maintenant.

— Je n'épouserai pas Felix.

La mère et le père tournèrent la tête vers Sarah, arborant la même expression contrariée.

— Quel est le problème avec Felix ? s'enquit son père. C'est un comte.

Son père ne dit pas un mot sur son physique, ses talents ou son intelligence. Apparemment, il suffisait d'avoir un titre pour être bon à marier.

— Nous ne voulons pas nous marier l'un avec l'autre, expliqua Sarah. Dans le cas contraire, ne croyez-vous pas que nous l'aurions déjà fait ?

— Ce n'est pas une question d'envie, ma chère, répliqua sa mère avec une légère note de condescendance dans la voix. Vous êtes tous deux dans le *besoin*. C'est une solution parfaite, tu dois en convenir.

— Absolument pas. Et je ne dois convenir de rien du tout. Tu ne peux pas m'obliger à l'épouser, et d'ailleurs, vous ne pouvez pas me forcer à épouser quiconque.

Et ce fut ainsi que Sarah en eut terminé avec cette mascarade de discussion. Elle tourna les talons et sortit de la bibliothèque par la porte la plus proche, ce qui signifiait qu'elle se dirigeait vers le jardin.

Furieuse et frustrée, elle tremblait en parcourant le petit jardin clos. Les roses avaient commencé à fleurir et elles embaumaient l'air d'un parfum luxuriant et épicé. Elle prit

plusieurs respirations profondes pour tenter d'apaiser son
cœur qui s'emballait.

Lors du second tour, elle vit Felix sortir de la maison et se
diriger vers elle, arborant un masque sombre.

Il la rattrapa et elle lui dit :

— Je suis désolée pour ça.

— Pas plus que moi.

Il la conduisit vers un banc situé à côté du rosier préféré
de sa mère. Ils s'assirent et Sarah arrangea sa jupe autour de
ses chevilles.

Elle jeta un regard noir à la plante, qui représentait sa
mère.

— C'était totalement humiliant. Et inutile. Qui a dit que je
devais me marier ?

Ce n'était pas une question, mais une affirmation provo-
catrice. Plus que jamais, elle voulait ouvrir sa boutique et
devenir une femme vraiment indépendante.

— Tes parents, mais je dirais que leur opinion n'est pas
très importante, répondit Felix d'une voix douce.

Sarah se tourna vers lui.

— Mais tu penses qu'elle a quand même un peu d'importance.

Il haussa une épaule.

— Je n'ai plus de parents, alors, ne me pose pas la question. Je sais que tu les aimes, et qu'ils t'aiment. C'est tout ce
que je voulais dire.

— Les parents peuvent être de véritables plaies, dit-elle
avant de lui adresser un regard d'excuse. Je ne voulais pas
insinuer que tu étais mieux loti.

La bouche de Felix esquissa un sourire.

— Je ne l'ai pas pris comme ça.

— Je suis sûre que tes parents te manquent beaucoup.

Elle se rendit compte qu'il ne parlait jamais d'eux. Peut-
être ne lui manquaient-ils pas.

— Ma mère est morte quand je suis né. Comment quelque chose que je n'ai jamais connu pourrait-il me manquer ? Quant à mon père…

Il détourna le regard, et elle se surprit à attendre avec impatience la suite de ce qu'il avait à dire. Mais il ne poursuivit pas.

— Ton père… ?

Il se retourna vers elle, son regard vert se teintant d'acier.

— Mon père est mort depuis longtemps.

Comme il ne dit rien de plus, elle comprit que c'était tout ce qu'il voulait bien dire à ce sujet.

— Je vais t'aider à trouver un mari, annonça-t-il à sa grande surprise. Si c'est ce que tu veux.

Elle cligna des yeux, étonnée par cette proposition.

— Pourquoi ? Mes parents te l'ont-ils demandé ? s'enquit-elle, plissant les yeux.

— Non. Je l'ai suggéré, et ils étaient tous deux soulagés et satisfaits. Au moins, cela permettra d'alléger la pression qu'ils mettent sur toi.

— Pourquoi ? Parce que maintenant, je suis ton problème et plus le leur ?

Elle laissa échapper un léger ricanement.

— Tu n'es pas un problème. Je pensais ce que j'ai dit de toi tout à l'heure. Tu ferais une excellente épouse pour un homme.

Un homme.

— Je ne veux pas épouser *un homme.*

— Qui veux-tu épouser ? demanda-t-il, penchant la tête sur le côté. Non. La première question à laquelle tu dois répondre, c'est de savoir si tu souhaites vraiment te marier. Aux courses, tu m'as dit que tu te préparais pour devenir vieille fille, et là, tu te demandes pourquoi tu devrais te marier. J'ai comme l'impression que tu préférerais rester célibataire.

— Je serais une paria, surtout aux yeux de ma mère.

Il hésita avant de répondre.

— Pas nécessairement. Beaucoup de femmes ne se marient jamais.

Elle expira.

— Certes, et ne sont-elles pas des parias ?

— J'avoue que je ne sais pas, répondit-il en détournant le regard. J'ai, euh… une expérience plutôt limitée avec les vieilles filles.

— Ah oui ? Et moi qui pensais que tu avais poursuivi quelques-unes d'entre elles de tes assauts ! affirma-t-elle, puis elle remarqua sa gêne et éclata de rire. Je te taquine. Mais tu es un peu un séducteur.

— Sans doute que oui, confirma-t-il en la regardant, mais sans s'excuser de ce qu'il était.

— Tu ne devrais pas en avoir honte. Nous devrions accepter ce que nous sommes. Voudrais-tu savoir qui je suis ?

Il se pencha vers elle, le regard un peu… captivé.

— Dis-moi.

Elle inspira profondément.

— Je suis une créatrice de chapeaux, et je ne veux me marier que par amour.

Voilà, elle l'avait dit à haute voix. Elle se détourna de Felix, se rajustant sur le banc pour faire face au jardin.

— Je n'ai jamais dit cela à personne auparavant.

— Même pas à Lavinia ?

Comme elle était son amie la plus chère, il semblait évident qu'elle l'avait fait. Ou, du moins, qu'elle aurait dû le faire.

— Elle sait que j'aime les chapeaux. Et elle sait que je veux tomber amoureuse, surtout depuis qu'elle l'est.

Voir Lavinia avec Beck avait fait passer l'amour d'un rêve inaccessible à une possibilité.

Tous deux gardèrent le silence pendant un moment,

contemplant le jardin. Du moins, c'était l'impression qu'avait Sarah, au vu du peu qu'elle apercevait de lui du coin de l'œil. Il était sorti sans chapeau, si bien que la brise agitait une mèche de ses cheveux noirs, la plaquant contre sa tempe.

Puis il tourna la tête vers elle.

— Et si j'essayais de te trouver un gentleman à aimer ?

— Beck a essayé avec Lavinia. Il lui a présenté son ami d'Oxford.

— Oui, Horace. Mais ce n'est pas ce que je veux dire, répondit Felix. Je n'ai personne de particulier en tête. Mais si je fais des pieds et des mains pour inviter tous les gentlemen célibataires de Londres à l'un de mes événements, tu auras l'embarras du choix.

— Est-ce que tu ne les invites pas déjà ?

— Je ne base pas mes invitations sur l'aptitude au mariage, répondit-il d'un ton ironique. Mais je le ferai jusqu'à la fin de la saison. Tout ce que j'entreprendrai aura pour but premier de trouver l'homme digne de ton affection.

Quand il le disait ainsi, comment pouvait-elle refuser ? Il ne pensait pas qu'elle était imparfaite ou qu'il s'agissait d'une tâche difficile. Et il ne considérait pas son désir d'amour comme une folie.

— Pourquoi voudrais-tu m'aider de la sorte ?

— Parce que tu es la sœur de mon meilleur ami.

— Et parce qu'en m'aidant, tu évites de te faire passer la corde au cou.

Il rit, mais son regard était sombre.

— Il faudrait plus que les supplications de tes parents pour me mettre en cage.

— Je le crois. Si je pouvais parier sur le fait que tu resteras célibataire, je le ferais.

— Tu es une joueuse dans l'âme. Aimerais-tu un gentleman qui partage ta nature aventureuse ?

Il la trouvait aventureuse ? Même s'il n'était question que

de paris, elle le prenait comme un compliment. Pourtant, ce n'était pas tout à fait exact.

— Je ne suis pas sûre d'être une joueuse dans l'âme ni ailleurs. J'ai parié sur tes courses parce que c'était l'occasion pour moi d'avoir plus d'argent.

— Pour te préparer au célibat ?

— Tu veux savoir pourquoi ? demanda-t-elle.

Pour une raison qu'elle ignorait, elle se sentait encouragée à tout partager avec lui. Le voyant hocher la tête, elle poursuivit.

— J'ai l'intention d'ouvrir une boutique de modiste. Je dessine tous mes chapeaux, et je les fabrique aussi.

Il se tourna vers elle, la regardant fixement, et ses yeux se portèrent sur le sommet de son crâne, qui était nu parce qu'elle était sortie précipitamment de la bibliothèque sans aller chercher un chapeau.

— Tu as beaucoup de talent.

Elle éclata de rire.

— Il n'y a rien sur ma tête !

— Pas à cet instant, mais je suis attentif.

Oui, apparemment. Il l'avait d'ailleurs complimentée sur son chapeau l'autre jour. Et aujourd'hui, il l'avait qualifiée de belle. Le croyait-il vraiment ? Elle n'osait pas le lui demander. D'ailleurs, cela ne signifiait rien. Felix n'était pas l'homme qu'elle recherchait.

— Tes parents ne voudront pas que tu ouvres une boutique, pas plus qu'ils ne voudront que tu deviennes vieille fille.

— Évidemment, dit-elle, se tournant à nouveau vers lui. Je n'ai pas envie qu'ils le sachent ni personne d'autre. J'ai déjà une assistante qui s'occupera de la boutique elle-même. Elle y vivra et supervisera une petite équipe. Je concevrai et créerai certains des chapeaux, mais ni moi ni mon nom ne serons associés à l'entreprise.

— Tu as vraiment réfléchi à tout, dit-il. Comment as-tu obtenu le bâtiment ?

— Je n'en ai pas encore. Mais maintenant que j'ai assez d'argent, grâce à tes courses, j'ai prévu de demander de l'aide à Beck ou peut-être à Anthony.

— Tu ne peux pas mettre Anthony dans cette situation vis-à-vis de vos parents.

Elle fronça les sourcils en le regardant.

— Pourquoi pas ? Je suis persuadée qu'il m'aiderait.

— Moi aussi. Mais il ne doit pas le faire. Il vaut mieux qu'il ne sache rien. Je t'aiderai.

— Tu m'aides déjà.

— Précisément. Autant répondre à toutes tes attentes.

Il lui adressa un sourire qu'elle ne put s'empêcher de lui rendre.

— Qu'obtiendras-tu de cet arrangement, en dehors de ma gratitude éternelle ?

Il se pencha à nouveau brièvement en avant.

— Cela me suffira.

— Qu'est-ce que vous conspirez ici ? s'enquit Anthony qui s'approchait d'eux à grands pas.

— Quand on parle du loup, murmura Felix avant de se lever.

Sarah se retint de sourire et se leva à son tour à côté de lui.

— Felix ne faisait que m'apporter un soutien moral.

— Ne va-t-il pas t'aider à trouver un mari ? C'est ce qu'il a dit à notre père.

— Il va faire ce qu'il peut, expliqua Sarah. Mais, Anthony, on ne me forcera pas.

— Bien sûr que non ! Je m'engage à m'occuper de toi lorsque tu seras vieille fille et après la mort de nos parents, dit-il en posant une main sur son cœur. Je te donne ma parole.

Il avait les yeux rieurs.

— Plaisante tant que tu veux, mais je te prends au mot.

Il se calma.

— Je voulais seulement alléger un peu l'atmosphère. C'était un désastre à l'intérieur, et j'en suis vraiment désolé.

Elle savait qu'il le pensait. Il était aussi indigné qu'elle.

— Merci.

Il passa un bras autour de ses épaules et la serra contre lui.

— Nous allons te trouver un mari digne de ce nom.

Felix et lui en avaient-ils discuté ? Elle les regarda l'un après l'autre. Bien sûr que non, ils n'en avaient pas parlé.

— Un qu'elle peut aimer, dit Felix d'un ton ferme. Elle ne mérite rien de moins.

— Je suis tout à fait d'accord.

Anthony sourit à Sarah, puis laissa retomber son bras. Il se tourna vers Felix.

— Prêt à être délivré de cet asile ?

Son ami hocha la tête.

— Je dois rendre visite à quelqu'un. À plus tard, Sarah.

Il inclina la tête, puis ils quittèrent le jardin où la jeune femme se mit à réfléchir aux chapeaux, à l'amour, et aux séducteurs au cœur d'or.

CHAPITRE 3

— Bonjour, Ware, le salua le comte de Dartford en entrant dans son salon, où son major-dome avait conduit Felix pour l'attendre.

— Bonjour, Dart. Merci de me recevoir.

Felix n'avait pas croisé Dartford depuis les courses, il avait donc décidé de lui rendre visite.

— J'espère sincèrement que tu es ici pour discuter du moyen de terminer les courses. Pas pour moi, mais pour Lucy. Ma femme mérite de remporter le championnat.

Felix sourit.

— J'essaierai de rester impartial, dit-il judicieusement, ce qui lui valut un petit rire de la part de Dart. Ce sera peut-être difficile si tu acceptes ma proposition, mais j'ose dire que personne ne s'en souciera si cela signifie que nous aurons l'opportunité de terminer le championnat comme il se doit.

— Je suis totalement confus, dit Dart en riant, des plis au coin de ses yeux sombres. Assieds-toi.

Il pointa un fauteuil du doigt et s'affala à l'une des extrémités du canapé.

Felix s'installa à l'endroit indiqué par son ami.

— Je crois qu'il est préférable de faire comme si les courses étaient terminées.

— À cause de cet imbécile de Childers ? demanda Dart en secouant la tête. Sa femme a fait l'idiote, et maintenant tout le monde en paie le prix.

— J'ignore s'il pourrait vraiment impliquer le prince régent, mais je préfère ne pas le savoir.

— C'est une sage décision, répondit Dart, l'observant avec intérêt. Quelle est ta proposition, et quel est le rapport avec moi ?

— Je voudrais continuer les courses en secret.

Dart se pencha en avant, les yeux brillants.

— Ah ! Tu as bien dit *faire comme si* elles étaient terminées. Que prévois-tu ?

— Nous devrons les organiser en dehors de la ville, et je me suis dit que Darent Hall serait l'endroit idéal. De plus, je ne pensais pas que tu...

Felix n'eut pas l'occasion de terminer sa phrase.

— Oui. *Bon sang !* Oui ! Quand ?

— Quand nous le pourrons ? Dans une semaine peut-être ?

— Je peux organiser ça. Dis-moi simplement ce dont tu as besoin.

Felix avait envisagé un calendrier possible, et maintenant qu'il se servait de l'événement pour aider Sarah, il avait imaginé ce qu'il espérait être une activité sociale agréable pour toutes les personnes impliquées.

— J'envisage un événement sur deux jours. Les invités arriveront en début d'après-midi, et nous organiserons la prochaine manche masculine, suivie de la finale féminine. Le soir, nous fêterons le vainqueur avec un festin. Le lendemain matin, nous aurons la demi-finale masculine et la finale aura lieu dans l'après-midi. Nous terminerons ce soir-là par une autre fête. Je fournirai le personnel supplémentaire, et je paierai pour les célébrations.

— N'importe quoi ! C'est ma partie de campagne, je paierai.

— Mais ce sont mes courses, protesta Felix.

— Tu peux contribuer, mais nous partagerons les dépenses, répliqua Dart avec fermeté. Ce sont mes conditions.

— Comment pourrais-je refuser ? répondit Felix en souriant. Comme je l'ai dit, ce sera un événement secret. Je n'inviterai que des personnes triées sur le volet, et personne à la langue bien pendue.

— Ce pourrait être ton projet le plus réussi à ce jour ! Les courses avaient déjà beaucoup de succès, et maintenant, les rendre *exclusives* ? Il se pourrait que le prince régent soit contrarié de ne pas être invité, dit Dart en souriant. De mercredi à vendredi prochains, vu que le mercredi était le jour de la course ?

— Si tu peux organiser cela aussi rapidement. J'ai compté une quarantaine d'invités.

Dix d'entre eux seraient des célibataires auxquels Sarah pourrait réfléchir, mais Felix n'avait pas l'intention de le préciser.

— C'est un peu juste pour Darent Hall, mais cela pourrait fonctionner, surtout si nous pouvons mettre des invités non mariés, comme Anthony Colton et toi, dans la même chambre.

— C'est plus qu'acceptable, et il y aura un bon nombre d'invités célibataires. Je te communiquerai le décompte final, et la répartition des chambres dès que j'aurai parlé à chaque invité.

— Tu comptes les inviter tous personnellement ?

— Je refuse de l'écrire, c'est un *secret*.

Dart éclata de rire.

— C'est génial !

— Qu'est-ce qui est génial ? demanda la comtesse de Dartford en entrant dans la pièce.

C'était une femme séduisante, aux cheveux noirs comme de l'encre et au regard perspicace. Felix se leva.

Dart fit de même, et se tourna vers sa femme.

— Je vais laisser Ware t'expliquer. C'est son secret.

— C'est *notre* secret puisque tu partages les fonctions d'hôte.

— Je ne fais que fournir le lieu, répondit Dart.

La comtesse le regarda d'un air confus.

— Le lieu pour quoi ?

Dart lui sourit.

— Tu vas adorer. Ware va terminer ses courses, en secret, à Darent Hall la semaine prochaine.

Le visage de son épouse s'illumina comme un feu de joie. Elle tourna la tête vers Felix.

— C'est merveilleux !

— Maintenant, tu vas vraiment pouvoir devenir championne, lui dit Dart, passant un bras autour d'elle.

— *Si* je bats Lady Exeby. Mais pourquoi en faire un secret ?

— Je pense qu'il est préférable de garder des gens comme Childers à l'écart, expliqua Felix.

La comtesse acquiesça.

— Bonne idée.

— Je te tiendrai au courant des détails, ma chérie, l'informa Dart.

— Comme c'est excitant ! s'exclama-t-elle, se tournant à nouveau vers Felix. Merci d'organiser ça. Ce sera bien de pouvoir terminer.

— Avec plaisir, répondit Felix. Je te contacterai.

Il prit congé et quitta leur maison de ville, sortant dans l'après-midi lumineux de la mi-mai.

Peu de temps après, il rentra chez lui et convoqua sa secrétaire. Il venait à peine de s'asseoir à son bureau qu'elle franchit la porte avec son grand livre habituel, dans lequel elle consignait toutes ses notes et informations. Elle l'appelait sa bible.

— Comment cela s'est-il passé ?

La secrétaire de Felix, Georgiana Vane, prit place dans sa chaise habituelle face à son bureau. Un crayon sortait de la masse de cheveux blonds entortillés sur sa tête. Un peu plus jeune que lui, elle était étonnamment efficace et organisée. Elle était également d'une beauté exceptionnelle, ce qui n'avait pas échappé au valet de Felix, qui l'avait épousée l'année précédente.

— Comme prévu. La fête commencera mercredi prochain.

George ouvrit sa bible et entreprit de noircir le papier avec son crayon.

— Deux dîners ?

— Dartford a insisté pour partager les frais. Rédige une lettre lui demandant le menu : j'achèterai ce qu'il faut, et son personnel pourra le préparer.

— Du vin ? demanda-t-elle sans lever le nez.

— Je le laisse le fournir.

— Dois-je faire de même pour les autres repas ?

— Fais ce que tu jugeras être le mieux, répondit Felix.

Il était réputé pour ses divertissements, et pourtant, sans la supervision de George, ils ne connaîtraient pas le même succès. En fait, ils n'auraient sans doute pas lieu du tout.

Elle referma le registre et glissa à nouveau son crayon dans ses cheveux relevés.

— As-tu terminé votre liste d'invités ?

Il n'avait pas vu George depuis sa visite chez les Colton.

— Pas encore. Et il y a eu un peu de changement. Il y aura quarante personnes au lieu de trente.

— Je m'en doutais, dit-elle avec une pointe de sourire. On pense toujours à des personnes que l'on a oubliées.

— Dans ce cas, il faut que je réfléchisse à des gens. Des célibataires, en particulier. Il faut que je trouve quelqu'un pour Sarah Colton.

George avait déjà rencontré Anthony, mais pas Sarah, même si elle avait suffisamment entendu parler d'elle pour savoir qui elle était.

— Vas-tu ajouter *entremetteur* à la liste de tes activités ? Pourquoi ne suis-je pas surprise ? En fait, il est étonnant que cela t'ait pris autant de temps.

— Je ne deviens pas entremetteur. J'aide une amie chère.

Et il évitait de se faire passer la corde au cou. En réalité, la suggestion des Colton de le voir épouser Sarah n'était pas si terrible. S'il avait eu envie de se marier, il l'aurait envisagé. Ou, du moins, il l'aurait fait avant de savoir que Sarah désirait se marier par amour. Désormais, il allait l'aider à tomber amoureuse.

Oh, bon sang ! Il était *vraiment* un entremetteur !

— Ce ne sera que pour cette fois, dit-il d'un ton ferme.

George pinça les lèvres et hocha la tête.

— Mmmh.

— Aide-moi à trouver des célibataires à inviter.

George rit.

— Comme si je connaissais quiconque dans ton cercle !

Elle n'avait pas tort, mais il grommela quand même.

— Tu t'occupes toujours de tout.

— C'est vrai, mais je ne peux pas m'occuper de cela. Le bal des Brixcombe aura lieu dans quelques jours. C'est sûrement l'endroit idéal pour trouver des célibataires éligibles.

Tout comme le club. Felix n'avait qu'à se montrer attentif.

— Je m'appuierai sur cela si nécessaire. Entre-temps, je verrai au club plus tard.

— Dois-je rédiger une annonce à publier dans le journal ?

George possédait une bonne dose de culot.

— Oui, proclamons dans tout Londres que Mlle Colton cherche un mari et que je dois le lui trouver.

Il secoua la tête en souriant à moitié.

— Je suis toujours heureuse de rendre service, répondit George en se levant de sa chaise. Y a-t-il autre chose ?

Il fit non de la tête et elle sortit.

Felix s'adossa à son fauteuil et garda les yeux fixés sur l'embrasure vide tandis que son esprit vagabondait vers les Colton. Il avait été extrêmement choqué lorsque le père de Sarah avait suggéré qu'il épouse sa fille, mais il aurait sans doute dû le voir venir. Il connaissait leur famille depuis des années, et comme Sarah et lui n'étaient pas encore mariés, c'était logique.

Sauf que ce n'était pas le cas.

Elle voulait tomber amoureuse, et il voulait rester le plus loin possible de ce genre de sentiments. Ils n'avaient apporté que du chagrin à sa famille, et il ne voulait pas souffrir de la douleur et de la déception qui en découlaient.

Elle voulait aussi vendre des chapeaux. *En secret.* Cela le fit sourire. La personne qu'elle choisirait d'épouser allait devoir la soutenir dans ce projet. Ou bien elle pouvait rester célibataire, une possibilité qui ne semblait pas déplaire à la jeune femme. Il se rendait compte qu'elle était une femme unique et spéciale.

Sarah allait rendre un homme béatement heureux.

≈

— Il y a un nouveau gentleman ici ce soir, annonça Lavinia, ce qui poussa Sarah à scruter la salle de bal des Brixcombe.

— Comment l'as-tu su ?

Sarah venait d'arriver avec sa mère, et elle l'avait laissée pour rejoindre Lavinia à leur emplacement favori, près du mur. Bien sûr, Lavinia ne faisait plus tapisserie à présent qu'elle était mariée, mais elle restait auprès de Sarah.

— Oh, tu sais comment ce genre d'information circule, répondit-elle en levant les yeux au ciel. J'étais à peine arrivée depuis cinq minutes que j'ai entendu parler de lui. Il revient d'un séjour de plusieurs années dans les Indes.

— Je suppose qu'il n'a pas de titre ? s'enquit Sarah. Mes parents préfèrent un titre.

Lavinia pinça les lèvres.

— Il n'est pas question de tes parents. Il est question de toi.

— Vraiment ? murmura-t-elle.

— Le voilà. Et non, il n'a pas de titre. Il s'appelle M. Silvester Fielding.

Lavinia fit un geste en direction d'un gentleman qui se dirigeait vers les portes ouvertes sur la terrasse.

— Il est un peu ordinaire, non ?

Il n'était pas particulièrement grand et il était plutôt trapu. Cependant, ses vêtements étaient manifestement très raffinés et il arborait une expression agréable et accueillante.

— L'ordinaire d'une personne est le superbe d'une autre.

— Tu as raison, convint Lavinia. Et si nous nous dirigions vers les portes ?

Il ne les avait pas franchies, mais il se tenait près d'elles, comme s'il espérait capter un peu de la brise fraîche de la nuit. La journée avait été chaude, mais la température avait baissé avec l'arrivée de nuages. Il pleuvrait le lendemain.

— Sans doute, mais qui fera les présentations ?

Sarah n'était pas tout à fait d'humeur à rencontrer un nouveau gentleman. Ni même d'être présente à ce stupide bal. Elle était plutôt concentrée sur son affaire de chapeaux, et elle était frustrée que Felix ne lui ait rien dit à ce sujet.

Mais il n'avait pas non plus parlé d'un mari, alors peut-être avait-il changé d'avis.

— Je suis une marquise, dit Lavinia d'un ton légèrement hautain, avant de sourire. Je vais me présenter, et je te présenterai ensuite.

Sarah souffla.

— Allons-y.

Lavinia lui toucha le bras, le regard compatissant.

— Nous n'y sommes pas obligées. Nous pouvons rester ici toute la soirée si tu préfères. Enfin, jusqu'à l'arrivée de Beck, ajouta-t-elle, l'air penaud.

Elle était consciente que, parfois, Lavinia se sentait mal parce qu'elle avait trouvé le bonheur tandis que son amie était encore seule. Et parfois, Sarah aussi se sentait mal à ce sujet. Voilà pourquoi elle se concentrait sur sa boutique de modiste. Ce n'était pas la faute de Lavinia si elle était tombée follement amoureuse. De plus, son amie était ravie pour elle, et elle éprouvait toujours des remords face à la jalousie qu'elle ressentait de temps à autre.

S'efforçant de sourire, elle serra la main de son amie.

— Nous devrions y aller. Si ça se trouve, M. Fielding passe une soirée épouvantable, et nous sommes sur le point de remédier à cela.

Lavinia éclata de rire.

— Évidemment.

Elle ajusta ses lunettes sur son nez et passa son bras dans celui de Sarah, puis elles s'avancèrent vers le gentleman.

Il avait le teint un peu foncé, comme s'il avait passé beau-coup de temps au soleil, et ses cheveux étaient châtain clair et assez épais. Il semblait proche en âge d'Anthony qui avait vingt-huit ans. Il avait peut-être un an ou deux de plus.

À leur approche, son regard se porta sur elles, et il se tamponna rapidement le front avec son mouchoir avant de le glisser dans la poche de sa veste. Ses lèvres affichèrent un sourire accueillant.

— Bonsoir, dit Lavinia. Je suis la marquise de Northam. J'espère que vous ne me trouverez pas impertinente, mais j'ai cru comprendre que vous veniez de revenir à Londres, et je tenais à vous souhaiter un bon retour chez vous. En supposant que c'est ici, chez vous ?

— Je suis du Surrey. Et, merci, ajouta-t-il. Je suppose que vous savez déjà que je suis Silvester Fielding ? Je suis rentré la semaine dernière et c'est ma première participation à une activité sociale, alors j'apprécie votre impertinence.

Il éclata de rire, produisant un grondement sourd.

— Non pas que vous soyez vraiment impertinente. En fait, il est assez étonnant que j'aie eu un moment de répit. Les gens semblent très… accueillants.

— Permettez-moi de vous présenter ma très chère amie, Mlle Sarah Colton, dit Lavinia, retirant son bras de celui de Sarah. Son père est le vicomte Colton.

M. Fielding s'inclina d'abord devant Lavinia, puis devant Sarah.

— Je suis très heureux de faire votre connaissance à toutes les deux.

— Bonsoir, monsieur Fielding, dit Sarah en faisant une révérence. Avez-vous dansé ?

— Je suis coupable, je crains, dit-il en baissant la voix. J'ai dû me mettre ici pour profiter de l'air frais un moment. On pourrait penser que je suis habitué à la chaleur après les trois dernières années passées dans les Indes.

— J'imagine que c'est le cas, dit Sarah. Avez-vous aimé les Indes ?

— Oui. J'envisage d'ailleurs d'y retourner plus tard. J'ai dû rentrer à la maison pour m'occuper d'affaires familiales. Mon père est malade.

— Je suis vraiment désolée d'entendre cela, répondit la jeune femme.

— Merci. Je n'ai pas peur de dire qu'il est assez âgé… ma mère est sa troisième épouse. Hélas, j'ai cinq sœurs plus âgées que moi et aucun frère, et il m'incombait donc de rentrer à la maison et de tout superviser, expliqua-t-il avant d'agiter la main. Oh, écoutez-moi raconter ma vie !

— Nous sommes venues pour vous rencontrer, remarqua Lavinia. Et nous sommes heureuses de faire votre connaissance. Êtes-vous membre de chez Brooks ? Je demanderai à mon mari d'aller vous chercher plus tard.

— Je suis membre de chez Boodle, mais je peux essayer d'obtenir une place chez Brooks.

— Alors, c'est décidé, je vais vous présenter à mon mari, confirma Lavinia.

M. Fielding se tourna vers Sarah.

— Je me sens beaucoup mieux. Voudriez-vous m'accorder la prochaine danse ?

— Seulement si vous me promettez de me parler des Indes.

Il rit à nouveau, et la jeune femme décida qu'elle appréciait M. Fielding. Il était bien plus sincère que la plupart des hommes qu'elle avait rencontrés.

— Je vous parlerai des Indes jusqu'à ce que vous me suppliiez d'arrêter. Ou de vous y emmener.

Ses yeux couleur sherry brillaient d'une gaieté teintée de séduction.

Lavinia s'esclaffa.

— J'ai l'impression que tu es entre de bonnes mains, murmura-t-elle à Sarah. À plus tard.

Elle se retourna et s'éloigna, laissant Sarah prendre le bras de M. Fielding qui la guidait vers la piste de danse.

— Je dois vous avertir que mes compétences en danse

sont, au mieux, moyennes. Je n'ai pas beaucoup eu l'occasion de pratiquer au cours de mes voyages.

— Mon niveau de danse est à peine supérieur à la moyenne, nous sommes donc bien assortis.

Il rit à nouveau, et ils parvinrent à s'exécuter convenablement. Lorsqu'il n'était pas trop concentré sur les pas, il parlait des Indes, et elle percevait l'affection qu'il portait à ce pays. Il était certes charmant et plein d'esprit, mais elle ne croyait pas pouvoir le prendre au sérieux en tant que prétendant potentiel. Pas alors que son avenir se trouvait dans les Indes.

— Cela me semble être un endroit très agréable à visiter, dit-elle alors qu'ils quittaient la piste de danse.

— C'est le cas. Il se peut que je décide de m'y installer, selon que j'obtiendrai ou non un poste au sein du gouvernement.

Elle tourna les yeux vers lui.

— Est-ce une possibilité ?

Il acquiesça.

— Apparemment, oui.

Sarah chercha Lavinia du regard, mais elle tomba sur Felix à la place. Il s'approcha d'eux et s'inclina.

— Mademoiselle Colton, la salua-t-il avant de se tourner vers M. Fielding. Je ne crois pas que nous ayons été présentés.

Retirant son bras de celui de son partenaire de danse, Sarah se tourna vers les deux hommes, et fit un geste vers Felix.

— Permettez-moi de vous présenter le comte de Ware. Felix, voici M. Silvester Fielding, qui vient de rentrer des Indes.

— Bienvenue, dit Felix. Vous êtes parti longtemps ?

— Trois ans. Un peu plus que cela, en fait. Enchanté de faire votre connaissance, my lord.

Il s'inclina et passa discrètement un doigt sur sa tempe humide en se redressant.

— Cela pourrait l'intéresser de rejoindre Brooks, indiqua Sarah.

Felix regarda M. Fielding avec intérêt.

— Vraiment ? Je serais heureux de vous y aider, si vous le souhaitez. Si vous voulez bien nous excuser, j'ai une affaire à régler avec Mlle Colton.

— Bien sûr, répondit M. Fielding en se tournant vers Sarah avec un sourire chaleureux. C'était un honneur d'être votre partenaire ce soir. J'espère pouvoir renouveler l'expérience à l'avenir.

— Merci. Moi de même.

Sarah posa sa main sur le bras de Felix, et il entreprit de faire le tour de la salle de bal avec elle.

— Un prétendant potentiel ? demanda-t-il lorsqu'ils furent un peu plus loin.

— J'en doute. Il souhaite repartir dans les Indes, peut-être pour occuper un poste au sein du gouvernement.

Felix haussa une épaule.

— Tu n'aurais pas envie de t'y installer ?

— Pas particulièrement.

— C'est très ensoleillé. Et pluvieux aussi. Pense à tous les couvre-chefs que tu pourrais créer.

Elle lui lança un regard ironique.

— En parlant de couvre-chef, aurais-tu des nouvelles au sujet de ma boutique ?

— C'est précisément la raison pour laquelle je voulais te parler, répondit Felix. Cela te dérange-t-il si nous sortons sur la terrasse ?

— Pas du tout.

Il la conduisit dehors.

— Je ne suis pas certain que tu puisses te permettre de

t'installer sur Bond Street, mais j'ai trouvé un petit endroit sur Vigo Lane qui pourrait convenir.

Un frisson l'envahit et elle se tourna vers lui avec enthousiasme.

— C'est fantastique ! Quand pourrais-je visiter ?

— Je vais devoir fixer un rendez-vous. Il faudra attendre la fin des courses. Ce qui m'amène à mon prochain sujet.

Il la mena jusqu'au bord de la terrasse où il s'arrêta.

Elle retira sa main de son bras.

— Ton rôle d'entremetteur.

— Toi aussi, tu vas appeler cela ainsi ?

Sarah rit doucement.

— Comment l'appeler autrement ?

Il secoua la tête.

— Appelle cela comme tu le souhaites, du moment que cela reste entre nous.

Elle inspira brusquement.

— Tu imagines, si les gens apprenaient cet… arrangement ? En fait, ce serait bien pire pour toi que pour moi, surtout si tu réussis. Il te faudrait reprendre le flambeau du duc Galant.

— Oublie cette idée tout de suite ! dit Felix. C'est *toi* que j'aide, la sœur de mon meilleur ami que je connais depuis vingt ans. C'est comme si j'aidais ma chair et mon sang. Je ne voudrais faire ça pour personne d'autre.

Elle voyait à la lueur déterminée de son regard qu'il était tout à fait sincère.

— M'as-tu déjà trouvé un prétendant ?

— Je ne vais pas te trouver de prétendant, répondit-il. Je vais mettre dans ton orbite des célibataires que tu n'aurais peut-être pas rencontrés autrement.

— Je ne suis pas le soleil, dit-elle.

— Tu le seras pour ton mari.

Elle tourna les yeux vers lui.

— Eh bien, Felix, c'est adorable. Je crois que Beck déteint sur toi.

Il laissa échapper un rire sombre.

— Pas vraiment. J'espère simplement que tu épouseras quelqu'un qui t'appréciera à tous points de vue.

— Merci.

Elle l'espérait aussi.

— J'ai programmé les courses pour mercredi et jeudi à Darent Hall

Elle fronça les sourcils.

— C'est un long trajet à faire deux jours de suite.

— Oui, c'est pour cela qu'il s'agit d'une partie de campagne miniature. Je veillerai à ce que plusieurs célibataires soient présents.

— C'est… merveilleux. Cependant, je ne suis pas sûre que ma mère m'autorisera à y assister… et elle ne voudra pas venir. Elle n'aime pas les courses, dit Sarah, levant les yeux au ciel.

— Voilà pourquoi elle n'est pas conviée, répondit Felix avec une joie qui fit rire Sarah. Il s'agit d'une fête *privée*. J'invite des personnes triées sur le volet et je leur fais jurer de garder le secret.

Elle leva la main droite.

— Je jure solennellement de garder le secret. Sauf que je dois en parler à ma mère.

— Oui, c'est vrai, confirma-t-il, observant le jardin pendant un moment. Dis-lui que Lucy organise une petite fête pour ses amis et que tu iras avec Lavinia.

— Cela pourrait marcher.

— Si ce n'est pas le cas, dis-lui qu'il s'agit d'un rassemblement de célibataires.

Sarah éclata de rire à nouveau, et ne put s'arrêter pendant un bon moment.

— Tu devrais vraiment envisager d'ouvrir un tel établissement.

— Il existe déjà. Je crois qu'il s'appelle Almack…

Sarah laissa échapper un autre gloussement.

— Tu es en très grande forme ce soir, Felix.

— Merci, répondit-il, inclinant la tête avant de poursuivre. Je crois.

— S'il te plaît, invite M. Fielding.

Felix fronça les sourcils.

— Je croyais qu'il ne t'intéressait pas.

— Pas particulièrement, mais il était très charmant, et comme il vient juste de revenir en ville, il pourrait avoir besoin de divertissements.

— Tu as un cœur très généreux, constata Felix.

— Pas plus que toi.

Il ricana.

— Certainement pas. Comme je l'ai déjà dit, c'est toi que j'aide, et toi seule. En effet, tu es la seule femme célibataire que je tolère.

— Eh bien, maintenant tu me flattes.

— Toujours. Pourrions-nous retourner à l'intérieur ?

Elle lui prit le bras.

— S'il le faut. Tu me diras quand tu auras pris rendez-vous pour visiter le magasin de Vigo Lane ?

— Dès que je connaîtrai la date, tu le sauras, dit-il.

Il la conduisit vers la salle de bal, inclinant la tête vers un autre gentleman qui escortait une lady sur la terrasse.

— Et j'inviterai M. Fielding.

— Merci. J'ai hâte d'être à la fête, affirma-t-elle, se tournant pour le regarder. Je suppose que je peux en discuter avec Lavinia ?

— Bien sûr. Ainsi qu'avec Anthony. Et les Dartford, ajouta-t-il en la regardant. Je te fais confiance pour savoir à qui parler. Voilà ta mère. Veux-tu que je te conduise jusqu'à elle, ou ailleurs ?

Elle aurait voulu répondre *ailleurs*, mais elle devait discuter de la fête avec sa mère.

— Jusqu'à elle.

Il ricana.

— Tu parles comme si elle brandissait une hache de bourreau.

— Très drôle.

Quelques instants plus tard, il la ramena à la vicomtesse et prit congé. La mère de Sarah le regarda s'en aller et fit claquer sa langue.

— Je persiste à dire qu'il est idiot de ne pas t'épouser.

— Mère, parle moins fort, lui intima Sarah, même si elle n'avait pas élevé la voix. Je ne veux pas l'épouser.

Sa mère lui jeta un regard résigné et quelque peu déçu.

— Tu ne veux épouser personne.

— Pas encore, répondit Sarah, tâchant de ne pas paraître agacée. Il va y avoir une petite fête à Darent Hall mercredi et jeudi prochains. J'aimerais y aller avec Lavinia.

— Quel genre de fête ? demanda-t-elle d'un air soupçonneux.

Comme sa mère tenait absolument à ce que Sarah trouve un mari, elle s'empressa de lui dire :

— Le genre pour faire des rencontres. Felix s'est arrangé pour que de nombreux célibataires y assistent.

— Alors je devrais venir avec toi.

— Non, tu n'auras pas besoin de faire ça. Lavinia me chaperonnera, tout comme la comtesse de Dartford. De plus, Anthony sera là.

— Non, Anthony doit se rendre à Oaklands pour superviser la réparation des écuries.

Vraiment ?

— Je serai tout de même bien chaperonnée.

Elle ne voulait pas que sa mère vienne : elle détesterait les courses et refroidirait l'ambiance de l'événement.

— Je suppose, dit lentement sa mère, les yeux plissés. Je compte sur toi pour revenir à Londres avec un prétendant, et titré si possible, par tous les moyens nécessaires.

Sarah en resta momentanément bouche bée.

— Serais-tu en train de suggérer que je m'arrange pour être compromise ?

La comtesse haussa une épaule et promena son regard sur la salle de bal.

— Excuse-moi, ma chère. Je dois aller parler à Lady Ellensworth.

Elle s'en alla, laissant Sarah la suivre du regard, et se demander si elle était sérieuse.

Elle ne pouvait pas l'être. Et pourtant…

Peut-être que la boutique de Vigo Lane aurait-elle un logement assez grand pour Dolly *et* Sarah, car elle commençait à penser que c'était là qu'elle finirait par s'installer.

CHAPITRE 4

*D*arent Hall se trouvait à près de quatre heures de route de Londres. Cette journée de fin mai était lumineuse et chaude, parfaite pour voyager et participer à une course. Non pas que Felix ait voyagé depuis Londres ce matin-là. Il était arrivé la veille avec les coureurs, pour que leurs chevaux soient reposés avant l'épreuve du jour.

Les invités, eux, avaient commencé à arriver peu après midi. Le personnel de Darent Hall, sous la direction des Dartford, avait tout prévu en ce qui concernait l'hébergement et les activités de l'après-midi. Un pique-nique était organisé en marge des courses.

Felix balaya l'aire de pique-nique du regard, un espace herbeux avec des couvertures éparpillées. Des paniers contenant de la nourriture et des boissons étaient placés dans le coin de chaque grand carré de tissu, attendant les invités qui ne tarderaient pas.

La piste de course était visible depuis l'aire de repas. Felix s'était efforcé de lui donner une forme et une longueur aussi proches que possible de celle qu'ils avaient à Londres, afin que les choses soient équitables.

Il se rendit à la table de paris tenue par Kinsley, qu'il avait persuadé de venir pour l'événement malgré l'absence de son employeur.

— J'apprécie que vous soyez venu, dit Felix.

Kinsley leva les yeux de son registre.

— Le plaisir est pour moi. Comment résister à une si belle journée ?

L'attention de Felix fut attirée par le premier groupe d'invités qui franchissait la colline séparant la piste de la maison.

— Les voilà.

— Pourquoi faites-vous cela ? s'enquit Kinsley, plissant les yeux vers Felix. Les courses et les autres événements que vous organisez, je veux dire.

C'était une question que Felix entendait de temps à autre, et il éluda comme à l'accoutumée.

— Pourquoi pas ? La raison pour laquelle il organisait de tels événements n'intéressait personne, pas même Felix.

Kinsley rit.

— Pourquoi pas, en effet !

Felix sourit et s'éloigna de la table pour saluer les invités et leur proposer de prendre place sur les couvertures.

Beck et Lavinia, ainsi que Sarah, furent parmi les premiers à arriver.

— J'adore les pique-niques, dit Beck en regardant sa femme. Mais où y a-t-il un bosquet d'arbres ?

Il jeta un coup d'œil autour de lui et Felix se retint de rire.

Avant que Beck n'épouse Lavinia, il avait organisé un pique-nique au cours duquel elle avait montré à tout le monde d'anciennes formations rocheuses. Elle était géologue amateur, et cela avait été l'un des événements les plus fascinants de Felix. Cela avait également permis à Beck et Lavinia de faire une escapade au milieu des arbres pour un rendez-vous galant.

— Oui, c'est une excellente idée, dit Sarah. Où se trouve la table des paris ?

— Par ici, répondit Felix en lui offrant son bras.

Sarah posa sa main sur sa manche et l'escorta jusqu'à l'endroit où Kinsley était assis. Felix attendit qu'elle place ses paris, puis la ramena vers les couvertures.

— Quel genre d'activités as-tu prévu pour ce soir ? s'enquit Sarah.

— Après le dîner ? demanda-t-il, et, la voyant hocher la tête, il poursuivit. Jeux de cartes, danse, et peut-être quelques jeux de société.

— L'un d'entre eux comprendra-t-il des baisers ? Le Baiser de la nonne, peut-être, ou Le Baiser à la capucine.

Felix s'arrêta.

— Je n'y avais pas pensé. Tu veux jouer à des jeux de baisers ?

Il vit les joues de la jeune femme se colorer et elle détourna le regard.

— Cela me semble approprié, puisque je suis à la recherche d'un mari. Je n'ai, euh… je n'ai jamais embrassé quelqu'un.

Il la dévisagea avec un mélange d'indignation et d'incrédulité.

— Comment est-ce possible ?

Pour l'amour du ciel, elle avait presque vingt-quatre ans ! Et n'importe quel homme aurait envie de l'embrasser, séduit par ses lèvres, rose foncé et joliment ourlées.

Elle rougit davantage.

— Il faudrait demander à tous les hommes que j'ai rencontrés.

Elle lui lança un regard pénétrant qui semblait crier : *y compris toi.*

— Alors, il y aura des jeux de baisers.

— Merci.

Ses épaules se détendirent un peu, et Felix se rendit compte qu'il lui avait fallu un peu de courage pour poser la question.

— Y a-t-il autre chose que je puisse faire pour toi ? s'enquit Felix d'une voix douce. Quoi que ce soit ?

Elle réfléchit un instant, puis secoua la tête.

— Non, je pense que cela suffira pour l'instant. Oh, Anthony ne viendra pas, je le crains. Il a dû se rendre à Oaklands pour superviser quelque chose.

Felix était surpris qu'Anthony ne lui en ait pas parlé.

— Est-ce que cela vient juste de survenir ?

— Je ne crois pas. Ma mère m'en a parlé dès que je l'ai informée de la fête, dit Sarah avant de souffler. Eh bien, je vais aller trouver un endroit où m'asseoir.

Elle se dirigea vers les couvertures et rejoignit Beck et Lavinia.

C'était dommage qu'Anthony ne soit pas là, d'autant plus qu'il y aurait maintenant une pléthore de jeux de baisers. Felix pensait à plusieurs d'entre eux, y compris ceux qu'elle avait mentionnés, et peut-être en inventerait-il un lui-même… Il l'avait déjà fait auparavant. Son esprit évoqua une série d'idées potentielles…

— Un pique-nique, hein ?

Felix, tiré de sa rêverie, cilla au son de la voix d'Anthony.

— Tu es là.

Anthony regarda autour de lui.

— Devrais-je être ailleurs ?

— À Oaklands, apparemment. Sarah m'a dit que tu devais aller superviser quelque chose.

Anthony agita la main.

— Ça attendra. Je n'allais pas manquer cet événement.

— Cela n'a pas dû plaire à ton père.

Felix savait que le vicomte faisait tout pour qu'Anthony joue un rôle plus actif dans la gestion de leur domaine.

Anthony n'était pas un paresseux comparé à d'autres gentlemen de leur connaissance, mais il adorait sa vie à Londres et n'aimait pas manquer quoi que ce soit.

— Non. Entre sa colère contre moi et le désespoir de ma mère à propos de Sarah, ils étaient dans tous leurs états.

Felix jeta un coup d'œil vers Sarah ; la jupe de sa robe couleur corail s'étalait sur le coin de la couverture grise.

— Du désespoir ?

— Elle m'a fait comprendre que Sarah ferait mieux de revenir de cette fête avec un prétendant.

— Et si ce n'est pas le cas ? s'enquit Felix.

Il connaissait bien les Colton, mais il ignorait totalement ce qu'ils feraient si Sarah ne se mariait pas. Pourquoi s'en souciaient-ils à ce point ? N'était-ce pas suffisant de s'assurer qu'elle soit heureuse ? C'était la boutique de modiste qui s'en chargerait, pas un mari.

Anthony haussa les épaules.

— Ils affirment qu'ils arrangeront un mariage, mais je ne sais pas s'ils le feraient vraiment. Ils ont déjà menacé de le faire. Il est vrai que quelqu'un est intéressé.

— Vraiment ? demanda Felix, qui l'aurait invité ici s'il avait su. Qui ? Je peux envoyer un message à Londres et le faire venir d'ici demain.

Anthony le dévisagea un moment.

— Tu as pris ce rôle d'entremetteur très au sérieux.

— Est-ce vraiment nécessaire que tout le monde appelle cela ainsi ? marmonna Felix.

— Tu ne peux pas lui envoyer un message à Londres. Allencourt vit à Epping. Et il ne viendrait jamais à une fête comme celle-ci. Il a presque l'âge de mon père, il a déjà été marié deux fois, et il a trois filles, dont l'une est plus âgée que moi.

— L'âge n'est qu'un chiffre. Tout comme les filles et les mariages.

— Dit un homme qui n'a ni les unes ni les autres, s'esclaffa Anthony. Allencourt méprise également Londres et passe le plus clair de son temps à Epping. Il est le magistrat de la région et prend ses fonctions très au sérieux. Je pense que Sarah n'aurait pas beaucoup l'occasion de passer du temps en ville.

Pour Felix, c'était une chose qui ne plairait pas à la jeune femme. Elle avait des amis et appréciait les activités sociales. De plus, où pourrait-elle exhiber ses chapeaux à Epping ?

— J'ai l'impression qu'il faut que nous lui trouvions un mari, pas seulement un prétendant.

— Nous ? répéta Anthony avant d'éclater de rire. C'est à toi de porter cette croix !

Il donna une tape sur l'épaule de son ami.

— Très bien. Mais ne te fâche pas quand je lancerai une série de jeux de baisers pendant la fête.

— Pourquoi diable ferais-tu cela ? lui demanda Anthony, l'air légèrement horrifié.

— Comme si tu n'y avais jamais joué, se moqua Felix. À ton avis ? Ta sœur ne devrait pas choisir un prétendant sans avoir vérifié s'il vaut la peine sur le plan sexuel.

— Tout d'abord, un baiser ne t'apprend pratiquement rien sur quelqu'un d'un point de vue sexuel. Deuxièmement, je ne veux pas discuter de ma sœur de cette manière.

Il avait l'air dégoûté, comme s'il avait mangé du mauvais pudding.

Felix lui jeta un regard ironique.

— Si tu crois qu'un baiser ne te dit rien sur la nature ou les aptitudes sexuelles d'une personne, c'est que tu ne t'y es pas pris correctement.

— J'ai dit *pratiquement rien*, protesta Anthony en levant les yeux au ciel. Pourrions-nous parler d'autre chose ?

Felix sourit, et réprima un rire.

— De toute façon, il est presque temps pour moi d'annoncer le début des courses, expliqua-t-il en se retournant, scrutant l'aire de pique-nique à la recherche de Dartford. L'apercevant près d'une couverture à quelques mètres de là, Felix se dirigea vers le comte.

Dart tourna les yeux vers lui, et le rejoignit à mi-chemin.

— Prêt ?

— J'allais justement faire l'annonce.

— Je vais t'aider à diriger les gens vers la zone de départ. Mes palefreniers s'occupent des véhicules et des chevaux.

En vérité, les conditions étaient meilleures que dans le parc : il y avait du personnel, une plus grande estrade pour Felix et les spectateurs, construite par les serviteurs de Dartford, et, bien sûr, un pique-nique. Il grimpa sur la plate-forme et un valet de pied lui tendit le porte-voix pour qu'il puisse se faire entendre.

— Merci, dit-il avant de le placer devant sa bouche. Bienvenue à cette passionnante conclusion de nos courses ! Tout d'abord, nous allons assister à la manche des hommes, suivie de la finale des femmes, qui s'annonce palpitante !

Il attendit que les applaudissements diminuent avant de poursuivre.

— Conducteurs, rejoignez vos véhicules. Nous allons commencer tout de suite. J'invite les spectateurs à regarder depuis l'aire de pique-nique, ou à me rejoindre sur l'estrade si le cœur vous en dit.

Plusieurs invités, la plupart des gentlemen, le prirent au mot. Il remarqua que Sarah était restée dans l'aire de pique-nique avec Beck et Lavinia. Et M. Fielding. Il les avait rejoints et s'était assis à côté de Sarah. Ils semblaient rire de quelque chose. Comme c'était intéressant !

L'esprit de Felix se remit à penser à des jeux de baisers. Il avait bien l'intention de s'assurer que Sarah recevrait un baiser à cette fête, quitte à le lui donner lui-même.

Il s'immobilisa un instant. Le ferait-il vraiment ? *Bien sûr que non.* Elle était... Sarah.

Secouant la tête, Felix se concentra sur la course imminente et fit une nouvelle annonce pour que les concurrents se mettent en place.

Comme le comte de Saint-Ives était encore absent, il y aurait deux courses masculines, l'une avec trois véhicules et l'autre avec deux. Les deux premiers de la course à trois, ainsi que le vainqueur de la course à deux, participeraient à la demi-finale masculine le lendemain matin, et les deux meilleurs de cette épreuve accéderaient à la finale dans l'après-midi.

La première course opposait M. Wakeham à Lord Ponsford. Felix demanda la cloche au valet de pied, puis annonça le départ de la course avant de l'agiter en l'air. Ponsford aurait dû gagner facilement, mais les concurrents étaient proches l'un de l'autre. Au final, Wakeham le battit de peu. Un cri de joie venant de l'aire de pique-nique poussa Felix à tourner la tête.

Sarah était debout, les mains jointes devant sa poitrine. Même à cette distance, il voyait son expression triomphale. Elle avait parié sur Wakeham et venait d'empocher une belle somme. Bien joué !

Elle se tourna vers Fielding qui se rapprocha et lui dit quelque chose à l'oreille, ce qui la fit rire. Felix fronça les sourcils. Elle lui avait dit que Fielding ne l'intéressait pas vraiment, alors il espérait qu'il ne l'ennuyait pas.

À en juger par le sourire de Sarah, ce n'était pas le cas. Mais Felix garderait un œil sur cet homme.

— La prochaine course est prête, my lord, lui indiqua le valet de pied devant l'estrade face à Felix.

Celui-ci acquiesça et annonça que la course allait commencer incessamment.

— Je suis vraiment ravi que vous ayez organisé cela, Ware, déclara Oliver Sherington.

C'était l'un des célibataires que Felix avait invités. Il ne fréquentait pas beaucoup les bals et ne se rendait pas chez Almack. Il était jeune et de nature sportive. Et il possédait une fortune considérable. Ce qui lui manquait en termes de titre, il le compensait en investissements. Mais, d'après ce qu'avait dit Anthony, Felix n'était pas certain qu'un titre soit nécessaire. Apparemment, les Colton voulaient simplement *marier* leur fille.

— Bravo, bravo, dit Sir Rupert Ashburnham.

C'était un autre célibataire, veuf en réalité, et il avait quelques années de plus que Felix. Il avait deux enfants en bas âge et cherchait activement une épouse. Il n'était pas certain que Sarah et lui se soient déjà rencontrés, mais Sir Rupert était toujours extrêmement bien habillé, et Felix se demanda s'ils ne pourraient pas se trouver un intérêt commun pour la mode.

Bon sang ! Il était vraiment devenu un entremetteur.

Impatient de faire le vide dans sa tête, il approcha le porte-voix de ses lèvres et demanda aux coureurs, Dart, le baron Tyrrell et M. Redmond, de se préparer. Quelques instants plus tard, il annonça le départ et sonna la cloche.

Dart prit d'emblée une longueur d'avance, que ses adversaires ne parvinrent pas à combler. Mais l'arrivée entre les deux derniers fut incroyablement serrée, Tyrrell devançant Redmond de quelques centimètres sur la ligne d'arrivée. En fait, les deux concurrents se disputèrent même, tandis que Dart tâchait de maintenir la paix.

Autour de Felix, les spectateurs exprimaient leur opinion. À une voix près, ils déclarèrent Tyrrell vainqueur.

Felix souleva le porte-voix et annonça :

— Depuis l'estrade, il est clair que Tyrrell a franchi la ligne en premier ! Dartford et lui se qualifient donc pour la demi-finale de demain matin. Redmond, un verre de whisky vous attend dans l'aire de pique-nique.

Cette annonce fut accueillie par des acclamations et l'un des hommes près de Felix lui donna une tape dans le dos. Il appela Lady Dartford et Lady Exeby à se préparer pour la finale de la journée.

L'enthousiasme de la foule était palpable et presque toutes les personnes présentes dans l'aire de pique-nique se rapprochèrent pour assister à la course.

Anthony rejoignit Felix sur l'estrade, se frayant un chemin parmi les autres gentlemen pour se tenir à ses côtés.

— Quelle journée passionnante ! La fête devrait être très animée tout à l'heure, même sans jeux de baisers, dit-il, terminant à voix basse.

— Peut-être devrais-tu rester à l'étage ? suggéra son ami.

— Je ne suis pas certain qu'ils soient nécessaires, remarqua Anthony. Sarah semble très à l'aise avec M. Fielding. C'est un homme plutôt agréable. Je ne l'ai jamais vue rire comme ça avec un gentleman. En dehors de toi, mais tu ne comptes pas.

Non, il ne comptait pas. Felix chercha Sarah du regard et la trouva près de l'estrade, à côté de Fielding. Sa mission d'entremetteur allait peut-être prendre fin avant même d'avoir commencé.

Il reporta son attention sur la course et demanda aux concurrentes de se tenir prêtes.

— C'est le moment de la finale !

— Que gagnent-elles ? cria quelqu'un.

— Le droit de se vanter et l'adoration éternelle de tous les gens présents. À l'exception peut-être des conductrices qu'elles auront vaincues sur la route de la victoire.

Felix prit la cloche que lui tendait le valet de pied.

Les rires emplirent l'air, et il attendit qu'ils s'apaisent avant de crier :

— Prêtes, mesdames ? Partez !

Il fit sonner la cloche, et les véhicules s'élancèrent.

Lady Dartford prit de l'avance alors qu'elles s'appro-chaient du premier virage. Elle ralentit un peu plus qu'à Londres, et Felix ne put s'empêcher de retenir son souffle. Il essayait de ne pas faire de favoritisme, mais il appréciait la femme de Dart, et, après tout, ils organisaient l'événement.

Felix souleva le porte-voix.

— Lady Exeby mène à la sortie du premier virage. Lady Dartford baisse la tête et fait accélérer son équipage. La voilà qui gagne du terrain sur Lady Exeby.

Lady Exeby menait dans le second virage, mais elle était peut-être la conductrice la plus prudente de toutes les concurrentes dans les tournants. Lady Dartford ne commit pas deux fois la même erreur. En fait, elle s'engagea dans le virage à une vitesse plutôt soutenue, et il y eut des halète-ments lorsque l'une de ses roues se souleva du sol. Felix entendit quelqu'un murmurer *Mme Childers*, et il sentit la tension dans l'air.

Mais elle franchit le virage sans incident, et prit la tête de la course. Elle ne jeta pas un regard en arrière et fonça vers l'arrivée, battant aisément Lady Exeby.

La foule se précipita vers les concurrentes, tandis que Dart soulevait sa femme du phaéton et la faisait tourner avant de la poser pour qu'elle salue les gens venus la féliciter. Felix tendit le porte-voix au valet de pied et le remercia pour son aide.

Sur la ligne d'arrivée, les domestiques de Dart servirent de la bière et du vin, et les réjouissances durèrent un certain temps. Lorsque la foule se dispersa enfin, Felix vit Sarah aux côtés de Beck et Lavinia, et il décida de se joindre à eux pour le retour à la maison.

— Quelle journée palpitante ! s'enthousiasma Lavinia. Bien joué, Felix.

Il inclina la tête avec un petit sourire.

— Merci. Mais si la journée était aussi excitante, c'était grâce au talent des conducteurs.

— Oui, mais sans toi, il n'y aurait pas de course, remarqua Beck. Les gens parlent déjà des duels de l'an prochain, et nous n'avons même pas encore terminé le tournoi de cette année.

Felix n'était toujours pas sûr de vouloir poursuivre.

— Peut-être que Felix s'ennuie trop pour recommencer, dit Sarah en lui adressant un sourire taquin.

Il rit et lui offrit son bras.

— Tu me connais trop bien.

Elle posa la main sur sa manche et ils se mirent tous en route vers la maison. Sarah marchait lentement, laissant Beck et Lavinia les précéder. Felix saisit le message et suivit son rythme, supposant qu'elle voulait lui parler de leur objectif de trouver un prétendant.

— Qu'as-tu prévu pour ce soir ? s'enquit-elle.

Il remarqua la légère coloration des joues de la jeune femme.

— En ce qui concerne les jeux de baisers, tu veux dire ?

— J'ai commencé mon, euh, évaluation.

Felix tourna la tête vers elle.

— Tu as embrassé quelqu'un ?

Elle acquiesça, le rose illuminant encore ses joues.

— M. Fielding.

— Je vois.

Felix était surpris, mais il n'aurait pas dû l'être. Ils s'étaient montrés plutôt à l'aise ensemble tout au long de l'après-midi.

— J'espère que vous avez fait preuve de discrétion.

Elle lui jeta un regard en coin.

— Tu nous as vus ?

— Non, mais cela ne veut pas dire que personne ne vous a vus.

— Nous nous sommes *montrés* très discrets. Ce n'était pas difficile, tout le monde était concentré sur la célébration de la finale.

C'était vrai. Apparemment, Fielding savait bien profiter d'une situation. Felix espérait qu'il n'avait pas fait pareil avec Sarah.

— Étais-tu ouverte à ses avances ?

— Qui a dit que c'étaient *ses* avances ?

Un bruit qui tenait à la fois du rire et du halètement s'échappa des lèvres de Felix.

— Tu es incroyablement insolente.

— Merci. J'essaie de l'être, dit-elle avec un petit sourire. J'espère que cela me rendra plus attirante.

— Je crois que tu as toujours été aussi insolente, seulement, tu le cachais. Sois toi-même.

Sa recommandation brûlait au fond de son esprit, là où il cachait tous ses secrets et ses peurs. Ce n'était pas parce qu'il donnait des conseils qu'il devait nécessairement les suivre.

Ils approchaient de la maison, et Lavinia sembla remarquer que Sarah et Felix étaient en retrait. Elle les regarda par-dessus son épaule et ralentit.

Felix s'empressa de demander :

— Et comment était-ce ? La candidature de Fielding est-elle encore envisageable ou devons-nous concentrer nos efforts ailleurs ?

— Oh, il est toujours sur la liste. Mais j'aimerais comparer, affirma-t-elle avant de grimacer et de lui adresser un regard légèrement gêné. C'est grave ?

Il éclata de rire.

— Pas pour moi, mais, encore une fois, tu dois rester discrète.

— Ou masquer mon objectif sous couvert d'un jeu de baisers.

Elle lui adressa un regard faussement innocent qui le fit rire une fois encore.

— Nous allons jouer au Baiser aux quatre coins. Voilà qui te donnera quatre points de comparaison.

— Fantastique !

Lavinia et Beck attendaient près de la porte, et Sarah et Felix étaient presque à leur hauteur. La jeune femme s'arrêta à quelques mètres et retira son bras de celui de Felix.

— Merci. J'apprécie vraiment ton aide et ton soutien.

Ensuite, elle se tourna pour rejoindre Beck et Lavinia avant que le trio n'entre dans la maison. Felix la regarda s'en aller, et s'interrogea sur l'étrange sensation qui lui tenaillait le ventre. Il se sentait un peu… déstabilisé. *Parce que tu joues les entremetteurs*, se raisonna-t-il.

Ou peut-être est-ce parce que des choses qu'il vaudrait mieux oublier ont failli remonter à la surface.

Il refoula ce sentiment d'un haussement d'épaules. Il était temps de planifier les détails de la soirée.

❧

L'après-midi suivant n'était pas aussi lumineux et chaud que le matin, et certainement pas aussi radieux que le jour précédent. Le temps restait cependant très agréable et personne ne se préoccupait des nuages qui s'amoncelaient, car tout le monde était impatient de voir la dernière course commencer.

La demi-finale du matin avait été une confrontation à trois entre Dartford, Wakeham et Tyrrell. Ce dernier s'était rapidement retrouvé hors-jeu, mais Wakeham avait donné du fil à retordre à Dartford, favori pour la finale, mais personne n'excluait complètement son adversaire restant.

Sarah n'était pas sûre de savoir sur qui parier. Jusqu'à présent, elle s'était rendue trois fois à la table de Kinsley et, chaque fois, elle avait battu en retraite sans rien faire.

Lavinia la rejoignit alors qu'elle réfléchissait à ce qu'elle devait faire.

— J'espère que tu as parié sur Dartford.

— Je n'ai encore rien fait.

Le ventre de Sarah était toujours noué. Son esprit lui disait de miser sur Dartford, à la fois par sécurité et parce qu'il était un ami plus proche que Wakeham qu'elle ne connaissait pas vraiment, en réalité.

— Tu essaies vraiment de gagner de l'argent, constata Lavinia en inclinant la tête. Pour l'avenir ? J'ai l'impression que tu as plusieurs prétendants potentiels ici. J'ignore comment Felix s'y est pris, mais il a réussi à recruter un excellent groupe de gentlemen qui ont du charme et de l'esprit, et que tu n'as jamais vraiment rencontrés auparavant.

Elle secoua la tête d'un air amusé.

— Felix a un don.

Il avait effectivement un don. Il était capable de lire les gens et de leur donner ce qu'ils désiraient. Ou peut-être ce qu'ils ignoraient vouloir. Plusieurs des gentlemen présents étaient des célibataires endurcis, mais cela ne les avait pas empêchés de flirter avec Sarah la veille au soir.

— C'est vrai, murmura Lavinia, avant de regarder Sarah droit dans les yeux. Et cela fonctionne-t-il ? Tu as embrassé pas moins de quatre gentlemen hier soir.

— N'oublie pas Fielding hier après-midi, ajouta Sarah en riant.

Elle avait brièvement parlé de tout cela avec sa meilleure amie plus tôt dans la journée, mais elles n'avaient pas eu l'occasion d'approfondir le sujet.

Lavinia plissa légèrement les yeux.

— Je veux des détails. Lequel embrassait le mieux ? s'enquit-elle avant de secouer la tête. Non, oublie cela. Dis-moi plutôt quel effet cela fait de passer de n'avoir jamais embrassé personne à embrasser cinq hommes en une journée. Bonté divine, serais-tu devenue une femme aux mœurs légères ?

Elle posa la question sur le ton de la plaisanterie, mais en parlant à voix basse et en jetant un coup d'œil autour d'elle pour s'assurer que personne n'écoutait leur conversation.

— En vérité, les baisers d'hier soir ont été très brefs et plutôt superficiels. Je dirai que M. Lytton était celui qui dégageait l'odeur la plus agréable.

Lavinia rit.

— Ton baiser avec Fielding était un peu plus intense, je suppose ?

— Un peu, répondit Sarah.

Elle étouffa la chaleur qui envahissait son cou lorsqu'elle repensa à la façon dont il l'avait embrassée.

— Je suis heureuse que tu m'aies avertie de m'attendre à me servir de ma langue.

Lavinia sourit, l'air très satisfait.

— Excellent ! Je suis ravie que tu aies apprécié.

— Je crois que oui. Je veux dire, je n'ai pas vraiment de point de comparaison, n'est-ce pas ?

— Non, mais je ne suis pas sûre que cela soit important. Lorsque l'homme idéal t'embrasse, les choses… arrivent, tout simplement.

Elle afficha un regard éperdu d'amour et Sarah le suivit jusqu'à Beck, qui discutait avec Anthony à quelques mètres de là.

— Je te crois sur parole.

Sarah ne savait pas trop ce qui s'était passé avec Fielding. Son cœur s'était emballé, et son ventre avait… palpité. C'était peut-être ce que Lavinia voulait dire.

— As-tu hâte de l'embrasser à nouveau ? s'enquit cette

dernière après s'être secouée pour sortir de la transe dans laquelle elle s'était plongée.

— Je… oui, je crois que oui, répondit-elle, car elle n'y avait pas vraiment réfléchi. C'était très agréable.

Cela au moins était vrai. Peut-être était-elle tellement bouleversée par le fait d'avoir enfin été embrassée qu'elle n'avait pas eu la bonne réaction. Oui, un autre baiser s'imposait. Mais elle avait aussi envie d'embrasser quelqu'un d'autre. Le vicomte Blakesley, peut-être. C'était le célibataire le plus séduisant de l'assistance, avec ses cheveux dorés ondulés et ses yeux couleur saphir. Apparemment, il n'avait pas envie de se marier pour le moment, mais Sarah se disait qu'elle aimerait quand même l'embrasser.

Doux Jésus, elle était peut-être *vraiment* une femme aux mœurs légères.

Lavinia chassa un insecte qui volait près de sa tête.

— Qu'a prévu Felix pour ce soir ?

— Je n'en suis pas tout à fait sûre, mais j'imagine qu'il y aura des jeux de baisers.

Parce qu'elle le lui avait demandé. Elle tourna les yeux vers l'estrade et le vit debout au centre, le porte-voix à la main, prêt à annoncer la course.

— Oh, comme j'aimerais pouvoir venir de ton côté de la maison au lieu de l'ennuyeux salon avec les jeux de cartes ! s'exclama Lavinia, levant les yeux au ciel.

Sarah éclata de rire.

— Y a-t-il une raison pour que tu ne puisses pas ?

— Je l'ignore, mais j'ai bien l'intention de le découvrir. Tu es ma meilleure amie. Je préfère être là où tu es, même si je ne participe pas à certains divertissements. Je ne peux pas imaginer que *tous* les jeux impliquent des baisers.

Cela n'avait pas été le cas le soir précédent.

— Tu as raison. Tu devrais venir.

— Maintenant, je n'aurais plus à mourir de jalousie, répondit Lavinia en souriant.

— De jalousie ? C'est moi qui devrais être envieuse.

Et elle l'était lorsqu'elle regardait Lavinia et Beck ensemble. Ou les Dartford. Ou encore les amis de Sarah et Lavinia, Nick et Violet, le duc et la duchesse de Kilve, qui étaient également présents.

Le regard de Lavinia s'adoucit, empli de compassion, et elle toucha le bras de son amie.

— Tu vas tomber amoureuse. Je le sais. Tu l'as peut-être déjà rencontré. Ou embrassé.

Elle esquissa un sourire, et ce qui fit rire Sarah.

— Peut-être. Ou peut-être pas. Peut-être que je ne suis pas faite pour tomber amoureuse. Il y a plein de femmes à qui cela n'arrive jamais, et beaucoup qui ne se marient jamais. Autrefois, tu étais prête à devenir vieille fille, et je le suis toujours. J'espère que tu resteras mon amie, conclut-elle avec une pointe d'humour.

Elle savait que Lavinia serait toujours son amie.

Lavinia lui prit la main et la serra.

— Toujours.

— Il faut que je te dise quelque chose, lui dit Sarah avec une grimace. J'ai été un peu une mauvaise amie.

Les yeux bruns de Lavinia s'assombrirent en même temps qu'elle libérait Sarah.

— Jamais tu ne pourras être une mauvaise amie.

— Je l'ai été, tout comme tu l'as été quand tu ne m'as pas parlé de ta relation avec Beck.

Sarah faisait référence au moment où Lavinia avait appris que Beck était le duc Galant et qu'elle n'en avait pas informé Sarah, ou lorsqu'ils étaient devenus amis, et puis plus que cela.

— Alors, tu n'es pas du tout une mauvaise amie, puisque tu ne fais que me rendre la pareille. Que m'as-tu caché ?

demanda-t-elle en écarquillant les yeux. Est-ce que cela implique un gentleman présent ici ?

Elle jeta un œil autour d'elle.

— Non, dit Sarah en riant. Tu sais que j'aime faire mes propres chapeaux de temps en temps.

Voyant son amie hocher la tête, elle poursuivit.

— J'ai économisé de l'argent pour pouvoir ouvrir ma propre boutique de modiste.

Lavinia en resta bouche bée.

— Tu te lances dans le commerce ?

— Moins fort, s'il te plaît ! murmura Sarah, balayant les environs du regard pour voir si quelqu'un l'avait entendue, et cela ne semblait pas être le cas. Je n'y travaillerai pas, et la boutique ne portera pas mon nom. Dolly, de la chapellerie Marsden, va gérer le magasin, et réalisera mes créations.

— Tu n'en revendiqueras donc pas le mérite ? s'enquit Lavinia, qui fronça les sourcils en voyant Sarah secouer la tête. Comme c'est dommage ! C'est même un scandale.

— Il n'est pas question de récolter des honneurs, déclara Sarah. C'est pour assurer mon avenir, et faire quelque chose que j'aime.

Elle sourit alors, comme elle le faisait toujours lorsqu'elle songeait à construire quelque chose qui lui serait propre.

— Tu auras la meilleure boutique de modiste de toute l'histoire des boutiques de modiste, affirma Lavinia, les yeux brillants de fierté.

— Que les concurrents se préparent à démarrer, annonça Felix dans le porte-voix.

— C'est presque l'heure, dit Sarah. Je ferais mieux de placer mon pari.

Elle se précipita vers la table et prononça le premier nom qui lui vint à l'esprit. Alors qu'elle retournait vers Lavinia, elle pria pour avoir fait le bon choix.

Un instant plus tard, Felix annonça le départ et fit sonner

la cloche. Dartford et Wakeham s'élancèrent, leurs véhicules presque à égalité alors qu'ils fonçaient vers le premier virage. Le cœur de Sarah s'emballa alors que les deux hommes s'engageaient dans la courbe aussi vite qu'ils l'osaient, plus vite que pendant toutes les courses précédentes. Les deux phaétons basculèrent, et on entendit un hoquet de surprise collectif, suivi de soupirs de soulagement lorsque les huit roues touchèrent à nouveau la terre ferme, se dirigeant vers le second virage.

Wakeham sembla s'y engager avec un peu plus de prudence, tandis que Dartford accélérait encore. Son phaéton bascula à nouveau, mais il garda la maîtrise de la situation et prit la tête de la course à l'approche de l'arrivée.

— Allez, Dartford ! s'écria quelqu'un, tandis que Wakeham regagnait du terrain sur lui.

Mais Dartford franchit la ligne en premier, et enfin, Sarah put respirer à pleins poumons.

Lavinia éclata de rire.

— Je suppose que tu as parié sur Dartford ?

— Oui ! confirma Sarah, le sourire aux lèvres.

Elles se dirigèrent avec tout le monde vers la ligne d'arrivée.

Comme la veille, il y eut de la bière, du vin, et de nombreuses réjouissances pendant un certain temps. Deux hommes hissèrent Dart sur leurs épaules et le firent défiler sous les acclamations et les regards admiratifs de toutes les personnes présentes. Cependant, personne n'était plus fier ni plus heureux que Lucy, qui posait sur son mari des yeux emplis d'une fierté et d'un amour rayonnant.

Sarah aperçut Felix à quelques mètres, et elle alla le féliciter pour la réussite de son événement.

— Tu devrais vraiment recommencer l'année prochaine.

— C'est ce que tout le monde me dit. C'était terriblement

amusant, n'est-ce pas ? demanda-t-il en souriant. As-tu encore gagné ?

— Oui.

— As-tu déjà perdu ?

Elle secoua la tête.

— Peut-être devrais-tu te joindre aux couples mariés dans la salle des cartes ce soir, suggéra-t-il d'un ton ironique.

Sarah éclata de rire.

— Lavinia a demandé si elle pouvait plutôt se joindre à nous.

— Hum, je me dis que j'aurais dû proposer un jeu consistant à parier pour des baisers.

— Pourquoi, parce que je les gagnerais tous ?

— Exactement, confirma-t-il, le regard plein d'humour. Comment se passe ta journée ? Je t'ai vue avec M. Lytton tout à l'heure. Est-il dans la course ?

Elle haussa les épaules.

— Il sent bon.

— S'agit-il de ta première exigence ? demanda-t-il avant d'agiter la main. Je plaisante. J'ai organisé un jeu spécial pour ce soir. Dis-moi qui tu as le plus envie d'embrasser… en privé.

Sarah le regarda en clignant des yeux.

— En privé ? Comment vas-tu arranger cela ?

Il lui adressa un sourire machiavélique.

— Tu verras. C'est une variante de Devinez qui vous embrasse.

— Voilà qui me semble plutôt audacieux. Est-ce que tout le monde voudra jouer ?

Felix lui lança un regard narquois.

— Tu étais là hier soir, n'est-ce pas ? Je pense que ce groupe est plus que motivé pour un tel jeu.

Il avait raison. À en juger par la soirée de la veille, ces gens étaient plutôt audacieux.

— Tu n'as qu'à me dire qui tu veux embrasser, et je m'arrangerai pour que cela se produise.

— Vraiment ? demanda-t-elle alors que son regard se posait sur la silhouette athlétique du vicomte Blakesley.

— Je vois qui tu regardes. Blakesley, alors ?

Elle lutta pour ne pas rougir et répondit avant de pouvoir changer d'avis.

— Oui.

— Considère que c'est fait.

— Qui vas-tu embrasser ? s'enquit-elle.

— Personne. Je dois superviser le jeu et Anthony a proposé de m'aider. Les hommes sont deux fois plus nombreux que les femmes, et nous aurons besoin d'être à égalité pour ce jeu.

— Lavinia serait ravie de t'aider aussi. Elle ferait n'importe quoi pour éviter la salle des cartes. Elle nous envie de nous amuser.

— Alors peut-être qu'elle n'aurait pas dû se marier, remarqua Felix en remuant les sourcils. Peut-être que tu changeras d'avis aussi sur le fait de te marier.

Changer d'avis… comme si c'était sa décision.

Ses parents allaient faire en sorte qu'elle se marie, qu'elle soit amoureuse ou non.

CHAPITRE 5

*A*près un jeu de charades animé et plusieurs parties hilarantes de La Toilette[1], la plupart des invités avaient accumulé un certain nombre de gages, qui devaient être honorés à un moment ou à un autre, généralement après la fin des jeux.

Felix n'avait eu qu'un gage durant La Toilette. Il avait endossé le rôle de la brosse à cheveux et ne s'était pas levé assez rapidement lorsque la lady avait requis son assistance. D'autres avaient fait bien pire. Sir Rupert avait cumulé au moins cinq gages dans les deux jeux.

Tout le monde semblait s'amuser, et Felix était impatient de dévoiler le jeu qu'il avait concocté pour s'assurer que Sarah embrasse le vicomte Blakesley. Elle était assise sur le canapé à côté de Lavinia, la tête inclinée vers elle, tandis qu'elles chuchotaient. Le vicomte se tenait dans un coin de la pièce avec deux autres gentlemen, des verres de whisky à la main.

Felix sonna une cloche pour attirer l'attention de tout le monde.

— Et maintenant, le premier jeu de la soirée, une nouvelle version de Devinez qui vous embrasse.

— La version Ware ! s'écria M. Walter Pratt, suscitant les rires et l'approbation des participants.

Felix s'inclina.

— S'il vous plaît de l'appeler ainsi ! Dans cette version, nous serons autant d'hommes que de femmes. Pour cette raison, M. Colton et moi-même serons excusés.

Il se tourna vers Anthony, qui se tenait non loin avec Beck, qui, avec sa femme, avait préféré se joindre à leurs divertissements ce soir, à l'exception des jeux de baisers.

— C'est dommage, remarqua Mme Alnwick en regardant Felix.

Elle était l'unique veuve parmi eux, et c'était également la sœur cadette de Lady Exeby. Elle avait flirté avec Felix toute la soirée, et il commençait à envisager de la retrouver pour un rendez-vous secret plus tard.

Cependant, il ne réagit pas et ne répondit pas à son commentaire avant de se lancer dans l'explication du jeu.

— Il y a neuf jeunes femmes et neuf jeunes hommes. Le valet de pied de Dartford et moi-même distribuerons un morceau de parchemin plié à chacun des joueurs. Sur ce parchemin figure un numéro. Chaque numéro est en double : un pour une lady, l'autre pour un gentleman.

— À quoi servent-ils ? s'enquit Lord Crawford, bafouillant.

Heureusement, il ne buvait pas de whisky comme Blakesley et ses compagnons.

— Les numéros vous indiqueront dans quelle pièce vous rendre. Mon personnel vous orientera si nécessaire. Chacun doit garder son numéro secret. Les messieurs se rendront dans leur pièce, où on leur bandera les yeux et où ils attendront dans l'obscurité totale l'arrivée de leur lady. Chacune trouvera alors la salle portant son numéro et y entrera. Une fois la porte fermée, les couples disposeront d'une minute pour s'embrasser... ou non. Une cloche sonnera pour indiquer que la minute est terminée, et les dames partiront. Les hommes attendront qu'un membre de mon personnel aille les chercher pour revenir ici, où les joueurs tenteront de deviner qui ils ont embrassé. S'ils ont raison, ils gagnent. S'ils se trompent, ils auront un gage.

— Oh, c'est charmant ! déclara Mlle Reynolds.

— C'est scandaleux ! murmura Fielding. Et tout à fait captivant.

Il sourit, et ceux qui l'entouraient gloussèrent.

— Le jeu sera beaucoup plus divertissant si vous ne trichez pas : messieurs, gardez vos yeux bandés, et mesdames, n'essayez pas de reconnaître les messieurs dans l'obscurité. Vous devez vous baser uniquement sur le baiser pour deviner. Et essayez de ne pas parler. S'il le faut vraiment, déguisez votre voix, expliqua-t-il avant de regarder autour de lui. Y a-t-il des questions ?

— Et si une minute ne suffit pas ? s'enquit Blakesley, déclenchant quelques rires dans le salon.

— Si vous prenez trop de temps, je demanderai au personnel de vous interrompre, répondit Felix, qui n'avait pas encore donné ses instructions, mais ne tarderait pas à le faire. Commençons.

Il s'avança vers Gerald, qui tenait deux plateaux, et lui en tendit un. Felix échangea un regard avec le valet de pied, qui avait été chargé de remettre le parchemin au coin froissé, le numéro neuf, à Blakesley. Lui s'assurerait que Sarah reçoive le même numéro, ceux des autres seraient aléatoires.

Felix entreprit de distribuer les numéros aux participants, prenant soin de garder le numéro au coin froissé pour Sarah.

Lorsqu'il atteignit Mme Alnwick, qui était assise dans un fauteuil à oreilles, elle lui adressa un sourire félin.

— J'ai finalement pensé à une question. Toutes les pièces

sont-elles à proximité, ou certaines se trouvent-elles *à l'étage* ?

Comme les chambres étaient en haut des escaliers, il avait bien l'impression qu'elle demandait si l'une d'entre elles contenait un lit.

— Elles sont toutes proches : il y a quelques placards utilisés par le personnel, dit-il en lui tendant le papier.

— Proches… à quel point ? ronronna-t-elle en dépliant le papier. Oh, regardez, le numéro deux…

— Vous êtes censée garder le secret, constata Felix, amusé par son effronterie.

— Et je le ferai. Pour tous les autres.

Elle battit des cils et ses lèvres se courbèrent timidement avant qu'il ne passe à la joueuse suivante.

— Quel jeu délicieusement inapproprié, constata Lavinia lorsqu'il arriva au canapé qu'elle partageait avec Sarah.

Felix tendit le parchemin au bord froissé à Sarah d'un air déterminé. Elle écarquilla légèrement les yeux et jeta un bref regard à Blakesley. Felix esquissa un petit sourire.

— Aurais-je dû vous attribuer une pièce à Beck et toi ? s'enquit-il auprès de Lavinia en souriant.

Elle éclata de rire.

— Nous en avons une, merci.

Felix remit son dernier morceau de parchemin et se tourna pour s'adresser à toute la salle.

— Messieurs, veuillez sortir, le personnel vous montrera vos pièces et vous bandera les yeux.

Les hommes lancèrent des regards enthousiastes vers les dames avant de partir, certains lissant leurs cheveux ou redressant leur cravate. Les femmes se rassemblèrent à un bout de la pièce et discutèrent du jeu avec fébrilité.

— Comment pourrons-nous le savoir ? demanda l'une d'elles.

— Grâce à l'odeur.

— My lord ? demanda Gerald, dérangeant Felix qui écoutait.

Il se retourna.

— Y a-t-il un problème ?

— Oui. Pourriez-vous venir avec moi ?

Felix le suivit, s'arrêtant en chemin près d'Anthony.

— Je dois régler un problème. Garde les femmes ici pour l'instant.

Son ami acquiesça.

À l'extérieur du salon, Gerald informa Felix que Crawford ne se sentait pas bien, et qu'il ne pouvait plus prendre sa place dans la pièce numéro cinq.

Il fronça les sourcils.

— Il nous en manque donc un. Je vais prendre sa place, dit-il. Je sais où elle se trouve.

La cinquième pièce était la plus petite, c'était à peine plus qu'un placard à côté de la bibliothèque. Il salua le valet de pied chargé de l'endroit avant d'y entrer. Une fois à l'intérieur, le domestique lui banda les yeux.

— Tout va bien, my lord ?

— Très bien, merci, dit Felix.

Puis il fut plongé dans l'obscurité, et il patienta. De qui s'agirait-il ? Ce ne serait pas Sarah, bien sûr. Ni Mme Alnwick. Elle avait affirmé avoir le numéro deux. Il restait donc Mlles Conwyn et Christie, Mlle Reynolds, Mlle Saunders, ou la fille de Tyrrell, Mlle Smithson. Pour Felix, aucune d'entre elles ne se démarquait particulièrement, même si l'aînée, Mlle Conwyn, était très séduisante, quoique discrète.

Plusieurs minutes s'écoulèrent avant qu'il n'entende des murmures, puis un coup léger frappé à la porte avant qu'elle ne s'ouvre. Aussi expérimenté qu'il fût, son cœur s'emballa. Il se rendait compte qu'il s'agissait d'un jeu plutôt scandaleux. Lorsqu'il l'avait imaginé, il n'avait pas pensé y jouer lui-

même. Il s'était vu en organisateur et rien de plus. Là, il se
retrouvait à se délecter de l'excitation du secret.

Un autre corps le rejoignit dans le petit espace, et la porte
se referma avec un déclic. Il se rappela ce que Sarah avait dit
à propos de l'odeur et inspira profondément : il ne sentit
rien.

Sa jupe frôla sa jambe, puis il la sentit. C'était un léger
parfum de rose qu'il pouvait attribuer à de nombreuses
femmes.

Elle bougea, et sa main effleura le devant de son pantalon.
Son sexe tressauta sous la sensation. Ils n'avaient qu'une
minute, alors autant la mettre à profit.

Il avança la main vers elle, trouva sa taille et glissa ses bras
autour d'elle pour l'attirer contre sa poitrine.

Son léger halètement emplit le petit espace. Il remonta
une main le long de sa colonne vertébrale et la sentit frissonner. Il chercha et trouva sa nuque, puis plaça sa main sur son
cou pour savoir où elle se trouvait. Passant un pouce sur sa
joue, il lui fit pencher la tête sur le côté et posa ses lèvres
contre les siennes.

Il voulait que ce soit un baiser délicat et doux, mais apparemment sa partenaire ne voyait pas les choses de la même
manière. Elle plaqua une main contre sa clavicule et enroula
l'autre autour de son cou, tirant sur lui alors que ses lèvres
remuaient contre celles de Felix. Puis elle glissa la langue
dans sa bouche.

Le corps de Felix, déjà en proie à l'excitation, prit instan-
tanément vie. Sa raison tenta de prendre le dessus et de lui
conseiller d'y aller doucement ou, mieux encore, de s'arrêter,
mais il n'avait qu'une minute pour embrasser cette bouche si
douce, et il allait en profiter.

Il saisit la nuque de la jeune femme et lui fit légèrement
courber le dos en accueillant sa langue avide. Elle hésita,
mais seulement brièvement, avant de s'ouvrir complètement

à lui. Elle se plaqua contre lui de la poitrine à l'aine, et le sexe de Felix durcit. Ce n'était pas ce qu'il avait prévu avec ce jeu. Il n'avait pas eu l'intention d'y participer, et le voilà qui prenait un plaisir fou à étreindre cette inconnue.

Mais c'était réellement divin. Elle glissa une main dans sa veste et empoigna son revers, tandis que son autre main remontait le long de son cou jusqu'à la base de son cuir chevelu qu'elle massa du bout des doigts, les emmêlant dans ses cheveux. Il la serra contre lui, savourant la sensation de son corps parfaitement adapté au sien. Elle avait une poitrine généreuse et une taille fille. Il descendit sa main et sentit la courbe de sa hanche et de ses fesses. À son contact, elle tressaillit et se plaqua davantage contre lui.

Perdu dans son étreinte, il plongea sa langue dans la bouche de l'inconnue, l'embrassant plus fougueusement qu'il ne l'aurait jamais imaginé. Cela devait être une activité charmante et légèrement scandaleuse, mais c'était bien plus que cela. C'était de la chaleur, du désir et une promesse érotique.

Le son d'une cloche vint troubler ce brouillard de luxure. Avec une grande réticence, il éloigna sa tête de celle de la jeune femme et inspira profondément. Mais il ne la lâcha pas, et elle non plus.

Elle appuya ses doigts sur la nuque de Felix, le poussant à redescendre. Il n'avait pas besoin qu'elle le lui demande. Inclinant la tête dans l'autre sens, il l'embrassa à nouveau avide de la goûter de toutes les façons possibles. Ce ne serait jamais suffisant, mais c'était tout ce qu'ils avaient.

Elle répondit à son baiser et leurs langues se mêlèrent en même temps qu'ils s'exploraient avec leurs mains. Elle posa les deux mains sur les côtés de son cou, sous le col de sa chemise, et le caressa de ses doigts chauds.

Il lui massa la hanche, l'attirant contre lui de sorte qu'elle ne pouvait pas ignorer son érection. Il n'aurait pas dû le faire, mais elle gémit dans sa bouche, et il fut complètement dépassé par la situation. Désespérant de faire durer ce moment, il remonta sa main et effleura de son pouce le dessous de son sein. Elle frémit et ses doigts s'enfoncèrent dans sa chair.

Un coup fort frappé à la porte les interrompit une fois encore.

— Il est temps d'en finir, dit la voix étouffée de l'autre côté.

Felix arracha sa bouche à la sienne et s'obligea à se plaquer contre le mur derrière lui.

— Allez-y, grogna-t-il, le corps en feu.

La porte s'ouvrit, et toute la chaleur dont l'espace était rempli sembla disparaître avec elle. Se rendant compte qu'il était à bout de souffle après l'avoir embrassée, Felix s'efforça de reprendre le contrôle de son corps, respirant profondément pour ralentir son cœur et, avec un peu de chance, apaiser son sexe excité.

Bon sang ! C'était bien plus que ce qu'il avait prévu. Il arracha le bandeau de ses yeux et maudit l'objet qui avait amplifié son incroyable excitation.

Une fois qu'il se fut maîtrisé, il sortit du placard et le tendit au valet de pied sans un mot. Il retourna à grands pas dans le salon et fut un peu surpris de constater qu'il était presque le dernier à revenir. Seul Blakesley arriva derrière lui.

Les femmes étaient toutes assises, et les hommes étaient debout. Tout le monde parcourait la pièce du regard de manière furtive et presque comique, cherchant à savoir qui il avait embrassé. Felix fit de même, mais il n'avait aucune idée.

— Maintenant…

Felix avait la voix basse et rauque, comme s'il avait chevauché dans le froid. Il s'éclaircit doucement la gorge.

— Maintenant, je vais passer parmi vous et vous demander de deviner qui vous a embrassé. Vous n'êtes pas obligé de donner le nom de la personne qui vous a désigné, sauf si vous pensez qu'elle a raison.

— Il est important de préciser que Crawford ne se sentait pas bien, et que Ware a dû le remplacer, annonça Anthony.

— L'une d'entre nous a donc embrassé Ware ? demanda Mme Alnwick, légèrement essoufflée.

Anthony acquiesça.

— Oui.

Mme Alnwick afficha un large sourire, et Felix sut qu'elle allait donner son nom. Et, bien sûr, elle aurait tort.

— Lady Northam, pourriez-vous continuer à enregistrer les gages ? s'enquit Felix.

Lavinia sourit et acquiesça.

— Bien sûr.

Elle s'avança vers la table qui avait été déplacée dans un coin et s'assit. Elle avait noté les noms de ceux qui avaient écopé de gages et avait marqué les pénalités qui en découlaient.

— Prête quand vous l'êtes.

— N'oubliez pas, vous tous, que les pénalités seront données une fois que nous aurons révélé le nom des personnes qui se sont embrassées et que nous aurons vu qui s'est trompé.

— Quels seront les gages ? s'enquit Mlle Saunders.

— Ils seront variés, répondit Felix. Les personnes qui auront des pénalités seront soumises à un tirage au sort. Il y aura les Statues vivantes, ainsi que le Quatuor et l'Orateur idiot.

Fielding rit.

— Fantastique !

Prêt à commencer, surtout parce qu'il était impatient de découvrir qui l'avait embrassé, Felix commença par le côté gauche de la pièce et appela la première personne.

— Monsieur Sherington, devinez qui vous a embrassé.

Sherington examina attentivement chaque lady, s'approchant même de certaines d'entre elles pour les étudier de plus près, avant de finalement annoncer :

— Mlle Elinor Conwyn.

C'était la jeune demoiselle Conwyn.

Toutes les têtes se tournèrent vers elle, et elle agita son éventail pour tenter de rafraîchir ses joues rougies.

Felix passa à la personne suivante, et ainsi de suite, jusqu'à ce qu'il se retrouve devant Sarah sur le canapé. Elle prit un moment pour observer les gens, mais pas aussi longtemps que les autres.

— Vicomte Blakesley.

Le vicomte lui jeta un regard malicieux, et Anthony laissa échapper un grognement très bas que seuls Felix et Beck purent entendre. Felix lui adressa un regard apaisant, et Anthony se renfrogna en réponse.

Levant les yeux au ciel, l'hôte de la soirée se remit à demander aux autres invités de deviner qui les avait embrassés. Il passa en dernier et décida de choisir la seule lady dont le nom n'avait pas été prononcé ; le jeu s'était transformé en un exercice de déduction.

— Mlle Reynolds, dit-il, se demandant s'il avait raison.

Et il se demandait aussi s'il y avait quelque chose à faire, car il rêverait certainement d'elle cette nuit-là.

— Il est maintenant temps de révéler le numéro de la pièce dans laquelle vous vous trouviez, ou dans laquelle vous vous êtes rendue, annonça Felix.

Tout le monde sembla se pencher en avant, et la tension monta dans la pièce.

— Pièce numéro un. Qui était la dame ?

Mlle Elinor Conwyn leva la main.

— C'était moi.

— Mince ! s'exclama Sherington, et tout le monde rit.

— Et qui était le gentleman ? s'enquit Felix.

— Moi, répondit M. Winston-Whit en adressant un signe à Mlle Conwyn, qui rougit à nouveau abondamment et agita son éventail.

Sa sœur tapota l'épaule de Mlle Conwyn, et Felix poursuivit.

— Qui était la lady dans la pièce numéro deux ?

Bien entendu, il le savait déjà.

— Moi, annonça Mme Alnwick en battant des cils en direction de Felix.

— Et qui était le gentleman ?

— C'était moi, répondit le Baron Hardwick.

Mme Alnwick écarquilla les yeux et fit une brève et petite moue. Elle se ressaisit rapidement pour faire un signe de la main au baron, qui gloussa de joie.

— J'ai vu juste ! annonça-t-il.

— C'est vrai, confirma Felix. Pas de gage pour vous.

Ils poursuivirent avec les occupants des pièces trois et quatre. Pour la deuxième pièce, la jeune Mlle Christie et M. Lytton avaient deviné correctement. Les rires fusèrent, et quelques paris furent lancés sur le fait qu'ils se marieraient avant l'automne. Tous deux rougirent, et Felix craignit de s'attirer effectivement une réputation d'entremetteur. À cause de cela, il déclara :

— Je me dois de vous rappeler que les affectations étaient totalement aléatoires.

C'était presque totalement vrai.

C'était maintenant le tour de la pièce numéro cinq. Son cœur s'emballa tandis qu'il attendait avec impatience de connaître l'identité de la femme qui était parvenue à lui faire perdre son équilibre et probablement son sommeil, au moins pour cette nuit.

— Qui était la dame de la pièce numéro cinq ?

— Moi.

La voix le percuta de plein fouet, le déstabilisant une fois de plus. Felix ne l'avait pas regardée. Pourquoi l'aurait-il fait ? Elle était l'une des deux femmes qui n'auraient *pas* pu se trouver dans ce placard. Et pourtant, il connaissait sa voix.

Il tourna brusquement les yeux vers elle.

— C'était toi ?

— Oui, répondit-elle d'une voix hésitante, presque inquiète. Qui était le gentleman ?

Mais elle devait déjà le savoir, car son visage se vida de ses couleurs.

— Moi.

La réponse de Felix était neutre et en totale opposition avec la tempête qui se déchaînait en lui. Comment était-ce arrivé ? Comment avait-il pu embrasser *Sarah* ?

Il n'osait pas regarder Anthony. Il ne *pouvait pas*. Il avait embrassé à pleine bouche la sœur de son meilleur ami, et pire encore ? Il avait apprécié ce baiser plus que tout autre dans sa vie.

~

Sarah posa sur Felix un regard incrédule. Elle l'avait embrassé. Deux fois. Et l'avait touché à certains endroits. Et il l'avait touchée. Elle songea à ce que lui avait dit Lavinia, sur ce que cela faisait d'embrasser l'homme idéal.

Non, non, non. Pas Felix. Il était comme un frère.

Elle reporta son regard sur Anthony, qui fixait Felix d'une manière qui devait être le reflet exact de son propre choc. Enfin, peut-être pas exact. Anthony avait la bouche pincée, et les yeux légèrement plissés. Il avait l'air… mécontent.

Sarah savait que c'était sa faute. Elle avait croisé Mlle Reynolds en sortant du salon, et toutes deux avaient laissé tomber leur numéro. Il lui avait semblé que Felix lui avait donné le numéro neuf, mais elle n'en était pas certaine. De plus, elle n'aurait pas pu faire le changement, car

Mlle Reynolds avait pris son papier et était allée voir le valet de pied pour qu'il l'oriente vers la bonne pièce. Sarah s'était brièvement inquiétée de ne pas pouvoir embrasser Blakesley, mais elle avait en définitive décidé que cela n'avait pas vraiment d'importance.

Seulement, cela en avait.

Comment aurait-elle pu savoir que Felix se trouverait dans une pièce ! Il était censé superviser l'activité, pas y participer. Et il n'était certainement pas censé l'embrasser sans retenue, lui donnant envie de plus.

Sarah regarda fixement ses genoux tandis que Felix poursuivait les révélations. Il avait l'air un peu absent, comme s'il n'arrivait pas à se concentrer sur ce qu'il faisait. Tant mieux. Il le méritait.

Mais… était-elle en colère contre lui ? Cela avait été une erreur. Un accident pur et simple. Ils pourraient sans doute en rire.

Un jour. Peut-être.

Pour l'instant, elle essayait de ne pas réfléchir au plaisir qu'elle avait éprouvé. Ni au fait qu'elle avait quitté la pièce en priant pour avoir l'occasion d'embrasser à nouveau cet homme.

Car cela n'arriverait jamais. Jamais.

Et c'était peut-être là la source de son désarroi. *Oh, bon sang ! Bon sang !*

Felix termina avec la pièce numéro neuf, où se trouvaient Blakesley et Mlle Reynolds.

— Lady Northam, pouvez-vous nous dire qui a échappé à un forfait lors de ce tour, s'enquit Felix ?

— M. Lytton, Mlle Christie, le baron Hardwick et Mlle Smithson, répondit Lavinia.

Elle croisa le regard de Sarah, et il apparut évident qu'elle avait envie de lui parler de la personne qu'elle avait embrassée.

— Bien joué, dit Felix.

— M. Lytton a échappé aux gages toute la soirée, annonça Lavinia.

Le Baron Hardwick, grand ami de Lytton, éclata de rire et lui tapa sur l'épaule.

— Pour cette raison, c'est lui qui devrait attribuer les pénalités.

Tout le monde approuva, et Felix fit signe au valet de pied de s'avancer. Il tenait un bol, vraisemblablement rempli de pénalités.

— Je vous laisse vous en charger, alors, dit Felix à Lytton, se plaçant seul dans un coin de la pièce au lieu de rejoindre Anthony et Beck.

Le frère de Sarah continuait à lui envoyer des regards perturbés.

Lytton alla se placer à l'endroit où Felix se tenait quelques instants plus tôt, devant la porte principale, et se frotta les mains en souriant.

— Voilà qui va être terriblement amusant.

— Soyez gentil ! lui cria Blakesley.

— Rien que pour cela, je vais me montrer particulièrement sévère avec vous, monsieur, dit Lytton avec une pointe d'humour dans le regard.

Ces propos furent accueillis par des rires, et le gagnant du jour sembla se réjouir de cette attention. Il se tourna vers Lavinia à la table.

— Lady Northam, pouvez-vous marquer les pénalités au fur et à mesure que je les attribue ?

— Sans aucun problème.

Lytton tira le premier papier et rit doucement.

— Je devrais passer en revue la liste des gages pour voir combien chacun en a, dit-il en s'approchant de la table, se plaçant à côté de Lavinia.

Le valet de pied le suivit.

— N'hésitez pas à poser le bol, lui dit Lytton.

Le valet de pied s'exécuta et se retira dans l'embrasure de la porte.

— La première pénalité est l'Orateur idiot, et ce sera Blakesley qui parlera, annonça Lytton.

Les rires fusèrent alors que ledit Blakesley s'installait au centre de la pièce. Il fit une révérence grandiose et rit en se redressant.

— Je choisis Mlle Saunders pour être ses bras.

Elle bondit de sa chaise en riant, et s'avança derrière le vicomte, qui était nettement plus grand.

— Allez lui chercher une chaise ! cria quelqu'un.

Le valet de pied s'exécuta et Blakesley s'assit. Mlle Saunders était visible au-dessus de sa tête, mais cela n'en était que plus drôle.

— L'Orateur idiot à deux têtes ! lança Fielding, à la grande joie de tous.

Blakesley entama un discours incroyablement ennuyeux et monotone sur la couleur de l'herbe, allez savoir pourquoi, tandis que Mlle Saunders agitait frénétiquement ses bras. Lorsqu'ils eurent terminé, tout le monde riait tellement qu'ils en pleuraient.

À l'exception de Felix.

Sarah jeta un coup d'œil vers le coin de la pièce, et il la regardait fixement, sa bouche formant une ligne tendue et inflexible. Était-il en colère contre elle ? Pour quelle raison ? Parce qu'elle s'était trompée de pièce ? Il s'agissait d'une erreur de bonne foi.

— C'est l'heure de la prochaine pénalité, annonça Lytton, piochant un autre papier dans le bol. Oh, c'est charmant. Le Baiser à la capucine.

Il jeta un coup d'œil à la liste devant Lavinia, puis fit le tour de la pièce pour observer les invités.

— Je dois choisir la paire idéale.

Il s'arrêta devant Felix, et le pouls de Sarah accéléra.

— Lord Ware, dit Lytton, avant de tourner les talons et de regarder Sarah droit dans les yeux. Et Mlle Colton. Visiblement, leur rencontre dans la pièce numéro cinq était inattendue.

Visiblement. Parce que tous deux avaient manifesté une réaction choquée. Oh, c'était mauvais, mauvais, mauvais ! Elle n'osait pas regarder Anthony. Allait-il tenter d'empêcher le jeu ?

Sarah ignorait aussi Lavinia. Elle ne voulait ni encouragement, ni rire, ni réaction horrifiée, ni rien d'autre, si ce n'était que cela se termine le plus vite possible. Oui, elle avait eu envie d'embrasser à nouveau l'homme de la pièce numéro cinq. Mais apprendre qu'il s'agissait de Felix et devoir l'embrasser à nouveau devant tant de monde était absolument terrifiant.

Sarah se leva, les jambes tremblantes. Elle pria pour que personne ne le remarque. Felix s'avança vers le centre de la pièce. Leurs regards se croisèrent et elle essaya de lire quelque chose, n'importe quoi, au fond de ses yeux verts. Mais il était parfaitement impénétrable.

S'obligeant à respirer profondément, elle tâcha d'effacer toute trace d'émotion de son visage. Elle s'agenouilla sur le sol.

— As-tu besoin d'un coussin ? lui demanda Felix d'une voix douce.

— Non.

Elle était heureuse que sa voix semble calme.

Il s'agenouilla, dos à elle et ils tournèrent la tête l'un vers l'autre. Il était si proche… Le mouvement la déséquilibra, et il passa son bras autour du sien pour attraper sa main et la maintenir droite. C'était une position à la fois délicate et intime : leurs mains jointes, leurs bras entrelacés, leurs dos pressés l'un contre l'autre, leurs visages si proches qu'elle distinguait chaque détail de ses cils sombres et la façon dont ses yeux verts s'assombrissaient au niveau de la pupille.

Puis il ferma les yeux, et elle fit de même. Il posa ses lèvres sur les siennes, avec douceur, à la différence de ce qui s'était passé entre eux dans l'obscurité du placard. Mais pendant un bref instant, elle s'y retrouva, le corps brûlant de désir.

Cela se termina aussi vite que cela avait commencé, et aussi vite que nécessaire. Felix éloigna sa bouche de la sienne, et, lorsqu'elle ouvrit les yeux, elle vit qu'il la fixait intensément. Elle perçut un éclair dans ses yeux, qui disparut si vite qu'elle douta de ce qu'elle avait vu. Il redevint indéchiffrable. Elle était vaguement consciente que des gens applaudissaient.

Il relâcha sa main et son bras, puis il se leva et l'aida à faire de même. Elle le toucha aussi superficiellement que possible, bien trop consciente de la différence qu'elle ressentait soudain. Elle l'avait déjà touché un nombre incalculable de fois, mais à présent, il y avait une chaleur sensuelle qu'il lui était impossible d'ignorer.

Comment allaient-ils faire après cela ?

Sarah évita à nouveau de regarder son frère ou Lavinia tandis qu'elle regagnait le canapé. Elle s'assit bien droite en attendant que Lytton attribue les pénalités restantes, et pria pour qu'il ne lui demande pas à nouveau d'embrasser quelqu'un. Heureusement, elle n'avait plus qu'un gage.

Lytton la choisit pour être l'une des statues vivantes. Mlle Saunders plaça Sarah en position accroupie, les bras enroulés autour d'elle. Il lui était difficile de garder l'équilibre, mais heureusement, elle fut l'une des dernières à être placée et n'eut pas à tenir bien longtemps la position.

Lors de la dernière pénalité, un quadrille avec huit invités ayant les yeux bandés, et quatre jouant les instruments d'un quatuor, Felix s'en alla. Sarah s'efforça de ne plus lui prêter attention alors que Lavinia la rejoignait sur le canapé.

— Je suis ravie d'en avoir fini avec la tenue du registre. Je n'aurais jamais accepté si j'avais su ce qui se passerait. Je *bous* littéralement d'envie de venir te parler depuis tout à l'heure ! dit-elle avant de se mettre à murmurer. Je n'arrive pas à croire que tu as fini par embrasser Felix. Tu ne le savais pas ?

Sarah était partagée entre l'envie de parler à Lavinia du baiser et de ce qu'elle avait ressenti, et celle de voir le sol s'ouvrir sous ses pieds pour l'engloutir tout entière.

— Non.

— C'est bien ce qu'il me semblait. Felix ne semblait pas le savoir non plus.

Non, il était tout aussi surpris qu'elle : il s'était attendu à ce qu'elle soit dans une pièce avec Blakesley. Et même s'il l'avait vraiment su, il ne l'aurait sans doute pas embrassée ou touchée de la sorte. Lorsqu'elle repensait à la manière dont sa langue avait exploré sa bouche, ou dont ses mains lui avaient caressé le dos et le cou… Mieux valait qu'elle n'y pense plus du tout.

— Où est-il allé ? demanda Lavinia avant de hausser les épaules. Anthony avait l'air un peu mécontent, non ?

Sarah jeta un regard à son frère, qui fronçait toujours les sourcils.

— Oui, murmura-t-elle. Et le pauvre Beck a l'air de s'ennuyer.

— C'est vrai, confirma Lavinia en riant. Il préférerait écrire un poème ou créer une nouvelle musique.

— Je suis sûre qu'il trouve la « musique » du quatuor plutôt épouvantable.

Sarah commençait à se détendre en compagnie de son amie. Ce n'était peut-être pas si terrible. Avec un peu de chance, tous pourraient se comporter comme si rien ne s'était passé.

Mais Felix était à côté du canapé ; elle ne l'avait pas vu revenir, et son cœur menaça de bondir hors de sa poitrine.

Faire comme si rien ne s'était passé... ah !

— Sarah, veux-tu bien venir avec moi ? lui demanda-t-il en lui tendant la main.

Son comportement était ouvertement doux, ses traits étaient marqués par l'inquiétude et, à vrai dire, il était un peu pâle. Curieuse, et un peu anxieuse, elle plaça ses doigts dans les siens et se leva. Il ne la lâcha pas, ce qu'elle trouva tout à fait surprenant, et il la conduisit vers Anthony, ce qui la choqua également.

— Anthony, viens avec nous.

— Oui, acquiesça-t-il d'un ton sévère, et ses sourcils sombres s'abaissèrent au-dessus de son regard irrité.

Il sortit de la pièce à grands pas, suivi par Felix et Sarah.

Le salon donnait sur une salle de séjour, mais Felix ne s'arrêta pas en même temps qu'Anthony.

— Viens avec moi, dit-il, et elle remarqua une nuance dans sa voix.

Que se passait-il ?

— Felix, ce n'était pas nécessaire, dit-elle, espérant désamorcer la tension. Aucun de nous n'a voulu que cela...

Elle ne pouvait se résoudre à dire *baiser.*

— Que cela se produise, conclut-elle. Et, Anthony, tu ne devrais pas être en colère contre Felix, ou contre moi.

— Je savais que les jeux de baisers n'étaient pas une bonne idée, dit Anthony.

— Tu étais plus qu'heureux d'y participer hier soir, remarqua Sarah d'un ton ironique.

Felix les conduisit dans la bibliothèque. Une fois à l'intérieur, il se tourna et ferma la porte. Il semblait très inquiet en regardant Sarah.

— Il ne s'agit pas de notre baiser. Une note vient juste d'arriver. Dartford a jugé préférable que je la lise d'abord, et que je vous annonce ensuite la nouvelle. J'ai convenu que ce serait plus facile...

— Que se passe-t-il ? demanda Anthony, dont la voix neutre contrastait avec le feu de ses yeux bleus.

— Il y a eu un... commença Felix, se passant une main dans les cheveux. Il n'y a pas de bonne façon de le dire. Vous devriez peut-être la lire.

Il poussa vers Anthony le papier que Sarah n'avait pas vu dans sa main.

— Dis-moi, lui intima-t-elle, son cœur battant la chamade pour une tout autre raison que plus tôt.

La peur l'envahit, lui glaçant le corps.

— Vos parents sont morts, lui annonça Felix en s'avançant vers elle, le regard chaleureux et compatissant. Je suis sincèrement désolé, Sarah. Ils étaient en route pour Oaklands, et il y a eu des ennuis.

— *Des ennuis ?* Des foutus bandits de grand chemin ! grogna Anthony.

Il froissa le papier et le jeta. Il balaya ensuite furtivement la pièce du regard avant de se diriger à grands pas vers le mur.

Sarah ne prêtait pas attention à ce qu'il faisait. Elle ne parvenait qu'à fixer Felix, et lui faisait de même. Il tendit les bras vers elle et elle s'y agrippa pour se stabiliser, car ses jambes s'étaient mises à trembler.

— Ils sont morts ?

— Ils ont été tués, dit Anthony de l'autre côté de la pièce, et elle entendit le bruit de verres qui s'entrechoquaient. Ils ont été tués, bon sang !

Sa voix se brisa et Sarah se détourna de Felix pour se précipiter vers son frère, qui se tenait debout, les mains appuyées sur le buffet et la tête penchée.

Elle lui toucha doucement l'épaule, et il se retourna pour l'entourer de ses bras.

Ils s'abandonnèrent à leur chagrin écrasant, sanglotant, sachant que rien ne serait plus jamais comme avant.

---

1. *Note de la traductrice (NDLT) :* Un joueur endosse le rôle du lord ou de la lady, et les autres celui d'un article nécessaire à la toilette, comme un peigne, un miroir, etc. Le lord ou la lady demande un article. Le joueur qui l'incarne change de place avec lui/elle et le jeu se poursuit.

CHAPITRE 6

— C'est l'heure de la promenade ! s'écria Felix en entrant dans le salon de la maison londonienne des Colton.

Chaque jour depuis vingt-quatre jours, il venait ici et faisait de son mieux pour réconforter Anthony et Sarah, et, chaque jour, il repartait avec un sentiment d'impuissance.

Anthony était rongé par la culpabilité, car c'était lui qui était supposé se rendre à Oaklands. Au lieu de cela, il avait retardé le voyage pour pouvoir assister à la fête frivole de Felix. Au début, sa colère contre lui avait été fulgurante, ce que son ami s'était montré plus que disposé à endurer. C'était le moins qu'il pouvait faire.

Sarah, quant à elle, s'était retirée. Lavinia lui rendait visite presque tous les jours, mais elle repartait aussi déprimée que Felix. Et maintenant, elle était partie, s'étant rendue dans le Suffolk pour le mariage de leur amie Fanny avec le comte de Saint-Ives.

Aujourd'hui, Sarah était assise près des fenêtres qui donnaient sur la rue en contrebas. Elle jeta un regard à Felix lorsqu'il entra, et lui offrit un pâle sourire.

— Bonjour.

Elle avait un peu maigri, et ses yeux n'avaient plus cet éclat familier. Il essayait à chaque visite, ou du moins chaque fois qu'il la voyait, de la faire sourire. Parfois, il réussissait, et parfois non. La voir sourire dès son arrivée aujourd'hui était un progrès. Il le prit comme un encouragement et décida de voir si elle était disposée à parler de l'avenir.

— Le local sur Vigo Lane est encore disponible, dit-il en tirant une chaise pour s'asseoir près d'elle devant les fenêtres. Voudrais-tu aller le voir demain ?

Elle ne lui montra même pas si elle l'avait entendu. Il prononça son prénom, et elle tourna la tête vers lui.

— J'ai abandonné l'idée de la boutique. C'était un rêve stupide de toute façon.

Il détestait entendre la tristesse dans sa voix.

— Absolument pas. Pourquoi abandonnes-tu ?

— Pourquoi aurais-je besoin de la boutique maintenant ? Plus personne ne se soucie que je devienne vieille fille.

Sa mâchoire se crispa, et elle reporta son regard sur la fenêtre.

— Je m'en soucie. Anthony aussi.

Elle lui jeta un regard sceptique.

— Es-tu certain de cela ? La seule chose qui compte pour Anthony, ce sont les bouteilles qui contiennent de l'alcool.

C'était vrai. Felix avait essayé de le traîner hors de la maison, mais il ne voulait tout simplement pas bouger. Pas même pour aller à la *Porte Rouge*, même si Felix lui-même n'y avait pas mis les pieds depuis la fête.

Depuis la mort des Colton.

Ils avaient été comme une famille pour lui, mais il ne ressentait pas cette perte aussi profondément que Sarah ou Anthony.

Felix tenta une autre approche au sujet de la boutique.

— Qu'en est-il de ton assistante ? Ne doit-elle pas gérer la boutique ?

— J'ai envoyé une note à Dolly pour tout lui expliquer. Elle comprend.

Il laissa sa frustration prendre le dessus.

— Bien sûr qu'elle t'a dit qu'elle comprenait. Qu'est-elle censée dire d'autre ?

— Et qu'est-ce que moi, je suis censée faire ? Faire comme si mes parents n'avaient pas été tués et que tout allait bien ?

Elle avait élevé la voix, et Felix était ravi de la voir montrer des émotions.

— Non, mais tu ne dois pas arrêter de vivre juste parce qu'ils sont morts.

Elle se leva brusquement, et la jupe gris foncé de sa robe bougea contre la chaise alors qu'elle s'avançait vers la fenêtre.

— Ce n'est pas juste. Ce qui leur est arrivé.

Il se leva et vint se placer à côté d'elle :

— Non, c'est vrai. Mais ils ne voudraient pas que tu restes éternellement dans cette maison.

— Non, ils voudraient que je me marie. Alors je devrais le faire, dit-elle en se tournant vers lui, le regard triste. Fanny a épousé David hier. Du moins, je crois que c'était hier.

— Tu aurais dû y aller.

Felix avait essayé de les convaincre, elle et Anthony, d'assister au mariage, mais ils avaient refusé.

— Je suis en deuil.

Il avait envie de lui dire, *Au diable le deuil !* Au moment de la mort de son père, il avait treize ans. Son oncle ne l'avait pas forcé à porter le deuil, et Felix n'en avait pas ressenti le besoin. Mais il s'était aussi senti soulagé d'être enfin libéré du désespoir oppressant de son père. Il se rendait compte que c'était sans doute la raison pour laquelle Sarah et Anthony commençaient à l'exaspérer. Si on ne pouvait pas laisser partir les morts, on n'était pas mieux loti qu'eux.

— Cela ne veut pas dire que tu ne peux pas profiter de la vie. Honore tes parents en étant heureuse, en trouvant la joie.

C'était la seule chose qui différenciait Felix de son père.

— Je ne suis pas sûre de savoir comment faire pour l'instant.

Elle le regarda, et il vit les larmes qui lui montaient aux yeux.

Felix la prit dans ses bras et la serra contre son torse. Mais elle ne pleura pas, se contentant de quelques renifle-ments. Elle était heureuse de s'appuyer contre lui, et il était ravi de la tenir dans ses bras.

— Je sais que ça ira mieux, dit-elle doucement. Il le faut, n'est-ce pas ?

— Oui.

— As-tu ressenti la même chose à la mort de ton père ?

Il se crispa, mais s'obligea à expirer et à se détendre.

— La situation était très différente. Mon père était… malade. Sa mort a été un soulagement.

Elle écarta sa tête de son torse et leva les yeux vers lui.

— Ah oui ?

La surprise qu'elle manifestait lui rappela qu'il ne l'avait jamais dit à personne auparavant.

— Comme je l'ai dit, il était malade, il souffrait. J'ai été soulagé de le voir libéré de la douleur.

C'était vrai. Felix se souvenait d'un homme inconsolable, qui essayait de dialoguer avec son fils, mais avait fini par abandonner cela aussi, et tout le reste.

— Je me souviens vaguement de ton père. Je crois ne l'avoir rencontré que trois ou quatre fois.

C'était sans doute vrai.

— Tu étais jeune.

Elle reposa sa tête sur sa poitrine.

— La seule chose dont je me souvienne à son sujet, c'est

qu'il allait pêcher avec nous dans l'étang. Enfin, moi, je n'avais pas le droit de pêcher.

— Vraiment ?

Felix ne s'en souvenait pas. Mais il se souvenait que son père buvait du cognac tout l'après-midi.

Elle secoua la tête contre lui.

— Ma mère me l'interdisait. Elle disait que ce n'était pas convenable pour une jeune femme.

— Tout comme grimper aux arbres, mais il me semble que tu le faisais, constata Felix.

— Elle aurait été horrifiée, répondit Sarah.

Elle inspira profondément, en tremblant, comme si elle essayait de maîtriser ses émotions.

— Je l'ai déçue.

Felix lui serra le haut des bras et la maintint en la regardant droit dans les yeux.

— Non, c'est faux. Tu es une jeune femme merveilleuse dont tous les parents seraient fiers. Ta mère avait des attentes qui ne te correspondaient pas. Tu ne peux pas croire qu'elle t'aimait moins parce que tu n'étais pas encore mariée.

Et pourtant, *lui* le pensait. Il savait que son père l'aimait à peine, et son oncle lui avait inculqué que l'amour était une émotion inutile, donc sans importance. Mais il savait que c'était important pour elle.

— Non. Je sais qu'elle m'aimait. J'aimerais juste… j'aimerais qu'ils ne soient pas partis.

Felix avait passé une grande partie de son enfance à souhaiter que les choses soient différentes, mais on ne pouvait pas changer la réalité. Et c'était cela, leur nouvelle réalité. Ils devaient trouver un moyen d'y vivre. Heureusement, il était passé maître en la matière.

Il lui caressa brièvement les épaules, puis s'éloigna d'elle.

— Fais tes valises. Nous quittons Londres.

Elle le regarda fixement.

— Pour aller où ? Pourquoi ?

— Nous allons à Stag's Court. Tu as besoin de changer d'air, et Londres sera bientôt trop étouffante pour y rester.

— C'est sans doute vrai. Mais je ne peux pas aller à Stag's Court avec toi. Pas seule.

Elle jeta un bref coup d'œil à sa bouche avant de détourner à nouveau son regard vers la fenêtre.

Depuis qu'ils avaient quitté Darent Hall, ils n'avaient jamais évoqué le baiser. *Les* baisers. C'était comme s'ils n'avaient jamais eu lieu, et il avait décidé que c'était pour le mieux. Surtout après ce qui était arrivé à ses parents. Il avait voulu être présent pour elle et Anthony en tant qu'ami et soutien, et la gêne causée par ce qui s'était passé pendant *Devinez qui vous embrasse* aurait anéanti cet effort.

Felix s'était d'abord demandé si cela faisait partie du problème, si c'était pour cela qu'elle s'était éloignée de lui. Cependant, après avoir discuté avec le personnel de la maison de ville, il avait appris qu'elle était comme cela avec tout le monde.

— Nous ne serons pas seuls, dit Felix en réponse à son inquiétude. Anthony vient avec nous.

Elle haussa brièvement les sourcils, surprise.

— Ah oui ? Quand a-t-il donné son accord ?

— Il ne l'a pas encore fait, mais je ne lui laisserai pas le choix. Je le jetterai dans la calèche s'il le faut.

Le *verser* aurait été un verbe plus approprié, car Felix était presque certain qu'Anthony essayait de boire chaque jour son poids en vin, brandy, whisky, ou quoi que ce soit qui lui tombait sous la main.

— Il ne viendra pas, dit-elle doucement.

— Il viendra. Fais-moi confiance, Sarah, dit-il en se redressant. Nous partirons demain matin. Je serai là à huit heures.

— Si tôt ?

Felix se dirigea vers la porte.

— Huit heures !

Il monta les escaliers jusqu'au deuxième étage et tourna à gauche vers la chambre d'Anthony, située dans le coin avant. C'était le milieu de l'après-midi, mais Felix était convaincu de le trouver là.

Effectivement, la pièce était sombre et dégageait une odeur d'alcool éventé. Il s'approcha de la fenêtre et ouvrit les rideaux. La lumière se répandit sur l'intérieur sombre, faisant tourbillonner les grains de poussière et scintiller l'air.

— Mais qu'est-ce que... ? marmonna Anthony depuis le lit.

— Peut-être devrais-tu tirer les rideaux de ton lit la prochaine fois, suggéra Felix.

— Peut-être devrais-tu rester hors de ma foutue chambre, grommela son ami.

— Volontiers, mais il semble que ce soit le seul moyen de te voir ces derniers temps.

Plutôt que de passer moins de temps couché, il donnait le sentiment d'en passer davantage, selon son valet de chambre, que Felix avait interrogé quelques jours plus tôt.

— Alors, ne viens pas me voir. Va-t'en.

Il roula sur le flanc, présentant son dos à Felix et à la fenêtre, et tira les couvertures sur sa tête.

— Non. Il est temps pour toi de sortir d'ici.

— C'est ce que je fais. Je descends dans la bibliothèque tous les soirs.

Pas tout à fait *tous* les soirs, mais Felix ne le corrigea pas.

— De sortir de Londres. Nous allons à la campagne.

Anthony s'assit et lui jeta un regard noir.

— Je ne vais pas à Oaklands.

Felix l'avait suggéré la semaine précédente, ce qui avait plongé Anthony dans une spirale de culpabilité et de dégoût de lui-même. C'était sans doute ce qui avait déclenché son penchant actuel pour le sommeil. Lorsque l'on dormait, on ne pouvait pas être torturé par ses pensées conscientes.

— Nous allons à Stag's Court. Nous allons faire du cheval, pêcher, et nous mettre dans le pétrin.

Anthony secoua la tête et grimaça.

— Nous allons aussi t'empêcher de boire, ajouta Felix.

Il n'allait pas laisser Anthony se noyer dans l'alcool comme l'avait fait son propre père.

— Je ne peux pas y aller. Sarah…

— Sarah vient. Alors, tu vois, tu *dois* partir. Il ne serait pas convenable que nous y allions seuls.

Le regard brûlant d'Anthony se posa sur le sien.

— Ne crois pas que tu vas encore profiter d'elle.

— C'est ce que tu crois qu'il s'est passé à Darent Hall ? C'était une maudite erreur, Anthony. Elle a laissé tomber le numéro qui lui avait été attribué en même temps que Mlle Reynolds, et elles ont récupéré le mauvais papier. Sarah devait retrouver Blakesley.

Lavinia avait expliqué ce qui s'était passé à Felix quelques jours plus tard, lorsqu'ils s'étaient croisés à la maison de ville des Colton dans leurs efforts pour consoler Sarah et Anthony. Et Mlle Reynolds l'avait raconté à Lavinia juste après que Felix avait quitté la pièce avec le frère et la sœur. La jeune femme était bouleversée, car il semblait y avoir un problème entre Felix et Sarah, ce qui, bien sûr, n'était en rien la raison de leur départ.

— Crois-moi quand je dis que personne n'a été plus horrifié que moi par cette erreur. Ou peut-être Sarah.

— Tu as mis plus de temps à revenir au salon que presque tout le monde, remarqua Anthony. Et lorsque j'ai appris que tu avais embrassé… *ma sœur*, je me suis rendu compte qu'elle avait été la dernière femme à revenir.

Il jeta un nouveau regard meurtrier à Felix.

— Par conséquent, vous avez dû prendre du bon temps.

C'était le cas de Felix. Et il était presque certain que c'était le cas de Sarah aussi. Si le valet de pied ne les avait pas interrompus, il ignorait jusqu'où ils seraient allés. Il avait songé à cette expérience une centaine de fois ou plus, il en avait rêvé, et, à chaque fois, il avait su qu'il en aurait profité davantage s'il avait pu.

Mais il ne pouvait pas. Parce que... Sarah.

— Ne va pas imaginer quoi que ce soit, dit Felix d'un ton froid. Tu devrais oublier ça. Sarah et moi l'avons fait. C'est comme si rien ne s'était passé.

— Bien.

— De toute façon, pourquoi cela te mettrait-il tellement en colère ? Vos parents voulaient que nous nous mariions.

Felix se rendit aussitôt compte de son erreur ; il aurait voulu revenir en arrière.

— Oublie ce que j'ai dit. Je serais également en colère si mon meilleur ami embrassait ma sœur.

— Mes parents auraient été ravis si Sarah avait épousé un chêne. Ils détestaient l'idée qu'elle ne soit pas déjà mariée, et ils détestaient le fait que je ne sois pas prêt à me marier non plus. Ils étaient carrément obsédés !

Sa lèvre se retroussa. Il était en colère contre eux. Felix le comprenait, car cela faisait longtemps qu'il était en colère contre son père.

Il ignorait qu'ils étaient à ce point contrariés par le fait qu'Anthony ne soit pas encore marié. Il était conscient qu'ils le souhaitaient et qu'ils espéraient que ce serait pour bientôt, mais ils avaient donné l'impression de diriger tous leurs efforts et leur désespoir vers Sarah.

Le silence régna un moment avant qu'Anthony n'expire en signe de résignation.

— Sarah veut y aller ?

Felix l'ignorait, et il s'en fichait : ils partaient.

— Oui. Nous allons passer un excellent moment. Tu

verras. C'est exactement ce dont vous avez besoin tous les deux.

Anthony leva le nez vers lui, arborant l'expression la plus honnête et la plus douloureuse que Felix lui avait jamais vue, et elle lui tirailla la poitrine.

— Si quelqu'un peut nous apporter de la joie... c'est bien toi.

Et c'était précisément ce que Felix avait l'intention de faire.

~

$\mathcal{L}$'air était plus frais, le temps magnifique, le logement plus que confortable, mais Sarah se sentait toujours aussi vide. *Tu viens juste d'arriver*, se rappela-t-elle. *Avec le temps, tu te sentiras mieux.*

Sa femme de chambre, sa gouvernante et son majordome à Londres le lui répétaient depuis des semaines. Tout comme Lavinia avant qu'elle ne se rende au mariage de Fanny. Mais le temps n'avait fait qu'accroître son sentiment de vide et de désillusion. Elle essayait de donner un sens à ce qui était arrivé à leurs parents, alors qu'il n'y en avait tout simplement pas.

Sa femme de chambre finit de la coiffer et, après l'avoir remerciée, Sarah descendit. Le majordome de Stag's Court, un homme d'âge moyen du nom de Seales, au crâne dégarni et aux cheveux noirs sur les côtés de la tête, la conduisit à la salle du petit déjeuner. Avec ses hautes fenêtres qui donnaient sur la pelouse en pente du côté est du manoir, c'était un endroit lumineux et gai pour commencer la journée. Ou, du moins, il l'aurait été si elle s'était sentie d'humeur un tant soit peu enjouée ou gaie.

— Puis-je vous préparer une assiette ? proposa un valet de pied.

— Je vais juste prendre un toast, dit-elle. Pas trop grillé, si cela ne vous dérange pas.

Le valet hocha la tête, puis lui suggéra une tasse de chocolat.

— Je ne peux pas refuser cela, répondit Sarah en esquissant un petit sourire qui, étonnamment, n'était pas aussi difficile à afficher que ces derniers temps.

Mais le chocolat valait au moins un sourire.

Il lui en versa une tasse et la posa sur la table, puis il quitta la pièce, sans doute pour préparer le toast. Sarah s'avança vers les fenêtres et regarda la pelouse. Elle n'était jamais venue à Stag's Court auparavant. À leur arrivée la veille, Felix avait expliqué que son grand-père avait ajouté une aile à l'arrière de la maison de style palladien, mais que le reste avait été construit à la fin du XVIIᵉ siècle. Elle était plus grande et plus grandiose qu'Oaklands, la maison de son enfance, qui n'était qu'à une dizaine de kilomètres de là.

Elle se trouvait à peu près à la même distance de Londres que Stag's Court, et pourtant elle semblait beaucoup plus éloignée. Ou peut-être était-ce simplement parce que Sarah voulait qu'elle le soit. L'idée de prendre la route que ses parents avaient empruntée, de voir où ils étaient morts, la remplissait d'effroi.

Des larmes lui piquaient les yeux et lui irritaient la gorge. Elle se détourna de la fenêtre et vit Anthony entrer dans la salle du petit déjeuner. Elle cligna des yeux, surprise, incapable de se rappeler la dernière fois qu'elle l'avait vu avant midi, hormis le départ matinal de la veille. Certes, ce n'était qu'une demi-heure plus tôt.

Il était impeccablement vêtu et rasé, les cheveux soigneusement coiffés. Mais il était un peu maigre et pâle, et ses yeux étaient apathiques. Il était sans doute le reflet de ce qu'elle ressentait. Et sans doute de sa propre apparence. En réalité, elle avait passé très peu de temps à se soucier de ce à quoi elle ressemblait, ces dernières semaines.

— Bonjour, dit-elle.

— Bonjour.

Il se dirigea vers le buffet où se trouvait le pot de chocolat et le souleva.

— C'est du chocolat, l'informa Sarah. Je crois qu'il y a du café dans l'autre, mais je pourrais me tromper.

Elle savait que Felix aimait le café.

— Pas de thé ? s'enquit Anthony.

— Le valet de pied va en apporter.

Ou alors, elle irait en chercher elle-même. Elle était simplement heureuse de voir son frère boire autre chose que de la bière. Visiblement, venir à la campagne était précisément ce dont il avait besoin.

— Est-ce qu'il y a quelque chose à manger ? s'enquit Anthony.

— Quelque part, répondit sa sœur.

Sarah avait remarqué qu'il n'y avait rien sur le buffet, mais ils n'avaient pas non plus fixé d'heure pour le petit-déjeuner.

— Le valet de pied m'a proposé une assiette.

À cet instant, le domestique entra avec un plateau. Il souleva le couvercle et le déposa sur le buffet. Le toast de Sarah s'y trouvait, ainsi que du beurre et la confiture, qu'il disposa sur la table.

Elle alla s'asseoir et le valet de pied tint sa chaise.

— Merci.

Anthony prit place à côté de Sarah à la petite table rectangulaire.

— Y a-t-il autre chose que des toasts ?

— Des œufs, du jambon, du hareng et des petits pains, my lord, l'informa le valet de pied.

L'entendre l'appeler *my lord* tirailla le cœur de Sarah. La première fois que leur majordome à Londres l'avait fait, Anthony lui avait crié d'arrêter. Il avait à nouveau tenté la semaine passée, et son frère s'était contenté de lui jeter un regard noir. Aujourd'hui, il fit la moue, mais ne dit rien.

— Voulez-vous que je vous prépare une assiette ? s'enquit le valet.

— Oui, murmura Anthony.

Il s'éclaircit la gorge, pour pouvoir parler plus fort et plus clair.

— Merci.

— S'il vous plaît, apportez-lui aussi du thé, demanda Sarah.

Le domestique hocha la tête et repartit.

Sarah beurra son toast en se demandant si les choses reviendraient un jour à la normale entre son frère et elle.

— Crois-tu que nous serons à nouveau heureux un jour ? demanda Anthony, comme s'il avait lu dans ses pensées.

— Nous le devons, répondit-elle, prenant de la confiture de fraises qu'elle étala sur son pain légèrement grillé. Je n'arrive pas à imaginer une vie entière passée à ressentir cela.

Elle ignorait même comment décrire ses émotions. Il y avait de la tristesse, certainement. Mais aussi de la colère, et… elle se sentait perdue.

— Tu avais l'air tendue pendant le trajet hier, lui dit-il. J'aurais dû dire quelque chose. Ou faire quelque chose.

— Tu étais tendu aussi.

Elle l'avait remarqué. Mais, comme lui, apparemment, elle avait été trop absorbée par ses propres émotions pour l'aider.

— Nous faisons la paire, n'est-ce pas ?

Il soupira et bascula la tête en arrière pour regarder le plafond pendant un moment.

— C'est un désastre, dit-il tranquillement, avant d'abaisser la tête pour la regarder. Je ne pouvais m'empêcher de penser à eux et à leur dernier trajet vers Oaklands.

Il parlait d'une voix basse et sombre. Ravagée.

— Moi aussi, murmura-t-elle.

Son esprit avait fait surgir toutes sortes d'images horribles de ses parents suppliant qu'on les épargne. Des employés d'Oaklands qui étaient partis à leur recherche en ne les voyant pas arriver, et les avaient trouvés.

— Je sais que je dois y aller, mais je ne peux pas, avoua-t-il en baissant la tête. Pas encore.

Elle comprenait. Elle lui tendit la main, il la prit et la serra. Ses yeux étaient remarquablement secs, et pourtant, elle était submergée d'émotions.

Son frère lui lâcha la main lorsque le valet de pied revint avec un second plateau contenant son assiette couverte et un service à thé. Il déposa le tout devant lui et proposa de verser le thé, ce qu'Anthony accepta.

Lorsque le domestique fit mine de rester, il lui demanda poliment de les laisser seuls, et il s'exécuta avec empressement.

Anthony contempla son assiette.

— Je suis un lâche.

Sarah s'immobilisa au milieu de sa bouchée de toast, puis but une gorgée de chocolat pour la faire passer. Elle se tourna vers lui.

— Pourquoi dis-tu cela ?

— Parce que je me suis caché. Parce que je ne pouvais pas aller à Oaklands. Parce que je n'en ai toujours pas envie. Parce que c'est *moi* qui aurais dû mourir.

— Cela ne fait pas de toi un lâche, dit-elle d'un ton farouche. Nos parents auraient volontiers pris ta place s'ils avaient su ce qui les attendait.

Sarah s'était peut-être sentie frustrée à cause d'eux au cours des derniers mois, mais elle n'avait jamais douté de leur amour pour elle ou pour Anthony.

— J'ai envie de les tuer, dit-il doucement, avec une

expression menaçante qui fit dresser les cheveux sur la nuque de Sarah. Les hommes qui ont assassiné nos parents.

Une alarme se déclencha dans sa poitrine.

— Tu ne vas pas te lancer à leur recherche ? Tu serais fou de le faire… Le magistrat ne les a pas encore trouvés.

— Et il ne le fera probablement pas, affirma Anthony.

— Je préférerais que tu sois un lâche et que tu ne les cherches pas toi-même, dit-elle avec véhémence. Je refuse de te perdre aussi.

Le fait qu'il puisse se mettre en danger alimentait sa colère.

Il soupira.

— Je n'irai pas les chercher.

Il ne la regardait pas, et elle n'était pas tout à fait sûre de le croire.

Il picorait dans son assiette, mangeant plus qu'elle ne l'avait vu faire depuis la mort de leurs parents, ce qui n'était pas dur. Pendant ce temps, Sarah grignotait sa tartine et buvait son chocolat.

Felix entra à ce moment-là, et ce fut comme si le soleil s'était mis à briller directement dans la pièce. Elle se rendit compte qu'il était un tourbillon d'énergie et de lumière. Enfin, elle l'avait toujours su. Mais dans son état actuel, elle était peut-être davantage consciente de ce qu'il était, plus que jamais.

Ou peut-être était-ce à cause du baiser.

Elle détourna son regard vers son assiette. D'où était-ce sorti ? Elle n'y avait pas pensé depuis des semaines. Et il serait probablement préférable qu'elle n'y pense pas du tout… jamais, en fait.

— Nous irons nous promener à cheval cet après-midi, annonça Felix, s'installant sur la chaise en bout de table à côté de Sarah.

Anthony inclina la tête vers son ami.

— Bien.

Felix écarquilla les yeux.

— Pas d'argument ? J'étais prêt à me battre.

Il ramassa sa serviette alors que le valet de pied entrait.

— Voulez-vous quelque chose, my lord ?

Felix jeta un regard à l'assiette de Sarah et fronça les sourcils.

— Dis-moi que tu as mangé plus qu'un toast.

— D'accord. J'ai mangé plus qu'un toast.

Il leva les yeux au ciel et regarda le valet.

— Apportez un panier des petits pains de la cuisinière, dit-il, jetant un coup d'œil au repas de son ami. Je vois qu'Anthony a été assez intelligent pour au moins en essayer un.

Le domestique quitta la pièce et Felix poursuivit :

— Vous êtes tous les deux en train de dépérir. Nous ferons un grand festin ce soir, et je ne laisserai aucun de vous partir tant que je ne me serai pas assuré que vos vêtements sont trop serrés.

— Voilà qui me paraît plutôt inconfortable, murmura Sarah.

Elle appréciait sa sollicitude, et son humour.

Felix se tourna vers eux, le regard plus sérieux.

— Je suis vraiment ravi que vous soyez là tous les deux. Nous allons passer du très bon temps ensemble.

— Je suis encore un peu surpris que tu nous aies amenés ici, dit Anthony. Tu ne m'invites jamais.

— Pas *jamais.*

— *Rarement*, alors, corrigea Anthony.

Le valet de pied revint et déposa un panier sur la table. Felix prit un pain.

— C'est vrai.

— Pourquoi cela ? s'enquit Sarah.

Elle comprenait que Felix ne l'ait jamais invitée, mais son frère ?

Il haussa les épaules.

— Sans raison.

Elle l'étudia, se demandant pourquoi elle ne le croyait pas.

— Merci de nous avoir invités.

Il lui adressa un sourire chaleureux.

— Je suppose que j'attendais juste le bon moment.

Quelque chose en elle se relâcha. Cela ne dura qu'un instant, mais elle ressentit un bref sentiment de satisfaction et peut-être même une étincelle de quelque chose qu'elle n'avait pas éprouvés depuis des semaines : l'espoir.

CHAPITRE 7

*C*e qui avait commencé comme une belle promenade à travers le domaine avait été totalement gâché lorsque Felix avait rencontré son oncle. Il savait qu'il allait devoir le croiser, mais dès le premier jour ? Et maintenant, l'oncle Martin, son fils, et, comble du malheur, la tante de Felix venaient dîner.

Il aurait voulu être pris de fièvre.

Au lieu de cela, il se retrouva à se rendre au dîner comme s'il allait être écartelé. À la réflexion, cela aurait pu être préférable. Passer du temps avec son oncle et sa tante était une véritable torture. Il ne pouvait qu'espérer qu'ils se comporteraient correctement pour Anthony et Sarah.

Et, dans le cas contraire, cette dernière aurait la réponse à la question de savoir pourquoi il n'invitait que rarement des gens à Stag's Court. S'il l'avait fait cette fois, c'était uniquement parce qu'il *fallait* qu'ils quittent Londres, et que les emmener à Oaklands n'était pas une option.

Anthony arriva le premier dans la salle à manger.

— Personne n'est encore là ? s'enquit-il.

La question n'appelant pas de réponse, Felix ne lui en

donna pas. Au lieu de cela, il dit :

— Plus vite nous mangerons, plus vite ils partiront.

— C'est important pour toi, si je comprends bien.

Anthony haussa un sourcil interrogateur, et voyant Felix hocher la tête, il poursuivit.

— Considère que c'est fait, dit-il, se rapprochant de son ami pour poursuivre à voix basse. Tu parles rarement d'eux. Je n'avais pas compris que c'était parce que tu ne les aimais pas.

— Ce n'est pas que je ne les aime pas, murmura Felix.

Mais, avant qu'il ne puisse en dire davantage, l'oncle Martin, la tante Bridget et leur fils Michael arrivèrent.

Martin était plus petit que Felix, avec des cheveux épais aux reflets argentés, qui semblaient plusieurs tons plus clairs que le brun foncé qu'il arborait encore cinq ans plus tôt. Ses yeux étaient un peu trop grands pour son visage, lui donnant un air intense et lui conférant un air excessivement curieux. Michael avait hérité de ces yeux, ainsi que des cheveux couleur café de sa mère. Il faisait la même taille que son père, mais il était plus mince. Felix se rendit alors compte que l'oncle Martin avait pris du poids au cours des dernières années et qu'il était maintenant presque dodu. Tante Bridget, elle, semblait défier le temps qui passait. Elle n'avait quasiment pas de cheveux gris, et sa silhouette était celle d'une femme qui n'avait jamais eu d'enfants, plutôt que d'en avoir mis trois au monde. Michael, âgé de seulement dix-neuf ans, avait deux sœurs plus âgées, déjà mariées.

— Felix, cela fait une éternité ! s'exclama la tante Bridget en entrant dans la pièce, tendant la joue à son neveu.

Il embrassa brièvement sa peau fraîche, essayant de se souvenir de la dernière fois qu'il l'avait vue. Cela datait au moins de l'été précédent.

— Bonsoir, ma tante. Je suis heureux que vous ayez pu venir dîner.

C'était un mensonge éhonté. S'il avait espéré éviter l'oncle Martin, qui vivait dans la maison douairière, il ne s'attendait pas du tout à voir sa tante. Elle passait la plupart de son temps à Bath ou à York avec l'une de ses sœurs, alternant entre les deux. Elle faisait tout pour rester loin de ce mari qu'elle méprisait.

— Oui, il est heureux que j'aie été là. Je ne suis ici que pour quelques jours, avant de me rendre à York pour le reste de l'été. Michael vient avec moi.

Felix regarda son cousin au visage pâle et songea qu'il fallait vraiment qu'il invite ce pauvre garçon à Londres.

— Maintenant que tu as terminé tes études à Oxford, tu pourras bientôt venir séjourner chez moi à Londres.

Les yeux de Michael s'illuminèrent.

— J'aimerais cela par-dessus tout, dit-il avant que sa mère ne fasse claquer sa langue, et que le garçon lui adresse un regard d'excuse. Enfin, pas plus que d'aller à York. J'attendais cela avec impatience depuis un certain temps.

Felix n'y crut pas un instant, mais il ne dit rien. Il n'aurait pas pu même s'il l'avait voulu, car Sarah entra à ce moment-là, vêtue pour la soirée d'une superbe robe de soie violet foncé. Elle portait une magnifique plume fixée à une broche ornée de pierreries, épinglée dans sa chevelure relevée. Elle l'avait conçue elle-même, sans le moindre doute. Depuis qu'il avait appris sa passion pour la fabrication de chapeaux, il s'était rendu compte qu'il accordait une attention particulière à ses couvre-chefs.

Ou peut-être lui portait-il une attention particulière depuis qu'il l'avait embrassée.

Son cœur s'emballa un instant, jusqu'à ce qu'il repousse ce souvenir de son esprit. Il n'y avait pas songé depuis des semaines, et mieux valait qu'il oublie totalement cet événement.

Sarah et Anthony avaient rencontré l'oncle Martin et

Michael cet après-midi-là, quand ils les avaient croisés alors qu'ils rendaient visite à un locataire. Martin gérait le domaine depuis la mort du père de Felix, et c'était un rôle que le jeune homme était heureux de le voir continuer à remplir. Comme la tante Bridget n'avait pas encore fait leur connaissance, il les présenta, hésitant avant d'appeler Anthony le vicomte Colton. Son ami lui fit un subtil signe de tête, et Felix s'exécuta.

— Et voici Mlle Sarah Colton, annonça-t-il. Sarah, voici ma tante Bridget, Mme Martin Havers.

— Enchantée, dit cette dernière en jetant un regard à Felix. Il vous appelle Sarah ?

— Nous nous connaissons depuis très longtemps. Presque toute ma vie, en fait.

Felix ne se souvenait pas de leur première rencontre. Il n'avait que huit ans à l'époque. En revanche, il se rappelait la visite à Oaklands parce qu'il y avait une cabane dans un arbre, où Anthony et lui avaient passé le plus de temps possible. Quant au reste, ce n'était qu'un lointain souvenir.

Il fouilla son esprit en quête de la première fois qu'il avait vu Sarah. Elle avait peut-être cinq ou six ans et portait une poupée. Non, deux poupées. Et toutes les deux avaient des chapeaux. Il sourit intérieurement.

— C'est vrai, dit la tante Bridget, dont le regard oscilla entre Sarah et Anthony. J'avais oublié que vous étiez les amis qui vivent à proximité. À Oaklands, n'est-ce pas ? Comment vont vos parents ?

— *Bridget.*

L'oncle Martin la prit par le bras et l'entraîna vers la table. Il baissa la tête et lui murmura à l'oreille.

Elle inspira brusquement puis le repoussa d'une tape avant de jeter un regard à Michael, qui se précipita pour l'aider à s'asseoir.

Felix s'avança pour faire de même avec Sarah, lui proposant la chaise à côté de la sienne.

— Je suis désolé, murmura-t-il.

— C'est bon.

Elle tourna les yeux vers Anthony, qui gardait une expression stoïque. Il s'installa à côté de Sarah quand elle fut assise.

Comme la tante Bridget était en face d'Anthony et l'oncle Martin à l'autre bout de la table, Michael prit place sur la seule chaise restante, à la droite de Felix. Une fois qu'ils furent tous installés, un valet de pied versa du vin, tandis qu'un autre servait la soupe.

— Comment s'est passée votre saison ? s'enquit la tante Bridget. Pleine d'activités formidables, j'en suis sûre.

— Felix a organisé un tournoi de courses, expliqua Sarah.

— Quel genre de courses ? demanda l'oncle Martin, devançant sa femme.

Elle avait ouvert la bouche, mais son époux s'était empressé de parler le premier. Il en avait toujours été ainsi. Felix gémit intérieurement et but une longue gorgée de vin.

— Des phaétons, pour la plupart, répondit Sarah. C'était très excitant.

— J'ai toujours voulu un phaéton, remarqua Bridget avec un sourire exagérément doux. Mais mon mari considère que c'est frivole, en dépit du fait que nous avons les moyens d'en acheter un.

— Tu n'as aucune idée de ce que nous pouvons nous permettre, ricana Martin. En outre, tu dépenses déjà plus que ta rente.

N'allaient-ils même pas essayer d'être agréables devant les invités ?

Felix tenta de reprendre la maîtrise de la conversation.

— Oncle Martin, quelles sont les nouvelles du domaine ?

L'intéressé cligna des yeux en regardant son neveu.

— N'as-tu pas lu les rapports mensuels ?

Oh, bon sang ! Bien sûr qu'il les avait lus ! Ce n'était pas parce qu'il laissait son oncle superviser un patrimoine dont Michael hériterait un jour que Felix était inconscient. Mais comme il n'était pas Martin, il ne le dit pas à voix haute. Au lieu de cela, il afficha un sourire.

— Rapidement. J'essayais simplement de trouver un sujet de conversation *agréable*.

La tante Bridget fit à nouveau ce claquement de langue désapprobateur.

— Vraiment, Martin ! Tu es si prompt à imaginer les choses les plus négatives qui soient.

Son mari lui jeta un regard furieux en buvant son vin.

Felix jeta un coup d'œil à Sarah et Anthony, qui montraient un intérêt presque comique pour leur soupe. À défaut d'autre chose, ce repas désastreux pourrait peut-être au moins repousser leurs propres problèmes dans un coin de leur esprit. Pour cette seule raison, Felix était capable de supporter cette soirée. Pourtant, il mourait d'envie de jeter sa tante et son oncle dehors, même s'il ne l'avait jamais fait. Non, il avait toujours enduré leurs critiques et leur dégoût mutuel. Il tourna le regard vers Michael, qui semblait ne pas se rendre compte de leur comportement. Il était sans doute immunisé.

— J'aurais aimé voir ces courses, dit-il, l'air un peu nostalgique.

— Il se peut qu'il en organise encore l'an prochain, dit Sarah. Elles étaient très populaires. Il a même organisé un tournoi pour les femmes.

— C'est merveilleux ! s'exclama la tante Bridget.

À ce moment précis, l'oncle Martin lança :

— Quelle horreur !

Sa femme lui jeta un regard acerbe.

— Les courses féminines sont parfaitement convenables.

— Pour des femmes légères, oui, grommela Martin.

Felix se retint de lui préciser que certaines de leurs amies avaient participé à des courses. Ce ne fut pas le cas de Sarah.

— Ma chère amie la marquise de Northam, a couru avec son nouveau véhicule. Et mon amie la comtesse de Dartford a gagné. C'était exaltant.

— Courez-vous ? s'enquit la tante Bridget, les yeux pétillants, avant de les plisser brièvement en direction de son mari.

Felix avala le reste de son vin, et le valet de pied remplit rapidement son verre avant de faire de même pour Anthony.

— Non, répondit Sarah. J'aime monter à cheval, mais conduire vite ne m'attire pas. Cela étant dit, j'ai parié sur les courses, et c'était très divertissant.

— Oh, fantastique ! s'exclama la tante de Felix, plongeant sa cuillère dans sa soupe. Il se peut que je veuille aussi assister à ces courses.

Elle se tourna vers son neveu et lui suggéra d'organiser un tournoi à Bath.

L'oncle Martin leva les yeux au ciel.

— Tu n'as pas assez d'argent pour parier.

— Tu n'as aucune idée de ce que j'ai, mon cher.

Encore une fois, son ton était terriblement doucereux.

— Non, sans doute que non, et cela me convient tout à fait.

Il leva son verre vers elle et lui adressa un sourire moqueur. Sa tante le foudroya du regard.

Elle reporta son attention sur Sarah et Anthony, qui s'efforçaient toujours d'ignorer l'hostilité entre Martin et Bridget.

— Vous avez de la chance tous les deux d'être célibataires. Je vous recommande de rester ainsi, si vous le pouvez.

— Je suis du même avis, déclara l'oncle Martin dans une rare manifestation de consensus avec sa femme. Mais, avec votre titre, vous avez un devoir. À moins que vous n'ayez un parent en mesure d'hériter, comme Felix.

— Oncle Martin, tante Bridget, n'accablons pas les Colton de nos soucis… familiaux. Ils ont leurs propres problèmes en ce moment.

— Oh oui, bien sûr, dit tante Bridget. Je dois vous présenter mes excuses pour le commentaire que j'ai fait tout à l'heure. J'ignorais que vos parents avaient été assassinés.

Impuissant, Felix vit les couleurs disparaître des visages de Sarah et d'Anthony. Il remarqua la main de son ami qui se resserrait autour de ses couverts, et ses jointures qui blanchissaient. Et il perçut le léger tremblement de la main de Sarah lorsqu'elle prit son verre de vin. Plutôt que d'attirer l'attention sur leur malaise, il se tourna vers Michael et l'interrogea sur son dernier trimestre à Oxford. Cela le conduisit à entraîner Anthony dans une évocation de leurs propres années passées dans cette école, et ainsi, ils parvinrent à tenir la tante Bridget et l'oncle Martin relativement tranquilles.

De cette manière, ils purent supporter le repas et la compagnie des parents de Felix. Ensuite, Sarah annonça qu'elle était fatiguée et leur souhaita bonne nuit. La tante Bridget déclara qu'elle ne voulait pas aller seule au salon et insista pour que Martin et Michael l'accompagnent à la maison douairière, ce dont Felix fut exceptionnellement reconnaissant.

Cinq minutes à peine après leur départ, Anthony et lui se trouvaient dans son bureau. Ils avaient retiré leur veste, dénoué leur cravate, et une bouteille de whisky était posée sur une petite table entre les fauteuils dans lesquels ils s'étaient affalés.

— Bon sang ! Ces gens sont affreux ! constata Anthony. Je commence à comprendre pourquoi tu ne m'as jamais invité ici. Ont-ils toujours été comme ça ?

— La plupart du temps, oui.

— Et tu le laisses gérer le domaine ? demanda Anthony en

secouant la tête. Je savais que tu l'autorisais à vivre dans la maison douairière et qu'il s'occupait des affaires quand tu étais à Londres, mais je n'avais pas compris qu'il était ton intendant *de facto.*

— J'ai un intendant.

— Alors, tu n'as pas besoin de ton oncle.

C'était une autre raison pour laquelle il n'invitait personne à Stag's Court. Sa manière de gérer son domaine ou sa vie ne regardait personne, pas même son meilleur ami.

— Son fils héritera un jour. Pourquoi ne pas le laisser superviser les choses ? Je suis parfaitement satisfait de cet arrangement.

Il jeta un regard froid à son ami avant de boire une longue gorgée de son verre de whisky.

Anthony pinça les lèvres et leva son verre.

— Mes excuses. Je sais que tu n'as pas l'intention de te marier. J'ai simplement supposé que cela changerait, et que tu n'avais pas vraiment l'intention de laisser ton cousin hériter. Visiblement, j'avais tort.

— Oui.

— Je peux voir l'avantage qu'il y a à ne pas se marier… il y en a beaucoup, en fait, dit Anthony, s'interrompant pour boire. Cependant, je n'ai pas de cousin germain. Je vais devoir faire quelques recherches. Il y a forcément quelqu'un dans la lignée.

— Comme l'a dit ma tante, le mariage n'est pas fait pour tout le monde. En tout cas, il ne l'était certainement pas pour eux.

— Leur mariage était-il arrangé ? s'enquit Anthony, avant de secouer la tête. Et ils ont trois enfants ?

Voyant le hochement de tête de Felix, il éclata de rire.

— Je suppose qu'ils ne se sont pas toujours détestés.

— Mon père disait que si. Comme ils ont eu deux filles avant Michael, je suppose qu'ils ont évacué la rage qu'ils se portaient mutuellement en couchant ensemble juste pour avoir un fils.

— Pourquoi cela semble-t-il vaguement excitant ? demanda Anthony, hilare. Coucher ensemble pour évacuer une haine mutuelle, je veux dire.

— Parce que tu as bu quatre verres de vin au dîner et que tu as presque terminé ton premier verre de whisky.

Felix ne voulait pas l'encourager à se saouler, pas après avoir passé une si bonne journée, mais le fait était qu'il était déjà plus qu'à moitié éméché lui-même, et qu'aller jusqu'au bout de l'ivresse lui paraissait une bonne idée à cet instant.

Presque autant que coucher ensemble pour évacuer une haine mutuelle. Ou simplement coucher avec quelqu'un. L'image d'une femme enveloppée dans de la soie violet foncé s'imposa à son esprit. Il vida son verre et s'en servit un autre. Avant qu'il ne repose la bouteille, Anthony lui tendit son verre pour qu'il le resserve lui aussi.

— On dirait que nous sommes en train de nous saouler à mort, dit Felix.

Anthony leva son verre pour porter un toast.

— Il n'y a personne d'autre avec qui j'aurais envie de le faire.

Felix ignorait l'heure qu'il était lorsqu'il aida son ami à monter dans sa chambre. Ils étaient tous les deux complètement ivres, mais Anthony était presque inconscient. Le bras passé autour de sa taille, Felix essaya d'ouvrir la porte de sa chambre sans le lâcher. Il échoua lamentablement. Anthony heurta le sol avec un bruit sourd, attirant l'attention de son valet qui se précipita vers la porte.

— Je l'ai, dit-il, aidant Anthony, qui marmonnait, à se relever.

— Navré pour cela, s'excusa Felix avec une grimace. Prenez bien soin de lui.

Il referma la porte avec plus de force que nécessaire, la

faisant claquer.

— Merde !

Il tourna trop vite, et s'appuya contre la porte pour se stabiliser.

Celle d'en face s'ouvrit, et une déesse s'avança sur le seuil. Ses cheveux bruns tressés sur son épaule et ses boucles qui descendaient sur sa poitrine, Sarah noua l'écharpe de son peignoir en sortant de sa chambre.

— Felix ?

— C'est moi ! dit-il, s'avançant d'un pas hésitant.

— Oh, mon Dieu ! Tu es éméché.

— Felix est éméché. Je crois que je vais dire ça trois fois rapidement. Felix est éméché. Felix est éméché. *La mèche est felixée.*

Il sourit et fit un autre pas, plus stable, vers elle.

— Je suppose que mon frère est dans le même état ?

— Pire, en fait.

Elle fronça les sourcils et il s'avança encore, jusqu'à se trouver juste devant elle.

— Ne fais pas ça. Froncer les sourcils, je veux dire, murmura-t-il en levant la main pour effleurer sa lèvre.

Le contact la fit haleter, et elle fit un petit pas en arrière.

— Tu étais magnifique ce soir, la complimenta-t-il, agitant une main au-dessus de ses propres cheveux. Ta plume était superbe. C'est toi qui as fabriqué ton chapeau, n'est-ce pas ?

— Oui. Merci.

Elle avait les yeux mi-clos, le regard méfiant. Et elle se montrait un peu séductrice.

Bon sang ! Il avait une érection rien qu'à se tenir là, à la regarder en tenue légère. Il se rendit compte qu'il était dans le même état : sa veste et sa cravate étaient en bas, et son gilet était complètement déboutonné. Il voulait la toucher à nouveau, l'embrasser.

— Tu devrais aller dormir, suggéra-t-elle. Bonne nuit, Felix. Ou, *la mèche*. Quel que soit ton nom.

Sa voix était froide et son regard encore plus glacial. Elle se retourna et entra dans sa chambre, refermant la porte derrière elle.

Il avait complètement raté son coup. Mais bon sang, qu'est-ce qui n'allait pas chez lui ?

Tu es ivre.

Oui, mais pas assez pour ne pas se rendre compte qu'il venait de flirter avec une femme qu'il ne devrait pas séduire. Il se rendit à sa chambre et referma la porte derrière lui, prenant soin de ne pas la claquer, cette fois. Il s'appuya contre le panneau de bois et ferma les yeux.

Il refusait d'être attiré par Sarah. Il ne pouvait pas l'être. C'était seulement parce qu'il était resté trop longtemps sans femme. Il avait mis fin à son arrangement avec Meggie après la mort des Colton.

Oui, le problème, c'était qu'il était en manque. Le lendemain soir, il emmènerait Anthony dans le village de Ware où ils trouveraient de la compagnie féminine. Cela leur ferait du bien à tous les deux.

Quant à ce soir-là, avec l'érection malvenue qui tendait ses sous-vêtements… ?

Ce soir, il prierait pour sombrer dans l'inconscience.

~

*L*e salon de l'étage de Stag's Court offrait une vue imprenable sur le jardin en contrebas. Avec une profusion de roses et d'œillets, il était éclatant et magnifique, la toile de fond parfaite pour que Sarah écrive des lettres à ses amis qui se trouvaient dans la nouvelle maison de Fanny, près de Saint-Ives.

Cependant, après leur avoir raconté son premier jour à

Stag's Court, avec certainement trop d'informations sur les horribles oncle et tante de Felix, elle ne savait pas quoi dire d'autre. Elle ne voulait pas parler de ce qu'elle ressentait. Surtout parce qu'elle ne savait pas.

Ou plutôt, parce qu'elle ressentait trop de choses.

Elle était en colère contre Anthony pour s'être encore noyé dans l'alcool. Et contre Felix, qui s'était joint à lui. Non, elle en voulait à Felix d'avoir flirté avec elle, de lui avoir rappelé qu'il faisait s'emballer son cœur et qu'elle avait commencé à penser à leurs baisers et à se souvenir à quel point elle les avait appréciés.

Elle était triste aussi, bien sûr, mais il y avait des moments d'espoir et de lumière, et le sentiment que les choses ne seraient pas si sombres pour toujours. Seulement, elle n'était pas certaine de savoir ce qu'elle devait faire. Sa femme de chambre, Dovey, lui avait dit de prendre chaque jour comme un cadeau et de ne pas trop réfléchir. Mais, pour Sarah, ce n'était pas aussi facile qu'il y paraissait. C'était peut-être bien là le problème : elle avait trop de temps pour réfléchir. Elle devait faire quelque chose, mais ne savait pas trop quoi.

Alors qu'elle cherchait un moyen de transmettre tout cela dans une lettre, elle regretta que ses amies ne soient pas présentes ici. Ce serait tellement plus facile de leur parler, d'entendre leurs voix.

— Sarah ?

Elle reconnut sa voix sans se retourner, et elle se rendit compte que, s'il avait parlé dans le placard de Darent Hall, elle aurait su aussitôt qui il était. Il l'avait fait, elle s'en souvenait, mais ce n'était qu'un mot qui avait à peine traversé le brouillard de son excitation choquante. Il *fallait* qu'elle cesse d'y penser. D'autant plus qu'elle était énervée après lui.

Elle lui jeta un regard glacial par-dessus son épaule.

— J'écris une lettre.

— Je vois ça. Puis-je t'interrompre ? S'il te plaît ? Je suis venu te demander pardon.

Elle fut surprise, et une sensation de plaisir fleurit dans sa poitrine, mais elle ne le lui montra pas. Elle voulait qu'il souffre au moins un peu.

— Je vois.

Elle repositionna son fauteuil pour lui faire face.

Il entra lentement dans la pièce. Vêtu d'une veste bleu foncé et d'un pantalon gris, il était aussi à la mode que n'importe quel gentleman se promenant sur Bond Street, mais Felix avait toujours été bien habillé. Sarah remarquait ce genre de choses, évidemment, tout comme elle avait vu qu'il était très peu vêtu la veille.

Elle l'avait déjà vu en manches de chemise, mais n'en avait jamais été affectée. Mais c'était avant qu'ils ne s'embrassent. À présent elle les voyait, lui et son cou nu, sous un jour tout à fait différent.

Il s'arrêta à quelques mètres de son fauteuil, affichant une moue gênée.

— J'ai bien peur d'avoir été plutôt éméché la nuit dernière.

— Et *felixé*, apparemment.

Elle lut la confusion dans son regard pendant un instant, puis il se mit à rire.

— Tu te souviens ? lui demanda-t-elle.

— Je n'étais pas aussi saoul que tu l'as sans doute pensé. Toutefois, j'étais fortement *felixé*. C'était inévitable, j'en ai peur, dit-il, et ses lèvres se retroussèrent en un sourire penaud. Je suis qui je suis.

Elle faillit sourire, mais se retint de le faire.

— Tu as laissé Anthony se saouler à nouveau.

Il tressaillit et baissa la tête, honteux.

— Oui, mais si tu me le permets, j'aimerais en rejeter la faute sur ma tante et mon oncle.

Elle accepterait volontiers de le faire, mais d'un autre

côté, elle n'allait pas lui faciliter la tâche. Pas quand tout lui semblait si difficile.

— C'est un peu lâche de ta part, n'est-ce pas ?

Il passa une main sur sa poitrine.

— Un coup direct. Vos attaques visent particulièrement juste, mademoiselle Colton.

Il était vraiment doué pour égayer chaque instant. Trop doué.

— Tu n'aurais pas dû le laisser boire autant.

— Non, je n'aurais pas dû, répondit-il simplement. Et nous n'avions certainement pas besoin de continuer après le dîner. Cela t'aiderait-il de savoir que je pense que cela lui a été utile ? Ce n'était pas comme avant. Nous étions juste…

Tandis qu'il cherchait ses mots, elle proposa :

— Deux idiots ?

— Oui, ça. Précisément. Et je me suis montré encore plus idiot en me comportant comme je l'ai fait avec toi.

— En quoi ?

Avait-elle élevé la voix ?

Il plissa brièvement les yeux.

— Je crois que j'ai essayé, médiocrement, de flirter avec toi. Mais je maintiens ce que j'ai dit. Tu étais magnifique hier soir.

Le cœur de Sarah se mit à battre la chamade, et elle espéra qu'il ne puisse pas voir les tremblements qui parcouraient son corps.

— Tu ne m'as jamais dit de telles choses avant.

Il fronça les sourcils.

— J'ai sûrement dû faire des commentaires sur ton apparence au fil des ans.

Oui, il l'avait fait.

— Pas de cette manière. Et tu m'as dit de ne pas froncer les sourcils. Et tu as essayé…

Elle détourna le regard pour échapper à l'insupportable

attirance qu'elle ressentait pour lui.

— J'ai essayé de te toucher, dit-il doucement. Sarah, je n'étais pas moi-même. Ma tante et mon oncle... Ils font ressortir ce qu'il y a de pire en moi.

Elle ramena son regard sur celui de Felix.

— Me toucher, c'est ce qu'il y a de pire en toi ?

Il grimaça à nouveau, puis passa une main sur son front. Il baissa la tête vers le sol.

— Ce n'est pas du tout ce que j'ai voulu dire. *Bon sang !* Je fais tout de travers. Depuis Darent Hall.

Il releva les yeux vers les siens, et ils se regardèrent simplement pendant un long moment.

— Nous pouvons le dire, murmura-t-elle, la voix éraillée. Depuis que nous nous sommes embrassés.

— Je ne veux pas que les choses soient différentes. Tu es toujours la sœur de mon meilleur ami. Tu es ma famille, aujourd'hui plus que jamais.

Elle ne voulait pas non plus que les choses soient différentes. Elle avait besoin de toute la famille possible.

— Nous pouvons oublier que cet événement a eu lieu.

Le coin de la bouche de Felix se releva.

— Je croyais l'avoir fait... pendant un certain temps. Mais je crois que le mieux que j'aie à faire, c'est de *prétendre* que rien ne s'est passé.

Il était en train de lui dire qu'il ne parvenait pas à l'oublier. Eh bien, elle non plus. En fait, elle craignait que ces baisers ne soient ceux à l'aune desquels elle mesurerait tous les autres.

— Je ferai de même.

Du mieux qu'elle pouvait. Elle laissa échapper un soupir de soulagement, teinté peut-être d'un petit quelque chose d'autre. Elle se rendit compte que c'était du regret.

— Je suis heureux que nous en ayons discuté, dit Felix en se redressant, lissant le devant de sa veste. J'espère que tu me pardonneras… pour tout cela. J'ai l'intention de vous aider, Anthony et toi, à retrouver votre joie de vivre.

— Est-ce vraiment possible ?

— Bien sûr que oui.

Il le disait d'un ton si désinvolte qu'elle ne pouvait s'empêcher de le croire.

— Je suppose que tu as raison. Tu t'es remis de la mort de ton père.

— Oui, répondit-il d'un ton hésitant. Mais je pense que c'était très différent. Notamment parce que j'étais très jeune.

— Et ?

— Et…, commença-t-il, haussant les épaules. On trouve d'autres choses à penser. Comme le shopping. Viens, je t'emmène à Ware. Je fais amener le cabriolet. Va chercher ta femme de chambre et retrouvez-moi devant.

Sa femme de chambre. Il lui fallut un moment pour se rendre compte qu'elle devrait l'amener. Certes, il s'agissait d'un véhicule ouvert, et oui, Felix et elle étaient comme une famille, mais pour des raisons de bienséance, il fallait qu'elle emmène Dovey.

— Je serai là en un rien de temps.

— Bien.

Il lui sourit et s'en alla.

Elle ramassa sa lettre à moitié terminée et se précipita dans sa chambre, où Dovey l'aida à enfiler une tenue de marche. Sarah se hâta de redescendre et sortit dans la lumière de l'après-midi, le bord de son chapeau protégeant ses yeux du soleil.

Felix se tenait à côté du cabriolet, son chapeau rabattu sur son front selon un angle arrogant. Elle n'avait jamais remarqué à quel point il était beau avant.

Et il ne fallait surtout pas qu'elle commence à le faire *maintenant.*

Il l'aida à se hisser sur le siège avant du véhicule, puis fit

de même pour Dovey à l'arrière. Ware n'était qu'à trois kilomètres. Avec ses malteries, ses relais de poste et ses
nombreuses boutiques, c'était une ville très animée, notamment en raison de la circulation sur la rivière Lea, qui la
traversait de part en part.

— Nous visiterons la grotte de Scott pendant que vous
êtes ici, dit Felix.

— Mes parents nous y ont emmenés une fois, dit Sarah
doucement, se remémorant un jour auquel elle n'avait pas
pensé depuis des années.

Ou peut-être l'avait-elle complètement oublié, mais
entendre Felix mentionner la grotte avait ressuscité le
souvenir.

— C'était l'été, et les tunnels étaient frais. C'était magnifique, avec les coquillages et les rochers.

— J'ai passé de nombreuses journées d'été à m'y cacher,
dit Felix. Heureusement, Maria Scott a continué à autoriser
les visites. Son père a construit la grotte, au cas où tu ne le
saurais pas. Les gens venaient de Londres pour la voir, ce qui
était son intention.

Sarah lui jeta un coup d'œil pendant qu'ils roulaient vers
la ville.

— Je suis surprise que tu n'aies pas construit de grotte à
ton tour.

— À Stag's Court ? demanda-t-il, avant de secouer la tête.
Je n'ai pas de colline de calcaire.

— Mais si tu en avais une, tu construirais une grotte ?

— Bien sûr.

Il lui lança un sourire, et elle lui fut une fois de plus
reconnaissante de son sens de l'humour.

Il les fit passer devant une série de relais de poste et de
malteries avant de garer le véhicule devant une boutique.
Sarah regarda l'enseigne, puis Felix, qui descendait déjà du
cabriolet.

Il fit le tour et lui tendit la main.

— Tu m'as amenée dans une boutique de modiste ?

— Pourquoi pas ? Je sais que tu aimes ça.

Il l'aida à descendre, puis voulut faire de même pour Dovey. Mais celle-ci refusa d'un signe de la main.

— Je vais attendre ici.

— Le cabriolet ne craint rien, lui dit Felix. Nous ne sommes pas à Londres.

— Tout va bien, my lord. Mon dos me fait un peu souffrir aujourd'hui.

Sarah l'ignorait. Elle leva les yeux vers sa femme de chambre, qui n'avait même pas l'âge d'être sa mère.

— Il s'est passé quelque chose ? s'enquit-elle.

Dovey lui adressa un clin d'œil.

— Pas du tout. Ce n'est rien qu'une vieille douleur.

Sarah n'en avait jamais entendu parler. Dovey essayait-elle de lui accorder du temps seule avec Felix ? Elle allait devoir lui dire que ce n'était pas nécessaire, mais cela ne servirait pas à grand-chose. Dovey était aussi impatiente de voir Sarah se marier que ses parents l'avaient été.

Une vive sensation de perte saisit Sarah et elle s'efforça de la repousser. Elle s'attarda un moment, se rappelant pour la millième fois que sa mère ne la verrait jamais se marier. Cela avait-il encore de l'importance, alors ? Sarah avait cru le contraire. Et aujourd'hui, elle se marierait dans la seconde si cela signifiait qu'elle pouvait retrouver ses parents.

Elle prit le bras de Felix qui l'entraîna dans la boutique. Elle était petite et fraîche en comparaison de la chaleur du soleil du début de l'après-midi. Des chapeaux, des rubans et des gants remplissaient l'espace, et Sarah observa l'endroit avec un léger intérêt.

Retirant sa main du bras de Felix, Sarah s'avança vers un étalage de bonnets. Elle en toucha un, admirant le travail de l'artisan.

— Tu aimes ? lui demanda Felix en s'approchant d'elle.

— C'est joli.

— Je serais ravi de te l'offrir, enfin, celui-là, ou n'importe quoi d'autre.

Elle lui adressa un regard réprobateur.

— Tu ne peux pas m'acheter de choses. De toute façon, je n'achète pas de chapeaux.

Parce qu'elle les fabriquait tous elle-même. Mais elle n'en avait plus eu envie depuis la mort de ses parents.

— Et pourquoi le ferais-tu ? demanda-t-il avec un sourire. Peut-être devrais-tu acheter quelques fournitures, alors. Des rubans ? Des fleurs de soie ?

— Je n'ai besoin de rien, merci, répondit-elle en allant voir les gants.

Il la suivit.

— J'espérais que tu pourrais me montrer comment faire des chapeaux.

— Ah oui ? demanda-t-elle, car elle n'était pas sûre d'y croire. Pourquoi aurais-tu besoin de fabriquer un chapeau ?

Il haussa les épaules.

— On ne sait jamais. Il se pourrait que je me retrouve quelque part sans couvre-chef et que j'en aie désespérément besoin.

Elle releva une hanche et le dévisagea.

— Donc, tu te retrouverais sans chapeau, mais tu aurais sous la main tout le matériel et les outils nécessaires pour en fabriquer un. Voilà qui me semble très probable.

Il ricana.

— Ton sarcasme me tue.

Elle se retourna et releva le menton.

— J'ai appris des meilleurs. Je parle d'Anthony et de toi, au cas où tu ne l'aurais pas compris.

— Oh, j'ai compris, dit-il en riant. Laisse-moi prendre des

fournitures. Plus vite tu te remettras à créer des chapeaux, plus vite tu te sentiras toi-même.

Il avait peut-être raison, mais elle n'allait pas le faire. Au lieu de le lui dire, elle quitta la boutique à grands pas.

Il la suivit à l'extérieur et lui toucha le coude.

— Pourquoi es-tu partie ?

Elle se tourna vers lui, cédant à son irritation.

— Je ne veux pas faire de chapeaux. Et je n'ai pas besoin de me remettre à quoi que ce soit. Ma vie est différente maintenant.

Il fronça les sourcils.

— Cela n'a rien d'une obligation. Tu peux toujours ouvrir ta boutique sur Vigo Lane. En fait, cela pourrait même être plus facile...

— Arrête ! l'interrompit-elle sèchement. Je n'ouvrirai pas de boutique sur Vigo Lane.

Ses parents auraient détesté cela, et elle ne voulait pas déshonorer leur mémoire de cette façon.

Il lui saisit le coude, puis l'attira sur le côté du trottoir.

— Pourquoi refuser ce qui te rendrait heureuse ?

— Rendre mes parents fiers me rendra heureuse.

— Alors, maintenant, tu veux te marier, répondit-il sèchement.

— J'ai toujours voulu me marier.

Elle ne pouvait s'empêcher de se sentir, et d'avoir l'air, apparemment, sur la défensive.

Il ne semblait pas convaincu.

— Je crois savoir que tu voulais tomber amoureuse. Est-ce toujours une exigence ?

— C'est... important. J'accepterai un mari avec lequel je serai heureuse. L'amour n'est pas toujours nécessaire.

Elle était maintenant en train d'imiter parfaitement sa mère. Sa gorge se serra.

— Je veux que tu sois sûre de savoir ce qu'est le bonheur

pour toi, dit-il, l'air déterminé. Viens, je t'emmène quelque part.

Elle s'avança vers le cabriolet.

— Où ?

Il l'aida à monter.

— C'est une surprise.

Elle baissa les yeux vers lui depuis son siège.

— J'espère que ce n'est pas une autre boutique de modiste. C'était peut-être la grotte.

— Ce n'est pas ça. Nous retournons au domaine.

Il fit le tour du véhicule pour monter sur le siège à côté d'elle.

Ce n'était pas la grotte, donc.

Alors que Felix prenait les rênes, elle prit conscience de son agacement. Mais au lieu de la contrarier, cela ne faisait que renforcer sa détermination. Elle ne pouvait pas vivre sa vie comme lui, en faisant ce qu'il voulait, quand il le voulait. Il laissait quelqu'un d'autre gérer son domaine, et il n'avait pas l'intention d'avoir d'héritier. Il n'avait aucun sens du devoir.

Il n'était donc pas étonnant qu'il ne comprenne pas qu'elle ressente le besoin de satisfaire les désirs de ses parents. Pour elle, c'était plus important qu'elle ne l'aurait jamais imaginé.

Fielding avait envoyé un mot gentil et des fleurs après la mort de ses parents. Peut-être avait-il toujours envie de lui faire la cour... il lui en avait parlé à Darent Hall. L'épouser impliquerait d'aller vivre dans les Indes pendant une durée indéterminée, mais il y avait pire. Et ses parents auraient été ravis de la voir se marier, même s'il n'avait pas de titre. Ils auraient été particulièrement enthousiastes qu'il obtienne un poste au sein du gouvernement. Oui, Fielding pourrait faire l'affaire.

Elle lui écrirait dès que possible.

CHAPITRE 8

Felix retourna à Stag's Court peut-être un peu plus vite qu'il ne l'aurait dû, ralentissant lorsqu'il atteignit un chemin qui les mènerait à leur destination. L'irritation qu'il avait ressentie à l'égard de Sarah était toujours présente, mais elle n'était pas vraiment dirigée contre elle. Elle était en deuil. Elle reprendrait ses esprits bientôt. Il espérait seulement qu'elle ne prendrait pas de décisions irréfléchies d'ici là.

Comment le pourrait-elle, alors qu'elle se trouvait à la campagne, loin de tout prétendant potentiel ?

Il se détendit un peu en conduisant le véhicule le long du chemin. Au détour d'un virage, ils aperçurent la maison qu'il cherchait.

— Où allons-nous ? demanda Sarah une nouvelle fois.

— C'est toujours une surprise, lui répondit Felix.

— Tu es vraiment en train de construire une grotte !

Il rit malgré son agacement persistant.

— Non. Mais si tu continues à me haranguer à ce sujet, il se pourrait que je doive le faire.

— Je ne te harangue pas, protesta-t-elle avant de s'interrompre, puis de reprendre d'une voix haut perchée. Felix, tu *dois* construire une grotte. Je serais dévastée si tu ne le faisais pas. Pense à tous ces gens qui viendraient la voir, aux fêtes et autres événements que tu pourrais y organiser !

Elle tourna la tête, fit la moue, et battit des cils.

— Je ne t'adresserai plus jamais la parole si tu ne construis pas de grotte.

Il haussa un sourcil en la regardant, peinant à réfréner son sourire.

— Tu as terminé ?

— *Ça*, c'est de la harangue.

— Tu excelles dans ce domaine. Je croyais que tu aimais les romans d'épouvante, mais peut-être as-tu lu *La Mégère apprivoisée.*

Elle éclata de rire, et il laissa s'évanouir ce qu'il restait de son agacement.

Dovey se pencha entre eux.

— Je l'ai surprise en train de le lire il y a quelque temps, peut-être en mars.

— Ah !

Felix fit tourner le cabriolet dans l'allée du cottage et le gara. Il sauta à terre et fit le tour pour aider Sarah à descendre.

— Venez-vous cette fois-ci, Dovey ? demanda-t-il à la femme de chambre.

— Je n'en suis pas sûre. Je ne vois pas ce que nous faisons ici.

Il lui tendit la main.

— Le jeu en vaut la chandelle, je vous le promets.

— Comment pourrais-je refuser ? répondit-elle, acceptant son aide pour descendre.

Alors qu'ils se dirigeaient vers la maison, une femme en sortit et fit une révérence à Felix.

— Bonjour, my lord. Aviez-vous prévenu M. Jenney que vous veniez ?

— Non, répondit Felix. Je crains qu'il ne s'agisse d'une visite surprise. Je suis venu voir les chiots.

Sarah tourna la tête vers lui.

— Des chiots ?

— Oh là là ! murmura Dovey.

Mme Jenney sourit.

— Dans ce cas, venez jeter un coup d'œil. Voudriez-vous en prendre un, monsieur ?

— Pas moi, non, répondit-il en jetant un coup d'œil vers Sarah. Mais Mlle Colton pourrait.

Elle s'approcha de lui et lui serra le bras. C'était le type de contact qu'il attendait d'elle, un peu impersonnel et fugace, avant qu'ils ne s'embrassent. Il se disait qu'il était soulagé que les choses soient redevenues normales entre eux.

— Ils sont dans la grange.

Mme Jenney les conduisit jusqu'à un abri situé à plusieurs mètres du cottage. Le bâtiment avait trois façades entières, et la quatrième était constituée d'un demi-mur. Ils franchirent une porte ouverte donnant sur un enclos rempli de paille. Ainsi qu'une portée de chiots terriers qui tétaient leur mère.

Les parois de l'enclos n'étaient hautes que d'une trentaine de centimètres, ce qui était facile à escalader pour la mère, mais impossible pour ses petits. L'un d'eux se leva et s'étira, puis se dandina jusqu'au bord où ils se trouvaient.

Sarah se baissa aussitôt.

— Quel âge ont-ils ?

— Environ cinq semaines maintenant, mademoiselle, répondit Mme Jenney.

— Ils pourront bientôt quitter l'enclos, observa Felix.

— Sans aucun doute, confirma Mme Jenney.

Sarah retira l'un de ses gants et tendit la main dans l'enclos pour caresser la tête du chiot. C'était le plus clair du lot, il était d'un crème pâle.

— Ils sont absolument adorables !

— Allez-y, prenez-la, suggéra Mme Jenney, comme si Sarah avait besoin d'être encouragée.

La jeune femme retira son autre gant et le tendit à Dovey. Elle prit ensuite le chiot dans ses bras et se redressa, le serrant contre sa poitrine.

Felix voyait bien qu'elle était déjà amoureuse.

— Comment l'appellerais-tu ?

Sarah caressa la tête du chien.

— Fleur. Parce qu'elle est belle et qu'elle sent très bon.

— Eh bien, on dirait qu'elle est déjà à toi, dit Felix.

— Je ne peux pas prendre un chien.

Elle s'accroupit et remit le chien dans l'enclos. Un autre trotta vers elle, plus sombre, avec une teinte rougeâtre. L'animal posa sa tête dans la main de Sarah, qui le souleva ensuite.

— Tu as raison, constata Felix. Il est clair que tu dois en prendre deux.

Elle reposa le chiot dans l'enclos et se releva, secouant la tête.

— Et si mon mari n'aime pas les chiens ?

— Alors il ne devrait pas être ton mari.

Mme Jenney semblait confuse, alors Felix expliqua :

— À ce stade, le mari est encore hypothétique.

Elle hocha la tête.

— Ils seront complètement sevrés dans quelques semaines. Vous pourrez en prendre un ou deux à ce moment-là, si vous le souhaitez. Deux d'entre eux sont déjà réservés. Le plus sombre ici, dit-elle en pointant du doigt un chiot presque roux, et un autre plus clair, de loin le plus grand de la portée. Et ce grand là-bas. Mon fils l'appelle Héros.

— Quel nom merveilleux, déclara Sarah.

Son regard était si nostalgique, si plein de désir, que Felix pouvait à peine le supporter.

— Sarah, tu prends un chien, dit-il. J'insiste. Fais ton choix. Fleur, ou l'autre.

— C'est aussi une fille. Mon fils a pris l'habitude de l'appeler Poppy. C'est la plus amicale de la bande.

Sarah fronça les sourcils.

— Je ne voudrais pas prendre le chien de votre fils.

— Oh, elle n'est pas à lui. Leur mère est sa chienne, et il ne l'échangerait pour rien au monde. Et nous garderons le chiot qui restera quand les cinq autres auront été adoptés.

— L'affaire est réglée, alors, affirma Felix. Nous passerons prendre Fleur et Poppy dans deux semaines. Ce délai sera-t-il suffisant pour leur permettre de se sevrer ?

— Oui, monsieur. Ce serait parfait, répondit Mme Jenney en affichant un large sourire, laissant apparaître un espace entre ses dents de devant. Je suis ravie qu'ils aient un foyer aussi aimant. Il est évident que vous aimez les chiens.

Elle avait adressé cette dernière remarque à Sarah.

— C'est vrai.

Sarah rayonnait littéralement, et Felix sentit un tiraillement dans sa poitrine. *Bon sang !*

— Voudriez-vous jouer un peu avec eux ? s'enquit Mme Jenney.

— Oui, merci.

Mme Jenney s'éloigna de l'enclos.

— J'ai de la limonade à la maison si quelqu'un en veut.

— Cela vous dérange-t-il si je vais à l'intérieur, mademoiselle Colton ? demanda Dovey.

— Pas du tout, répondit Sarah sans lever les yeux des chiots.

Elle se baissa et prit Fleur dans ses bras, puis alla s'asseoir sur une botte de foin à proximité.

Lorsque Mme Jenney et Dovey furent parties, Felix prit Poppy et rejoignit Sarah. Les chiots se laissèrent dorloter un peu avant d'exiger qu'on les dépose pour qu'ils puissent explorer les environs.

— C'était adorable de ta part, dit Sarah d'une voix douce. Merci.

— Je sais à quel point tu adores les chiens.

— C'est vrai. Mes parents ne voulaient pas que j'en aie un à Londres.

Il n'en avait rien su.

— Je n'avais pas l'intention de susciter la moindre contrariété.

— Non, c'est bon.

Elle suivit du regard les chiots qui se battaient.

Felix réfléchit à ce qui pouvait bien passer par la tête de Sarah. Elle voulait honorer ses parents en se mariant, et pourtant, elle était là avec deux chiots, ce qu'ils lui avaient refusé. Si elle acceptait les animaux, peut-être changerait-elle d'avis pour la fabrication de chapeaux. Il espérait que ce serait le cas. Elle méritait le bonheur, un bonheur qu'elle créerait elle-même, et qui n'appartiendrait à personne d'autre.

Comme celui que tu as ?

Il chassa la voix de son esprit. Elle le regarda.

— Merci. Je ne devrais pas les prendre, mais je vais le faire.

— Bien.

Elle lui adressa un sourire, et même s'il en avait fait naître plusieurs au cours des derniers jours, celui-ci était le plus sincère et le plus éclatant jusqu'à présent. Ses yeux bleus brillaient et sa peau était lumineuse.

— Cela fait bien longtemps que je n'ai pas été aussi heureuse.

— C'est ce que je vois.

— Ce que tu fais… créer des distractions et des amuse-ments, c'est plus que ça. Tu apportes aux gens une joie authentique.

— J'essaie.

— Est-ce cela qui te rend heureux ?

— Oui, répondit-il sans réfléchir.

Parce qu'éviter de trop réfléchir faisait partie de ce qui le rendait heureux. Non, pas heureux. C'était quelque chose d'autre.

Elle pencha la tête.

— As-tu déjà essayé de rendre ton oncle et ta tante heureux ?

Ce changement de sujet, en quelque sorte, le fit rire.

— Je n'en suis pas sûr. J'ai fait en sorte qu'ils s'évitent mutuellement, donc, en ce sens, oui, je l'ai sans doute fait. Ils passent rarement du temps ensemble. Elle est toujours à Bath ou à York, et l'oncle Martin est toujours là.

— Comme c'est triste !

Felix haussa les épaules.

— Je ne crois pas qu'ils soient tristes. Ils tirent le meilleur parti d'une mauvaise situation.

— Leur mariage est une *mauvaise situation.*

— Tu comprends maintenant pourquoi cela ne m'inté-resse pas, et pourquoi je te conseille d'être vraiment certaine que c'est ce que tu veux.

— C'est la vérité ? demanda Sarah. Si tu refuses de te marier, c'est parce que tu as vécu avec ton oncle et ta tante après la mort de ton père ?

Le ventre de Felix se noua. C'était un territoire dange-reux, des endroits de son cœur et de son âme qu'il ne touchait pas. Il chercha désespérément de l'humour là où il n'y en avait pas, ou très peu.

— J'espère que tu ne vas pas avoir pitié de moi. Ce n'est pas nécessaire.

— Non, j'essayais simplement d'apprendre quelque chose de nouveau sur toi.

L'un des chiots colla son museau à sa jupe et Sarah le prit dans ses bras, installant l'animal sur ses genoux. Puis elle tendit le bras pour soulever l'autre et déposa la petite à côté de sa sœur. Elles se blottirent l'une contre l'autre, si bien qu'il était difficile de voir où l'une terminait et où l'autre commençait.

— Je commence à me rendre compte qu'il y a beaucoup de choses que je ne sais pas sur toi.

La conversation mettait Felix de plus en plus mal à l'aise.

— Tu en sais autant qu'Anthony. Ou n'importe qui d'autre.

— Vraiment ? J'aurais cru qu'Anthony te connaîtrait mieux. Mais si nous voyons tous le même Felix…

Elle s'interrompit, et il n'appréciait pas le tour que prenaient ses pensées.

— Je ne suis pas quelqu'un de très passionnant, déclara-t-il. Je suis exactement l'homme que tu vois : celui qui divertit, qui fait rire, et qui fournit des chiots.

— Oui, mais je crois que tu es bien plus que cela.

Elle lui lança un regard énigmatique et se leva, serrant les chiots dans ses bras.

Il la regarda les remettre dans l'enclos avec leur mère et leurs frères et sœurs, puis elle se tourna vers lui, s'essuyant les mains sur sa jupe.

— Je devrais retourner voir Anthony.

— J'ai demandé à la cuisinière de lui préparer un tonique contre les maux de tête. Il sera en pleine forme, j'en suis sûr.

— Tu prends soin de tout le monde, dit-elle d'une voix douce. Qui prend soin de toi ?

— Personne.

Il avait pris soin de lui-même toute sa vie, et il s'attendait à ce que cela ne change jamais.

*C*e soir-là, Anthony retrouva Sarah dans la bibliothèque avant le dîner.

— S'agit-il de tes romans d'épouvante londoniens ?

Elle était assise à une table avec trois livres empilés devant elle, et se tourna vers son frère qui s'approchait d'elle.

— Oui. Felix t'a dit qu'il les avait commandés pour moi ?

— J'aurais aimé y penser, remarqua Anthony avec une pointe de regret. Je n'ai pas été un très bon frère ces derniers temps.

— Je n'ai pas été une sœur fantastique non plus, mais je crois que nous avons fait ce que nous pouvions, répondit-elle, lui faisant signe de s'asseoir. Est-ce mieux d'être ici plutôt qu'en ville ?

— Je pense que oui. J'ai aimé sortir hier. Et j'ai fait une longue promenade aujourd'hui.

— Tu as l'air d'aller bien, remarqua-t-elle, étudiant ses traits, et il lui adressa un petit sourire.

— S'il te plaît, ne t'inquiète pas pour moi. Je ne pouvais pas le supporter, avoua-t-il, détournant le regard. Cela a été un choc.

— Oui, c'est vrai.

C'était la meilleure façon de le décrire. Un instant, ils s'amusaient à Darent Hall, et la minute d'après, ils étaient plongés dans la confusion et le chagrin.

Anthony posa son coude sur la table.

— Je voulais te demander si cela te dérangerait que Felix et moi manquions le dîner ce soir.

— Oh !

— Felix a suggéré que nous passions la soirée en ville.

— Et tu en as envie ? demanda-t-elle, tendant la main pour toucher son bras avec un sourire. C'est merveilleux. Bien sûr que cela ne me dérange pas.

Les épaules d'Anthony s'affaissèrent, preuve de son soulagement.

— Merci.

— J'ai de quoi m'occuper, affirma-t-elle en tapotant la pile de livres. Et bientôt, j'aurai encore plus de choses à faire pour occuper mon temps. Felix m'a emmenée voir des chiots terriers aujourd'hui.

— Oh, non ! Combien vas-tu en prendre ? demanda-t-il, laissant échapper un petit rire.

— Deux. Sur son insistance, dit-elle.

Elle planta ses dents dans l'intérieur de sa lèvre.

— Mais je me sens un peu… mal.

— Pourquoi ?

— Nos parents ne m'auraient jamais permis de les prendre. Pas dans la maison et certainement pas à Londres.

Il détourna le regard, hochant la tête.

— Je comprends, lui dit-il, croisant à nouveau ses yeux. Et je pense qu'ils comprendraient aussi. Nous devons faire ce que nous pouvons. Si les chiots te rendent heureuse, alors tu dois en avoir.

— Et toi, demanda Sarah. Qu'est-ce qui te rendra heureux ?

Il haussa les épaules, laissant échapper une profonde expiration.

— Pour l'instant, passer la soirée avec mon ami et faire comme si rien n'avait changé.

— Peux-tu vraiment faire une telle chose ?

Sarah n'était pas certaine d'en être capable.

— Je vais essayer. Felix dit que cela aidera.

Elle n'en fut pas surprise : il avait passé la journée à essayer de la distraire de sa mélancolie.

— Felix est un maître dans l'art de faire diversion.

— Oh, que oui ! Je ne vois personne de mieux placé pour nous aider à traverser cette période.

— Devrions-nous…

Elle détestait poser la question, mais elle commençait à réfléchir à la suite, et elle aimait avoir des projets, ou au moins des idées et des stratégies. Lorsqu'elle avait eu l'impression de ne pas pouvoir se marier, elle avait établi un autre plan. C'était à la fois réconfortant et inspirant.

— Quand irons-nous à Oaklands ?

Anthony se leva et traversa la pièce d'un pas ferme, s'arrêtant devant une étagère et passant le bout des doigts sur les dos des livres.

— Je ne sais pas. Je ne suis pas encore prêt.

La douleur dans la voix de son frère transperça Sarah. Elle se leva et alla se placer à côté de lui.

— Il n'est pas nécessaire d'y aller bientôt.

Il acquiesça.

— J'essaie juste de… penser à l'avenir. Quand penses-tu que je puisse me marier ?

Il tourna brusquement la tête vers elle pour la dévisager.

— *Te marier ?*

— Oui.

— As-tu un prétendant ?

— Non, mais je pense que je pourrais en avoir un.

Elle pensait à Fielding, à qui elle prévoyait d'écrire après le dîner.

— Qui ? demanda-t-il.

— M. Fielding.

Anthony cligna des yeux.

— Je crains de ne pas me souvenir de lui.

— Il était à Darent Hall. Un homme trapu, avec des cheveux brun clair, très aimable.

Anthony sembla y réfléchir un instant, puis il secoua lentement la tête.

— Je n'arrive toujours pas à le situer, désolé.

— Cela n'a pas d'importance.

— Bien sûr que cela a de l'importance ! Je dois m'assurer que tes prétendants sont à la hauteur. C'est ma responsabilité, maintenant.

Elle sentit une vague d'irritation lui remonter le long de l'échine. Elle ne voulait pas avoir à lui demander sa permission.

— J'espère que tu ne comptes pas me choisir un mari.

— Pas du tout. Mais je devrais au moins m'assurer qu'il est digne de le devenir.

Sarah se détendit. Tout ceci était tellement nouveau pour eux.

— Il est candidat à une nomination gouvernementale dans les Indes. Est-ce acceptable pour toi ?

— Pas de titre ? demanda-t-il, et elle secoua la tête. Nos parents voulaient vraiment que tu aies un titre.

— Oui, mais maman avait commencé à dire que cela n'avait pas d'importance tant que je me mariais.

Anthony grimaça légèrement et reporta son attention sur les livres pendant un moment. Sans la regarder, il dit :

— Les Indes ? Est-ce acceptable pour toi ?

— Je dois me marier, Anthony, dit-elle d'une voix douce. Cela aurait rendu maman très heureuse.

Il se tourna et attira Sarah dans ses bras. Elle enlaça sa taille et posa la tête sur son torse.

— Je crois que tu pourrais te marier à la fin de l'année. Ce Fielding pourra bien attendre.

— Il a des affaires familiales à régler ici. Il n'a pas prévu de retourner aux Indes cette année.

— Tu me manquerais terriblement.

— Tu me manquerais aussi.

L'émotion obstruait la gorge de Sarah, mais elle ne voulait pas pleurer sur sa cravate.

— Bonsoir, mes amis !

Sarah et Anthony se séparèrent lorsque Felix entra dans la pièce.

Il s'arrêta devant eux et les dévisagea l'un après l'autre.

— Quel rapprochement familial ai-je interrompu ?

— Sarah et moi étions en train de discuter de son mariage, expliqua Anthony.

— Ah, oui elle a parlé de se marier plus tôt dans la journée.

Felix adressa à Sarah un regard bienveillant, qui ne laissait rien transparaître de son opinion sur ce sujet. Mais, d'après leur conversation à Ware cet après-midi-là, elle savait qu'il avait une opinion sur la personne qu'elle devrait épouser : quelqu'un qu'elle aimerait, sans nul doute.

Anthony s'adossa à l'étagère.

— Elle pense à un gentleman de la fête à Darent Hall. Fielding. Mais ce type repart dans les Indes, et je préférerais ne pas envoyer ma sœur à l'autre bout du monde.

Sarah lui jeta un regard perçant.

— Ce n'est pas à toi d'en décider.

Il leva les bras en signe de reddition.

— Il existe d'autres options. Qu'en est-il de Sherington, de Blakesley ou de quelques-uns des autres invités de Darent Hall ? Apparemment, Hardwick serait à la recherche d'une épouse.

— À mon avis, Hardwick a trop de créanciers, remarqua Anthony. Et Blakesley n'est pas prêt à s'installer. Cependant, cela pourrait fonctionner avec Sherington.

Sarah s'éclaircit la gorge.

— Je suis toujours là.

Les deux hommes la regardèrent en clignant des yeux.

— Bien sûr que oui.

— Alors peut-être pourriez-vous me demander ce que je pense de ces hommes.

Elle sourit aimablement, peut-être trop aimablement, mais elle n'appréciait pas leur attitude cavalière.

— Mes excuses, dit Felix en s'inclinant légèrement. Je veux simplement aider à te faciliter les recherches. Je serai heureux de reprendre mes services lorsque tu seras prête.

Ses services. L'aider à trouver un mari. Même si elle avait accepté avec enthousiasme son offre auparavant, c'était… auparavant. Aujourd'hui, l'idée qu'il lui trouve un prétendant lui semblait un peu déplacée.

Jusqu'à présent, elle ne parvenait pas vraiment à faire comme s'ils ne s'étaient jamais embrassés. Lui n'avait pas l'air de rencontrer de difficultés. Il était plus que prêt à la marier.

— Je n'envisage pas de revenir de sitôt dans le monde social. Peut-être à l'automne. Dans l'intervalle, je vais réfléchir à mes options.

Elle était impatiente d'abandonner le sujet.

— Sarah, je te soutiendrai quoi que tu décides de faire, déclara Anthony avec sérieux.

— Merci, répondit-elle en passant la main sur sa jupe. Et maintenant, si je comprends bien, vous partez tous les deux à Ware, et je reste seule avec mes romans d'épouvante.

— Veux-tu dîner ici ? proposa Felix. Ou ailleurs ? Je peux en parler au personnel.

— Je vais m'en occuper, merci, répondit-elle. Qu'avez-vous prévu de faire à Ware ?

— Nous allons dîner dans l'un des relais de poste, répondit Felix. L'Ours d'or a un chef français, tu imagines ?

— C'est fantastique ! Il faudra que j'y aille un jour.

Elle se demandait d'ailleurs pourquoi ils ne l'avaient pas invitée. Mais ils échangèrent alors un regard, et elle comprit. Le dîner n'était que le début de leur soirée. Elle imaginait sans mal ce qu'ils feraient ensuite.

Son ventre se noua, et elle eut du mal à regarder Felix

dans les yeux. Alors elle s'abstint. À la place, elle retourna à la table où se trouvaient ses livres et prit la pile.

— Passez une bonne soirée. Ne buvez pas trop, dit-elle en regardant Anthony, mais pas Felix.

— Nous nous tiendrons bien, répondit son frère.

Avec un hochement de tête, elle se retourna et sortit, tout en se répétant en silence : *fais comme si rien ne s'était passé, fais comme si rien ne s'était passé, fais comme si rien ne s'était passé.*

Mieux encore, *fais comme s'il n'existait pas.*

*L*a salle à manger n'en avait guère l'air, avec sa table couverte d'objets divers, mais Felix ne voyait pas comment utiliser cet espace à meilleur escient. Il passa en revue la panoplie d'objets insolites et attendit l'arrivée de son invitée.

Quelques instants plus tard, Sarah entra.

— Dovey m'a dit qu'on avait besoin de moi dans la salle à manger, annonça-t-elle, s'avançant vers la table avec un air confus. Felix, qu'est-ce que c'est que tout ça ?

— Je fabrique des chapeaux

Elle le regarda en clignant des yeux.

— Avec des livres, des paniers, de la mousse et… est-ce une tasse à thé ?

Il joignit les mains dans le dos et lui sourit.

— C'en est une.

— Je t'ai dit que je ne voulais pas faire de chapeaux.

— *Je* fabrique des chapeaux. Mais j'ai besoin de conseils.

— Felix, tu ne peux pas faire de chapeau avec un panier et une tasse à thé.

Il la regarda en plissant les yeux.

— Tu n'as pas beaucoup d'imagination. Les chapeaux ne sont rien d'autre que des paniers trop décorés.

Elle le dévisagea et il craignit que son plan n'échoue. Il alla chercher un panier, puis saisit une poignée de mousse qu'il avait demandé à un valet de pied de ramasser.

— Si tu ne veux pas m'aider, je me débrouillerai tout seul.

Il se rendit à l'autre bout de la table et s'assit pour fixer la mousse sur le panier.

Il ouvrit un pot de colle et prit le pinceau qui se trouvait à côté, qu'il trempa dans l'adhésif, s'en servant pour enduire le panier. Ensuite, il fit adhérer des boules de mousse.

— Bon sang ! Mais qu'est-ce que tu fais ? demanda-t-elle, le rejoignant au bout de la table.

Il leva le nez vers elle, encouragé par le fait qu'elle l'avait suivi.

— Je fais un chapeau.

— Avec de la colle ?

Il cilla en la regardant.

— Il y a une meilleure façon ? Peut-être voudrais-tu me montrer ?

Elle pinça les lèvres et plissa les yeux.

— Non.

— Alors, je vais continuer.

Déterminé à la faire participer, il se leva et alla chercher d'autres objets pour son chapeau panier : des plumes de pigeon, un petit éventail et un bouton de rose.

— Où as-tu trouvé cet éventail ? l'interrogea-t-elle alors qu'il réfléchissait à l'endroit où l'attacher.

— Aucune idée. J'ai demandé au personnel de m'apporter divers objets, et cela en faisait partie. Je crois qu'il y a un vieux bas quelque part dans le tas.

Il plaça l'éventail sur le chapeau pour lui donner de la hauteur, mais cela ne tombait pas bien. Ensuite il essaya de le tourner, de sorte qu'il ressemblait à une nageoire sur le côté du chapeau.

— Oh, oui, cela fera l'affaire, murmura-t-il, appliquant

une bonne dose de colle sur le panier avant d'y plaquer l'éventail.

— C'est ridicule !

Felix leva vers elle un regard faussement innocent.

— Ah oui ? Et moi qui espérais te persuader de le porter !

Elle leva les yeux au ciel.

— Quelle est ta véritable intention ?

— La même que toujours : passer du bon temps. Préfères-tu contempler mes efforts pathétiques ou te joindre à moi ? Je suis persuadé que tu créeras quelque chose de bien plus raffiné que moi.

Elle haussa un sourcil en le regardant.

— Est-ce un défi ?

Oh oui ! C'était la Sarah qu'il espérait provoquer.

— C'en est un.

— Je parie que je peux faire quelque chose de pire que le tien.

Ce n'était pas ce qu'il avait espéré, mais c'était beaucoup, beaucoup mieux. Il éclata de rire.

— Essaie donc !

Elle tourna les talons et fit le tour de la table en ramassant divers objets. Puis elle retourna de son côté, s'assit et se mit à assembler tranquillement son chapeau. Elle commença par ouvrir son propre pot de colle. Se servant d'un journal comme base, elle attacha divers rubans sur les côtés.

— Tu vois à quel point la colle est utile ? demanda Felix.

— Pour mon projet, oui. Pour ton panier, non. Je suis sûre que la colle s'est infiltrée à l'intérieur. En plus de créer un vrai bazar, cela risque de rendre le panier inconfortable pour le porteur.

Il la dévisagea, feignant la surprise.

— Le confort entre en ligne de compte dans la conception ?

Elle l'ignora et termina de coller ses rubans. Felix souleva son panier, et vit qu'il y avait effectivement des gouttes de colle séchées sur la nappe. Heureusement, le personnel avait eu la prévoyance de protéger la table. Il jeta un coup d'œil à l'intérieur et vit les amas de colle à certains endroits.

— Tu pourrais coudre la mousse, suggéra Sarah. À moins que tu n'en aies fini avec ça.

Il n'avait pas la moindre envie de coudre quoi que ce soit. Reprenant le pinceau, il appliqua de la colle à la base de l'éventail ouvert et y posa soigneusement les plumes de pigeon.

— Tu devrais les coudre aussi.

— Je ne sais pas coudre.

— Tu ne sais pas non plus faire de chapeaux, mais cela ne semble pas t'arrêter.

Il sourit, mais elle ne leva pas le nez de son travail. Elle avait collé une tasse à thé en haut du journal.

Felix examina son propre chapeau. Bon sang ! Il était hideux. Il avait besoin de rubans, tant pour pouvoir être porté que pour l'esthétique. Si l'objectif était de le rendre le plus laid possible, peut-être devrait-il utiliser le vieux bas. Il se leva et se mit à sa recherche, mais il ne le trouva pas. Jetant un coup d'œil vers Sarah, il la vit coller délicatement le bord, qu'elle avait déchiré en deux, à un autre morceau du papier.

Mince !

Il ne voulait pas utiliser de rubans. C'était trop évident. Mais, et s'il les modifiait ? Il en trouva plusieurs qui n'allaient pas ensemble et entreprit de coller de la mousse, de petites feuilles et des pétales de rose sur chacun d'entre eux. Plutôt que de les coller au chapeau, il les glissa dans le tressage du panier.

— Fini ! annonça-t-il.

— Moi aussi, dit Sarah, s'adossant à sa chaise pour contempler son travail.

Cela ne ressemblait même pas à un chapeau.

— Comment allons-nous déterminer le vainqueur ?

— Un panel de juges semble s'imposer, déclara Felix.

— Qui ?

— Je vais voir qui je peux trouver.

Il se leva et s'en alla chercher les trois premiers membres du personnel qu'il croiserait. Il revint avec le majordome, Seales, une femme de chambre et un valet de pied et les fit se placer près du bout de la table où elle et Felix avaient disposé leur horrible couvre-chef.

— Votre tâche consiste à voter pour le chapeau le plus laid, expliqua Felix. Vous êtes prêts ?

— Où sont les chapeaux, my lord ? s'enquit Seales, qui semblait prendre sa mission très au sérieux.

— Ici même.

Felix prit son panier qu'il posa sur sa tête. Il tenta ensuite de nouer la myriade de rubans sous son menton. Une touffe de mousse tomba par terre, ainsi qu'un pétale de rose.

Il jeta un coup d'œil en biais lorsque Sarah contourna le bout de la table. Elle avait mis son chapeau, et il comprit qu'il était fichu.

Elle avait noué deux des rubans sous son menton, et le reste pendait librement, comme une sorte de coiffure sauvage et multicolore. À cause du nœud, le journal s'incurvait autour de sa tête comme l'aurait fait un vrai chapeau de paille, et la tasse de thé trônait en bonne place sur le sommet. C'était presque une invitation à verser du liquide dans le récipient. Ou peut-être allait-elle récupérer de l'eau de pluie. Bon sang ! Son chapeau était à la fois confortable, à l'en croire, et fonctionnel, quoique tout à fait laid. Enfin, le bas couvrait son visage comme un voile, donnant une apparence sinistre au couvre-chef le plus absurde qu'il avait jamais vu.

— Qui a le chapeau le plus atroce ? s'enquit Felix, qui connaissait déjà la réponse.

Les trois employés tournèrent les yeux vers Sarah.

— Mlle Colton, répondirent-ils à l'unanimité.

À travers son voile, elle sourit béatement, et Felix éclata d'un rire tonitruant. Oh ! Comme il aurait aimé être doué pour l'art, car il aurait fait un dessin d'elle pour se souvenir de cet instant.

— Je vais vous libérer, dit-il en souriant. Merci, vous êtes congédiés.

Les yeux de la femme de chambre s'écarquillèrent.

— De notre emploi ?

Felix secoua la tête, horrifié.

— Non ! Juste congédiés d'ici.

Le corps de la domestique se détendit, et elle répondit avec un grand sourire.

— Dois-je nettoyer cela, my lord ?

— Plus tard, répondit-il.

Le trio quitta la salle à manger, et Felix se tourna vers Sarah qui retirait son chapeau.

— Tu l'enlèves ?

— Devrais-je le porter pour aller en ville ? demanda-t-elle dans un éclat de rire. Tu as l'air ridicule.

— Merci. Je n'avais aucune chance face à toi. Ton chapeau était hideux, confortable et fonctionnel.

— Parce qu'il empêcherait le soleil d'atteindre mon visage ? Ce ne serait pas le cas du tien, remarqua-t-elle.

— Il est doublement fonctionnel, alors. Je me disais que tu pourrais récupérer de l'eau de pluie pour la boire.

Elle observa son chapeau et se mit à rire. La tasse de thé tomba rapidement et Felix se précipita pour la rattraper. Elle lui adressa un sourire d'excuse en écarquillant légèrement les yeux, et il posa le récipient sur la table.

Felix dénoua alors le ruban sous son menton et tenta de retirer le panier, mais une douleur lui traversa le cuir chevelu.

— Aïe !

Elle déposa son chapeau sur la table à côté de la tasse de thé et s'avança vers lui.

— Qu'est-ce qui ne va pas ?

— Je crois qu'il est coincé. Tu avais raison pour la colle.

Étouffant un rire, elle se rapprocha.

— Laisse-moi t'aider, dit-elle en poussant doucement le chapeau, le faisant grimacer. Assieds-toi.

Il s'assit sur la chaise qu'il avait libérée plus tôt, et elle fit tourner le panier sur sa tête. Il tressaillit à nouveau.

— Retire-le simplement. Je ferai avec la partie chauve.

Elle tira plus fort, et le chapeau céda. Une douleur aiguë transperça le crâne de Felix, et il leva la main pour frotter la zone. Elle tomba sur celle de Sarah, qui lui lissait les cheveux.

La connexion lui fit l'effet d'un éclair. Il leva les yeux vers elle, et vit qu'elle le regardait. Elle était si proche de lui, debout entre ses genoux, et ses seins seraient à hauteur de ses yeux s'il baissait la tête.

Un puissant sortilège de conscience et de désir se tissa entre eux. Il effleura du bout des doigts la main qu'elle avait posée sur sa tête, et plongea son regard dans le bleu séduisant de ses yeux. C'était ce qui lui avait manqué lorsqu'il l'avait embrassée, l'anticipation de savoir que c'était elle avant que leurs lèvres ne se touchent.

Aurait-il jamais connu ce sentiment avant ce soir-là ? Il n'aurait jamais envisagé de l'embrasser si le destin n'était pas intervenu et n'avait pas fait en sorte que cela se produise.

Elle retira sa main et recula d'un pas, rompant ainsi le charme. Soudain, l'air lui sembla plus frais, et Felix réprima un frisson.

Elle posa le panier sur la table et essuya ses mains sur sa jupe.

— Je ne veux toujours pas faire de chapeaux. Du moins, je ne veux pas en faire une entreprise. Je me contenterai de concevoir mes propres couvre-chefs.

Il expira, luttant contre le désir qui le tenaillait encore, tâchant de se concentrer sur ce qu'elle disait. Cette journée était donc un succès, car elle voulait au moins concevoir ses propres chapeaux.

— C'est un début. Il y a de véritables fournitures pour la fabrication de chapeaux dans le salon à l'étage, pour le cas où tu changerais d'avis, lui dit-il en se levant. Est-ce qu'au moins, tu t'es amusée ?

— Oui.

Le sourire de Sarah était petit, mais contagieux, éveillant en lui une chaleur qui chassait le froid de cet instant brisé.

— Merci. Mais, vraiment, Felix, combien de temps pourras-tu continuer ainsi ? À nous divertir, je veux dire.

— Aussi longtemps que nécessaire. C'est ce que je fais. En fait, je me demandais si je ne devrais pas inviter Beck et Lavinia à venir nous rendre visite.

— Oh, oui, s'il te plaît !

Ses yeux brillaient d'excitation, et Felix sourit de plaisir.

— Je vais leur envoyer un message immédiatement.

— Ils se trouvent à Huntwell avec Fanny et David, au moins pour quelques jours encore.

— Dois-je les inviter aussi ?

— J'ignore s'ils viendront. Ce sont de jeunes mariés, après tout.

— Je vais leur proposer, dit Felix. Tu es sûre de ne pas vouloir faire un autre chapeau ? Nous avons beaucoup de fournitures.

— Non, merci. J'ai un roman d'épouvante à terminer, et d'ailleurs, je te remercie.

— C'est un plaisir pour moi.

— Tout ce que tu fais, c'est pour ton plaisir, dit-elle d'une voix douce. Et celui de tout le monde.

Elle avait davantage raison sur ce dernier point que sur le premier.

— Satisfaire les autres, veiller à leur plaisir, voilà ce qui me procure de la joie.

Il n'avait pas cherché à paraître séduisant ou provocant, mais en lui disant ces mots, il se rendit compte qu'il aimerait lui faire plaisir… de toutes les manières possibles.

Mais cela n'arriverait jamais. Elle était à la recherche d'un mari, et elle n'était pas le genre de femme avec laquelle il pouvait flirter.

Elle soutint son regard pendant un long moment, et l'air entre eux sembla se réchauffer à nouveau. Finalement, elle tourna les talons. Mais, avant de partir, elle ramassa son abominable chapeau et l'emporta avec elle.

Felix lui avait effectivement procuré de la joie, et ne serait-ce que pour un temps, cela devrait suffire.

CHAPITRE 9

Ce soir-là, Sarah n'avait pas envie de lire ses romans d'épouvante. Après le dîner, Anthony et Felix étaient à nouveau sortis, mais cette fois-ci, ils n'avaient pas révélé leur destination. Cependant, elle n'avait aucun mal à imaginer où ils étaient allés.

Il était tard lorsqu'elle se rendit dans le salon attenant à sa chambre. Plusieurs caisses remplies de fournitures pour la fabrication de chapeaux se trouvaient contre le mur. Agenouillée devant elles, elle parcourut les formes, les rubans et les tissus. Il y avait quelques fleurs, mais rien qui ne l'inspirait. Elle avait commencé à façonner ses propres fleurs et se demandait si elle pourrait se servir de la colle pour créer quelque chose d'intéressant.

Elle s'assit sur le sol et sortit un ruban. Elle le fit tourner autour de son doigt pour former un bouton de rose. Oui, la colle ferait parfaitement l'affaire. Elle commença à réfléchir à ce qu'elle pourrait fabriquer, puis à Dolly, à son savoir-faire et à la façon dont, ensemble, elles pourraient créer les plus beaux chapeaux de Londres.

— *Tu ne peux pas faire ça !* dit la voix de sa mère qui s'immisça dans son imagination.

— Pourquoi pas ? demanda Sarah à la pièce vide.

La boutique la rendrait heureuse, tout comme elle aurait déçu ses parents. Et maintenant, il n'y avait plus personne pour se mettre en travers de son chemin. La mort de ses parents lui offrait la possibilité de mener la vie qu'elle souhaitait, d'ouvrir un magasin et de se marier avec un homme qu'elle aimait, *si* elle en aimait un.

Cette prise de conscience lui coupa le souffle un instant. Elle ne pouvait pas se *réjouir* de leur disparition. Évidemment qu'elle ne s'en réjouissait pas. Et elle refusait de tirer bénéfice de leur mort.

Des larmes chaudes coulaient sur ses joues tandis que la colère et la frustration bouillonnaient en elle. Elle jeta le ruban dans la caisse et s'essuya le visage.

— Sarah ?

Le son de la voix de Felix apaisa ses émotions.

Il entra dans le salon et s'assit à côté d'elle.

— Tu réfléchis à ta prochaine création ?

Il sentait un peu le whisky, mais pas trop. Sa cravate donnait l'impression d'avoir été desserrée et renouée. Elle imaginait bien pour quelle raison cela avait été nécessaire.

Elle renifla.

— Non.

Il se tourna vers elle.

— Sarah, as-tu pleuré ?

L'inquiétude dans sa voix aurait pu la briser, mais elle refusait de le permettre.

— Non.

Il plissa le front.

— Je le vois bien, dit-il en cherchant à prendre sa main, mais elle se leva et s'éloigna de lui.

Elle lui tourna le dos.

— Épargne-moi ton inquiétude. Je n'en ai pas envie.

— Tu l'auras quand même.

Il s'était avancé derrière elle. Elle entendait qu'il était proche, elle le sentait aussi.

Elle se retourna.

— J'ai dit que je n'en voulais pas. Tu n'es pas mon frère, Felix. Tu n'es pas mon mari. Tu n'es rien pour moi.

Il se rapprocha.

— Vraiment ? demanda-t-il d'une voix grave, séductrice, tellement tentante.

Ce n'était pas ainsi qu'ils allaient pouvoir faire comme s'ils ne s'étaient jamais embrassés.

Elle jeta un coup d'œil à sa cravate froissée.

— Ne t'avise pas de flirter avec moi. Garde ça pour tes femmes. Et, surtout, ne fais pas cela après avoir été avec l'une d'entre elles.

Il la regarda en plissant les yeux.

— Où crois-tu que j'étais ?

Elle croisa les bras.

— Je ne suis pas stupide.

— Je n'ai jamais pensé que tu l'étais. Tu crois que j'étais avec une femme ?

— Où d'autre iriez-vous avec Anthony ?

Elle décroisa les bras, prise par l'émotion qui l'envahissait. Les larmes menaçaient à nouveau, et elle était fatiguée de pleurer. Elle voulait s'en aller, mais le seul moyen de sortir, c'était de passer devant lui.

— Peu importe, je m'en fiche.

Elle essaya de passer à côté de lui, mais il l'entoura de son bras et l'attira dans son étreinte.

— Je sais ce que c'est que d'être submergé par l'impuissance au point d'avoir du mal à voir clair.

Elle aurait voulu le repousser, mais ses mots la figèrent sur place. Il avait l'air petit, et jeune, et ne ressemblait pas du tout au Felix qu'elle connaissait. Elle se détendit contre lui. Il lui caressa le dos, sa main montant et descendant doucement le long de sa colonne vertébrale. Soudain, elle n'eut plus envie de pleurer.

Les lèvres de Felix effleurèrent sa tempe, et elle ferma les yeux. Elle leva une main qu'elle plaça près de son visage, contre son torse. Son cœur battait fort et régulièrement sous sa paume, comme une chanson qui apaisait l'agitation en elle.

Ils restèrent ainsi pendant ce qui lui sembla une éternité, et Sarah se dit qu'elle pourrait continuer pendant une seconde éternité. Elle leva les yeux vers lui, reconnaissante de sa présence. Se hissant sur la pointe des pieds, elle l'embrassa sur la joue.

La main de Felix cessa de se déplacer le long de son dos, pour s'étaler au milieu de sa colonne vertébrale. Le mouvement la maintint sur ses orteils, et il lui rendit son geste, déposant un baiser doux et fugace sur la joue de Sarah.

C'était si agréable, si… juste. Elle remonta sa main jusqu'à sa clavicule, se stabilisant pour effleurer sa bouche de la sienne. Elle n'aurait pas dû, mais il était juste là. Et il… lui rendait son baiser.

Il leva son autre main pour la poser sur sa joue, la tendant tendrement tandis que leurs bouches dansaient l'une contre l'autre. C'était doux et prudent, pas du tout comme leur baiser à Darent Hall.

Jusqu'à ce que cela le devienne.

Elle fut soudain consciente de la dureté de son corps et de son odeur fraîche et masculine. Elle l'avait déjà sentie dans ce placard sombre, et ce souvenir éveilla un désir qu'elle avait essayé d'oublier.

Il fit glisser son pouce depuis le coin de sa bouche, puis le long de sa mâchoire jusqu'à l'endroit sensible situé juste devant son oreille. Son geste fit passer ce baiser du réconfort à quelque chose de bien plus dangereux. Elle aurait dû s'éloigner, mais elle ne le pouvait pas, et elle n'en avait pas envie non plus.

Elle en voulait plus, pas moins. Elle le désirait.

Passant un bras dans le dos de Felix, elle remonta l'autre le long de son col, jusqu'à trouver sa nuque, plaquant sa paume contre la chaleur de sa chair. Elle écarta les lèvres et il fit de même. Leurs langues se rencontrèrent, s'unissant avec chaleur et passion. Sarah s'agrippa fermement à lui, elle ne voulait pas le lâcher.

Il déplaça ses mains sur elle, caressant son dos, son cou, sa joue, éveillant ses sens. Elle répondait avec autant d'empressement, le touchant partout où elle le pouvait, mais sans ressentir la moindre satisfaction. Elle n'avait jamais éprouvé un tel désir, une telle *faim*.

Comme elle ne portait qu'une chemise de nuit et un peignoir, elle le sentait plus qu'elle ne l'avait fait dans le placard. Mais ce n'était pas suffisant. Elle abaissa ses mains entre eux et repoussa les pans de sa veste.

Il l'aida dans sa tâche, libérant ses épaules du vêtement alors qu'elle le faisait glisser le long de ses bras. Il jeta la veste derrière lui et reposa les mains sur Sarah dès qu'il fut libre, lui caressant les épaules, les flancs, les hanches. Il semblait avoir envie d'explorer toutes les parties de son corps. Tant mieux, car elle voulait la même chose.

Elle saisit sa cravate, en cherchant l'extrémité. Mais elle se souvint alors qu'elle était froissée, et elle eut enfin un moment de lucidité. Elle se recula et leva les yeux vers son visage familier, qui semblait soudain très différent de ce qu'elle avait vu jusqu'à présent. Ses yeux étaient incroyablement sombres, et ses paupières retombaient, pleines d'une promesse séduisante. Il avait les lèvres rouges et les joues roses.

— Y avait-il une autre femme ce soir ? demanda-t-elle doucement, sa voix n'étant plus qu'un murmure entre eux.

— Il n'y a pas eu d'autre femme depuis Darent Hall.

Les genoux de Sarah faiblirent, et son ventre se noua. Il la maintint fermement tandis qu'elle trouvait sa cravate pour en défaire le nœud.

Elle saisit les extrémités de la soie et tira la tête de Felix vers elle.

— Bien.

Elle ferma les yeux et l'embrassa à nouveau, mettant à profit toutes les aptitudes qu'il lui avait involontairement enseignées.

Il gémit dans sa bouche et l'attira contre lui, la soulevant pratiquement du sol. Elle plaqua son bassin contre celui de Felix, et elle sentit son érection, dont la longueur dure poussa contre son sexe ; le plaisir irradia de l'endroit où ils se touchaient. Elle fit tourner ses hanches, elle en voulait plus. Elle se sentait impuissante et désespérée.

Il éloigna sa bouche de celle de Sarah et déposa des baisers le long de sa gorge, la forçant à rejeter la tête en arrière, s'ouvrant à ses attentions. C'était grandiose. Il titilla sa peau avec sa langue et ses lèvres, tandis que sa main remontait pour saisir son sein. Il l'avait brièvement fait dans le placard, et la sensation la frappa à nouveau. C'était à ce moment-là qu'ils avaient dû s'arrêter, quand la réalité les avait brutalement interrompus.

Elle n'allait pas laisser cela se reproduire. Pas ce soir.

Ouvrant les yeux, elle arracha la cravate de son col et la laissa tomber sur le sol. Puis elle glissa les mains dans le col de sa chemise, pour que ses paumes caressent sa peau chaude. Les muscles de son cou et de ses épaules se contractaient sous ses mains, alors qu'il passait son pouce sur son sein.

Elle haleta, fermant les yeux une fois encore, s'abandonnant complètement à ses soins. Il dénoua la ceinture à la taille de Sarah et ouvrit son peignoir, ne laissant plus entre eux que le fin coton de sa chemise de nuit.

Lorsque Felix posa à nouveau la main sur son sein, elle le ressentit plus vivement. Elle dut s'agripper à ses épaules et se cramponner fermement pour ne pas s'effondrer. Sa bouche descendit plus bas, embrassant la chair au-dessus du haut de sa chemise de nuit. Il tira sur le tissu, faisant remonter le vêtement dans le dos et le pressant contre son cou.

Cela suffit pour exposer sa poitrine. Il fit remonter son sein, et l'air frais baigna son mamelon juste avant que Felix ne referme les doigts autour.

Elle plongea la main dans les cheveux de sa nuque, emmêlant ses doigts dans les mèches douces et tirant dessus, en proie au désir. Il la pinça doucement, lui arrachant un faible gémissement. Puis sa bouche remplaça ses doigts ; ses lèvres et sa langue suçotaient sa chair, déclenchant une nouvelle vague de désir au creux de son ventre.

Leurs bassins n'étaient plus collés, et cette pression manquait à Sarah. Elle avait besoin de le sentir, de savourer la promesse de ce qu'il ferait pour la délivrer de ce doux tourment.

— Felix, s'il te plaît.

Il releva la tête, les yeux assombris par la passion, les traits tendus par le désir.

— S'il te plaît, quoi ?

— J'ai besoin… Je ne sais pas de quoi j'ai besoin.

— Ce n'est pas une bonne idée.

Et pourtant, il ne bougea pas.

— Non, mais c'est la première chose que je désire depuis des semaines.

Était-elle en train de lui demander de satisfaire ses désirs ? C'était ce qu'il faisait, non ?

Oh, mon Dieu ! Elle ne pouvait pas lui demander cela. Il y

avait des limites à ce qu'une personne pouvait donner. Et il y avait assurément des barrières, surtout entre eux.

— Felix, je veux… Je te veux.

— Tu veux ce que je peux te donner.

Elle n'était pas sûre de ce qu'il essayait de dire, et elle craignait que les obstacles entre eux ne soient trop importants.

— Est-ce si grave ?

Il l'embrassa à nouveau, dévorant sa bouche. Puis il la souleva dans ses bras, lui arrachant un halètement, et il la porta jusqu'au canapé où il l'allongea.

Il se pencha sur elle et inspira brusquement.

— Si tu veux que j'arrête, j'arrêterai. Tu n'auras qu'à le dire, à n'importe quel moment.

Elle leva les mains pour déboutonner son gilet.

— Je voudrais que tu fasses de même.

Felix libéra ses épaules du gilet l'une après l'autre, et elle le repoussa sur ses bras avant de le jeter de côté. Il se pencha à nouveau en avant et l'embrassa, et Sarah se dit qu'elle ne pourrait jamais se lasser de cette sensation désormais familière et incroyablement excitante.

Il plaça son genou entre ses cuisses, plaquant ses vêtements autour d'elle, et il fit glisser sa bouche contre sa gorge, léchant sa peau au passage. Partout où il la touchait, il laissait une traînée de feu, la plongeant dans une impatience fiévreuse. Sa chair la picotait, ses seins étaient gonflés et sensibles, et son sexe palpitait de désir. Elle se surprit à pousser contre sa cuisse pour apaiser ce besoin qu'elle ignorait comment satisfaire.

La main de Felix effleura sa cuisse et il releva sa propre jambe en même temps qu'il remontait la chemise de nuit de Sarah. Tout comme pour son sein quelques instants plus tôt, l'air frais frôla son sexe. Elle se sentait totalement exposée et impudique. Elle aurait dû y mettre un terme, mais elle ne pouvait pas.

Lorsque les doigts de Felix la touchèrent à cet endroit, elle se souleva du canapé, le corps tendu sous l'effet de la surprise et du désir. Il caressa sa chair, alimentant les flammes qui brûlaient en elle.

Il taquina l'un de ses mamelons avec son autre main, et éveilla tout son corps. Submergée de sensations, Sarah rejeta la tête en arrière, avide de savoir où il allait l'emmener.

Il toucha la chair entre ses jambes, la poussant vers quelque chose dont elle avait hâte de s'emparer. Elle se cambra, le corps crispé, et attrapa le haut de la manche de Felix dont elle empoigna le tissu. Il bougeait son bras en la touchant, le bout de ses doigts se mouvant avec une habile précision, repérant chaque point qui susciterait des sensations plus excitantes les unes que les autres.

Alors qu'elle se demandait comment cela pourrait se terminer, il plongea un doigt en elle. Elle connaissait les principes fondamentaux de l'acte sexuel, et elle savait qu'il mettrait une partie de son corps en elle, mais elle ne s'attendait pas à celle-ci. Elle ne s'était attendue à rien de tout cela. Elle s'efforça de se raccrocher à une pensée rationnelle, mais son esprit se mit à dériver sous l'assaut de ses attentions. Il imprima un mouvement de va-et-vient, créant une friction délicieuse. Elle remuait les hanches, avide, excitée, elle voulait plus.

Il avait réussi à déplacer à nouveau sa chemise de nuit pour sucer son sein, et la traction de sa bouche associée à la caresse de son doigt en elle et celle de son pouce la fit basculer dans un précipice qu'elle ignorait avoir atteint.

Le corps de Sarah se tendit lorsque le ravissement l'envahit. Elle se perdit dans un doux et sombre oubli. La bouche de Felix s'écrasa sur la sienne et elle se rendit compte qu'elle avait crié, mais il ravala le son et l'embrassa avec un profond abandon.

Peu à peu, le corps de la jeune femme se détendit et elle

eut l'impression que ses membres se fondaient en une flaque. Il avait adouci son baiser, et maintenant, il se retirait, passant ses lèvres sur sa mâchoire avant de déposer un dernier baiser juste sous son oreille. Il s'écarta d'elle, rabattant sa chemise de nuit sur ses cuisses.

Sarah ouvrit les yeux.

— Tu as terminé ?

Il plissa légèrement les yeux, et elle vit un éclair d'incertitude dans son regard.

— Tu as aimé, non ? J'étais sûr que oui.

— Plus que je ne saurais le dire. Plus que je n'aurais pu l'imaginer. Mais toi… Qu'en est-il de toi ?

Il sourit et déposa un baiser sur son front.

— Il n'a jamais été question de moi, répondit-il en lui prenant la main pour l'aider à s'asseoir.

Elle fit pivoter ses jambes pour poser les pieds par terre, mais garda le corps tourné vers lui.

— Je ne m'en étais pas rendu compte.

S'il était question d'elle, alors elle ne comprenait vraiment pas.

— Je ne t'ai pas demandé d'arrêter…

Il s'assit face à elle, la jambe pliée de façon que son genou repose sur le canapé.

— C'est tout ce que nous pouvons, ou devrions faire. En grande partie.

— En grande partie ?

Elle ne pouvait s'empêcher de regarder le V de son torse exposé par l'ouverture de sa chemise. Des poils noirs apparaissaient, et ses doigts la démangeaient de le toucher.

— Il y a d'autres choses.

— Par exemple que tu mettes ta… queue en moi, dit-elle, utilisant le mot que Lavinia lui avait appris.

Il inspira brusquement.

— Sarah, pourrais-tu ne pas utiliser… ce mot ?

Elle tressaillit.

— Tu le trouves offensant ?

— Non, je le trouve excitant.

Une sensation de chaleur envahit la jeune femme.

— Oh ! Tu pourras m'en montrer davantage ?

— Pas ce soir. Et je devrais sans doute ne jamais le faire, dit-il, les traits plissés comme s'il souffrait. C'était plutôt malvenu.

— Je ne le regrette pas et je ne le regretterai jamais. Ne me dis pas que c'est ton cas, dit-elle, le regardant attentivement. Je suis tout à fait sérieuse... ne me dis pas ça.

Felix lui prit la main et la porta à sa bouche pour déposer un baiser dans sa paume.

— Je ne pourrai jamais regretter quoi que ce soit avec toi.

Ses mots étaient aussi enivrants que les choses qu'il lui avait faites, que la promesse de ce qu'il ferait.

— J'aimerais que tu m'en montres davantage. Et la prochaine fois, il ne s'agira pas uniquement de moi.

Elle se pencha en avant et l'embrassa, ses lèvres s'attardant contre celles de Felix pendant un moment. Elle se retira ensuite pour le regarder dans les yeux.

— Il ne peut pas toujours s'agir de faire plaisir aux autres, Felix. Tu dois laisser quelqu'un te donner du plaisir aussi.

— Et ce quelqu'un, c'est toi ?

Elle lui adressa un sourire coquin en guise de réponse et se leva du canapé. Elle referma son peignoir et noua la ceinture en sortant du salon.

Une fois dans sa chambre, le cœur de la jeune femme se mit à battre la chamade devant l'énormité de ce qui venait de se passer. Les choses avaient changé pour toujours lorsqu'ils s'étaient embrassés à Darent Hall, et elles avaient à nouveau changé ce soir.

Une chose était sûre : sa relation avec Felix ne serait plus jamais la même.

❧

*L*e vent fouettait le visage de Felix qui traversait son domaine à vive allure sur son cheval. L'exercice lui faisait du bien tant au niveau du corps que de l'esprit. Il avait passé la plus grande partie de la nuit à se tourner, se retourner, et à fixer le plafond, réfléchissant à ce qu'il avait fait.

Mais sans éprouver le moindre regret.

Il ralentit son cheval au pas et lui tapota l'encolure tandis qu'ils longeaient la lisière de la partie boisée de ses terres. Après des jours de beau temps, la journée était couverte et fraîche, mais c'était agréable, sans doute parce qu'il était encore en surchauffe à cause de la nuit précédente.

Il n'avait pas voulu que tout cela arrive. Elle était bouleversée, il avait voulu la réconforter, et il s'était retrouvé à l'embrasser sur la tempe. Il n'y avait même pas réfléchi. Son corps avait simplement réagi à ce dont Sarah avait besoin, et lui avait apporté ce qu'il pensait pouvoir l'aider.

Ensuite, elle l'avait embrassé à son tour.

Il ne pensait pas qu'ils allaient pouvoir prétendre que cela ne s'était jamais produit, tout comme ils s'étaient montrés incapables de faire comme s'il ne s'était rien passé à Darent Hall. Bon sang, mais que se passait-il ? Comment en était-il arrivé à être si désespérément attiré par *Sarah Colton* ?

Felix se passa une main sur le visage comme pour repousser physiquement ces pensées et ses souvenirs, mais ils resteraient à jamais gravés dans son esprit. À jamais ?

Il ne pouvait en être sûr, mais une chose était certaine, ils le tourmentaient. Toute la nuit, il avait pensé à elle, même après s'être caressé dès qu'il était rentré dans sa chambre. Des images d'elle en train de faire ce qu'elle lui avait promis, lui donner du plaisir, envahissaient ses pensées, qu'il soit éveillé ou endormi. Même maintenant, il sentait monter son érection en songeant au sourire provocant qu'elle lui avait adressé.

— *Tu dois laisser quelqu'un te donner du plaisir aussi.*

— *Et ce quelqu'un, c'est toi ?*

Oh, bon sang, oui ! Il voulait que ce soit elle. Mais comment pourrait-il permettre une telle chose ? Il n'avait pas l'intention de l'épouser, et son frère était son meilleur ami. De plus, leurs parents *venaient de mourir*. Elle était vulnérable, et il était une ordure d'en avoir profité.

Peut-être pourraient-ils faire comme si rien ne s'était passé. Comme ils avaient réussi à prétendre que Darent Hall n'avait jamais existé ? Il ricana intérieurement.

Il lui restait l'espoir qu'elle se soit réveillée aujourd'hui en se souvenant avec horreur de la nuit précédente. Il tressaillit à cette idée, mais c'était mieux ainsi. Ce qu'il devait faire, c'était se tenir à l'écart d'elle. Mais comment pourrait-il le faire alors qu'il s'était engagé à l'aider, ainsi qu'Anthony, à surmonter leur chagrin ?

Il n'avait pas la réponse à cette question, mais il avait un plan pour rester loin de la maison toute la journée. C'est ainsi qu'il se retrouva devant la maison douairière pour voir son oncle.

Martin était déjà à cheval, et il attendait Felix.

— On dirait que tu as déjà fait une balade, constata son oncle.

— Oui. On y va ?

Felix avait envoyé une note plus tôt pour demander à Martin de faire le tour du domaine avec lui.

— Bien sûr, répondit-il, faisant avancer son cheval pour le rejoindre sur le chemin. J'ai été un peu surpris de recevoir ton message.

— Pourquoi ? Je fais toujours un tour en été, dit Felix, continuant à mener son cheval.

— C'est vrai, mais avec des invités à la maison, je pensais que tu serais occupé.

— Je ne vois pas pourquoi tu penserais ça. Je n'ai jamais d'invités.

— C'est vrai, acquiesça Martin en penchant la tête. Comment cela se fait-il ? J'espère que ce n'est pas à cause de moi.

Ça l'était, d'une certaine manière. Pour Felix, Stag's Court n'était pas un foyer comme l'était sa maison de ville à Londres. C'était sans doute parce qu'il avait passé très peu de temps ici, quelques semaines en été et peut-être quelques autres en hiver avant le début de la saison. Il passait le reste du temps à Londres, ou dans une partie de campagne ou une partie de chasse avec des amis.

— Tu as la réputation d'un hôte, poursuivit Martin. Tu pourrais organiser une fête. Ce n'est pas parce que Michael héritera un jour que tu ne peux pas profiter de ton temps comme comte.

Son *temps*. Comme s'il s'agissait d'une chose éphémère. Mais pour Felix, c'était sans doute le cas. S'il avait appris une chose, c'était que la vie était courte et qu'il appartenait à chacun d'en tirer le meilleur parti. Ou pas.

Felix tâchait de le faire, pour lui comme pour ceux qui l'entouraient.

Cette conviction apparaissait plus importante que jamais depuis la disparition des Colton. La mort les avait emportés, les privant, eux et leurs enfants, de leur *temps*. Comme cela avait été le cas pour la mère de Felix. Il se secoua intérieurement. Pourquoi pensait-il à *elle* ?

Martin soupira.

— J'essayais simplement de faire une suggestion.

Felix se rendit compte qu'il n'avait pas répondu à son oncle.

— J'y songeais justement, dit-il. J'ai invité d'autres personnes, mais je n'appellerais pas cela une fête.

Mais entre Anthony, Beck et lui, ce serait certainement divertissant. À condition qu'il parvienne à empêcher le frère de Sarah de retomber dans sa culpabilité.

Et qu'il s'empêche de rêver d'elle.

C'était une bonne chose que Beck et Lavinia viennent. La jeune femme occuperait Sarah, et Felix pourrait cesser de lui accorder autant d'attention.

Ils chevauchèrent en silence pendant un moment avant que Martin ne dise :

— Merci d'avoir invité Michael en ville. J'allais le suggérer. Il aura besoin de se faire connaître dans les clubs et dans la société.

Parce qu'un jour, il serait comte.

— Pardonne-moi d'être morbide, mais que se passerait-il s'il mourait avant moi ? s'enquit Felix.

Martin lui adressa un regard surpris. À moins qu'il ne le soit pas. Avec ses yeux trop grands, c'était difficile à dire.

— Je vais prier pour que cela n'arrive pas. L'autre raison pour laquelle je suis heureux que tu l'emmènes en ville, c'est qu'il pourra se placer sur le marché du mariage. Je suppose que je devrais l'accompagner pour l'aider à trouver une épouse. Ou sa mère, au moins.

La lèvre de Martin se retroussa lorsqu'il parla d'elle.

— Michael souhaite-t-il se marier si tôt ? s'enquit Felix, navré pour le garçon.

— Il connaît son devoir, dit Martin d'un air négligent. Il comprend l'importance du comté et le rôle qu'il a à y jouer.

Felix bouillonnait de mécontentement en son for intérieur. Il était certain que Martin n'avait pas cherché à l'offenser. Martin *voulait* que son fils hérite et il acceptait donc le désir de Felix de rester célibataire. Ce dernier essaya de se rappeler quand ils avaient discuté pour la première fois de cet arrangement, mais il n'en avait aucun souvenir.

— Mais il n'a pas besoin de se presser.

Felix ne voulait pas que son choix de rester célibataire pousse Michael dans un mariage qu'il ne souhaitait peut-être pas.

Martin lui adressa un sourire qui n'atteignit pas ses yeux globuleux, mais c'était rarement le cas. Il avait des yeux de poisson, qui voyaient tout, sans émotion, ce qui était plutôt déconcertant.

— Tu n'as pas besoin de t'inquiéter pour cela, Felix.

Sans doute que non. Il lança son cheval au trot et reporta son attention sur le domaine.

Lorsque Felix revint à la maison, c'était le milieu de l'après-midi. Il avait bien réussi à rester éloigné, ou plutôt à éviter Sarah, et maintenant il allait prendre un bain pour continuer à le faire.

Cependant, lorsqu'il passa devant le salon de l'étage, il ralentit en entendant des voix qui s'élevaient.

— Je n'arrive pas à croire que tu puisses faire ça, dit Anthony. Nos parents seraient horrifiés.

Le cœur de Felix manqua un battement, puis battit en staccato, résonnant dans ses oreilles. Il ne pouvait pas bouger.

— Ils s'en ficheraient tant qu'au final, je suis heureuse.

Mon Dieu ! Elle ne lui avait quand même pas parlé de… ? Felix se passa une main dans les cheveux. Anthony allait être furieux. C'était presque déjà le cas.

— Que dit Felix ? s'enquit son ami, haussant le ton. À moins que ce ne soit son idée ?

Oh, *merde*, ce n'était pas bon ! Felix était partagé entre l'envie de s'immiscer dans la conversation et celle de se cacher dans sa chambre jusqu'au lendemain. Ou peut-être l'année suivante.

— C'est lui qui a eu l'idée de m'apporter toutes ces choses, et il soutient mon projet. Mais la boutique, c'est uniquement de moi.

La boutique.

Felix souffla, et son corps manqua de s'affaisser sur le sol. Alors, il devait intervenir, pour convaincre Anthony que ce n'était pas une mauvaise idée.

— Ai-je entendu mon nom ? demanda-t-il en entrant dans le salon.

Sarah se tenait devant une table sur laquelle était posé un chapeau à moitié terminé. La forme était recouverte d'un tissu jaune pâle qu'elle était manifestement en train de coudre à la paille. Elle se tourna vers Felix, tout comme Anthony.

— Qu'est-ce qui te prend de soutenir cette idée ridicule de boutique de modiste ? demanda ce dernier.

— Elle n'est pas ridicule ! répondirent Sarah et Felix à l'unisson.

Leurs regards se croisèrent et une chaleur indéniable passa entre eux.

— Nos parents n'approuveraient pas, argua Anthony en fronçant les sourcils. Ce n'est pas une manière d'honorer leur mémoire.

Il jeta un regard noir à Sarah.

— Je croyais que tu allais te marier.

— J'en ai l'intention. En attendant, je vais ouvrir une boutique de modiste. J'ai tout prévu, Anthony. J'ai une assistante qui gérera le magasin sur Vigo Lane. Il s'appellera *Farewell's* et n'aura aucun lien extérieur avec moi. Personne ne saura qu'il m'appartient ou que les modèles sont les miens.

— Sur Vigo Lane ? répéta Anthony, l'air incrédule. Tu as déjà le magasin ?

— Pas encore, mais Felix y travaillait.

Ce dernier grimaça lorsque son ami reporta sa colère sur lui.

— Tu es impliqué dans cette affaire depuis un certain temps.

— Depuis que je lui ai proposé de l'aider à trouver un mari. Anthony, elle ne veut pas épouser n'importe qui. Elle veut se marier par amour. Si cela ne se produit pas, elle a un plan pour subvenir à ses besoins et vivre heureuse en faisant quelque chose qu'elle aime. Qu'y a-t-il de mal à cela ?

— Ce n'est pas parce que tu te satisfais de mener une vie de célibataire qu'elle doit en faire autant. Bon sang ! Felix, tu ne peux pas lui imposer ton comportement peu orthodoxe !

— En quoi Felix n'est-il pas orthodoxe ? s'exclama Sarah, prenant sa défense. Beaucoup d'hommes et de femmes ne se marient pas.

Anthony la regarda avec condescendance.

— Beaucoup de femmes, oui. Elles sont plus nombreuses à cause des guerres. Les hommes, en particulier ceux qui occupent les mêmes positions que Felix et moi, doivent se marier. C'est notre devoir. Que Felix choisisse de se soustraire au sien n'est pas orthodoxe.

Ce dernier fixa son plus vieil ami et se demanda qui il était. Il savait à quel point Anthony avait mal vécu la mort de ses parents.

— Je pense que ton chagrin te pousse au bord de la folie, remarqua-t-il tranquillement, espérant apaiser la colère de son ami.

— Ou au moins de la bêtise, intervint Sarah, échangeant un regard plein d'espoir avec Felix.

Anthony ricana, puis se tourna vers Felix.

— Donc, tu penses que je suis fou, dit-il avant de reporter son regard sur Sarah. Et toi, tu penses que je suis un imbécile.

Sarah contourna la table pour se rapprocher de son frère.

— Non, je pense que tu es triste et en colère. Je le suis

aussi. J'ai abandonné la fabrication de chapeaux après la mort de nos parents. Felix a essayé de m'encourager à recommencer. Aujourd'hui, j'en ai enfin eu envie. Anthony, nous ne pouvons pas passer le reste de nos vies à nous apitoyer sur notre sort ni vivre sous la pression de rendre nos parents fiers. Nous l'avons déjà fait, et, pour ma part, ça ne m'a pas rendue heureuse.

— Alors, tu te moques de ce qu'ils pensent ? demanda Anthony, l'air accablé, les yeux voilés par la défaite. Tu déshonorerais leur mémoire et tu profiterais de leur mort ?

Sarah blêmit et inspira brusquement.

Felix s'avança, mû par un instinct de protection.

— Bien sûr que Sarah se soucie de ce qu'ils penseraient. Ils voudraient qu'elle soit heureuse à l'avenir.

— Grâce au mariage, grommela Anthony.

— Et si ce n'est pas possible ? s'enquit Felix, haussant le ton à son tour. Nous ne pouvons pas forcer quelqu'un à l'épouser, et nous ne devrions pas l'obliger à se marier.

Anthony lui lança un regard noir.

— Tu as dit *nous.* Crois-tu être impliqué d'une manière ou d'une autre dans ce qui se passe avec Sarah ?

Bonté divine ! Était-ce le cas ? Il avait effectivement été impliqué lorsqu'il avait joué le rôle d'entremetteur pour elle. Il grimaça intérieurement à l'évocation de ce mot. Maintenant, même *lui* l'utilisait.

— J'ai proposé de l'aider, dit-il d'un ton égal. Et je le ferai encore, si elle le veut.

— Anthony, je veux toujours me marier, dit Sarah, s'avançant vers lui, le regard et le ton compatissants. Mais je vais aussi fabriquer des chapeaux et ouvrir une boutique sur Vigo Lane, point.

Anthony la fixa un instant, et la tension diminua dans ses épaules. Il se massa le front.

— Je ne sais pas…

Il laissa échapper un petit grognement, puis tourna les talons et quitta la pièce.

Sa sœur le regarda partir, les traits marqués par l'inquiétude.

— Je croyais qu'il se sentait mieux ici, mais je me trompais peut-être.

— Sa culpabilité est incommensurable, dit Felix. Il pense que c'est lui qui devrait être mort, et pas tes parents. De plus, il pense devoir reprendre le flambeau là où ils l'ont laissé, en particulier avec toi.

— C'est juste qu'il n'est pas le Anthony que nous connaissons, répondit Sarah d'une voix douce et angoissée.

Felix s'avança vers elle, mais il prit garde de ne pas trop s'approcher. Il savait ce qui se passait lorsqu'il essayait de la réconforter physiquement, et il devait garder ses distances, pour elle autant que pour lui.

— Il le redeviendra.

Felix ignorait quand, mais cela se produirait. Il le fallait. Il n'allait pas laisser la mort et le chagrin écraser son ami comme son père l'avait été.

Sarah fit un pas vers lui, et le corps de Felix s'éveilla. Elle était assez proche pour qu'il puisse tendre la main vers elle, mais il s'abstint. Mais ce fut elle qui toucha sa manche.

Il recula, et les yeux de la jeune femme s'écarquillèrent brièvement. Il jeta un coup d'œil à la porte ouverte, craignant qu'Anthony ne revienne à tout moment, même si c'était peu probable.

— Sarah, nous devrions garder nos distances.

Elle hocha la tête en signe d'accord.

— Nous devrions être plus discrets

— Ce n'est pas ce que je voulais dire, répondit-il, résistant à l'envie de sourire. Ce qui s'est passé hier soir... ne doit pas se reproduire.

— Très bien.

Il s'attendait à ce qu'elle proteste, et fut surpris qu'elle ne le fasse pas. Et il était aussi un peu déçu.

— Bien. Je suis heureux que nous soyons d'accord.

— Comme tu l'as dit, il y a d'autres choses, et nous devrions commencer à les explorer. Je pensais ce que j'ai dit.

Elle lui adressa à nouveau ce regard séducteur et rempli de promesses et son corps réagit. Les muscles de Felix se tendirent, et son membre commença à s'allonger.

— Sarah, gronda-t-il tout bas. Je m'en vais maintenant.

— Oui, laisse-moi à mon chapeau pour l'instant, dit-elle en s'asseyant à nouveau.

Le fait qu'elle n'insiste pas sur le sujet lui donnait envie de le faire. Son corps était presque en train de hurler d'envie pour elle.

Finalement, il tourna les talons et s'en alla. Alors qu'il se rendait à sa chambre, il pria pour que Beck et Lavinia arrivent bientôt, pour les distraire tous. Sinon, Felix craignait de céder à la tentation. Une fois encore.

CHAPITRE 10

Sarah hésita devant la porte de la chambre d'Anthony. Et s'il ne voulait pas la voir ? C'était probable, mais elle ne pouvait pas le laisser souffrir seul. Et elle croyait sincèrement qu'il souffrait.

Sinon, pourquoi l'aurait-il traitée comme il l'avait fait plus tôt ?

Rassemblant son courage, elle leva la main pour frapper à la porte. Elle s'ouvrit brusquement, la surprenant, la poussant à reculer d'un pas.

Anthony se tenait de l'autre côté du seuil, les cheveux bien coiffés, les vêtements impeccables. Il sentait comme s'il venait de prendre un bain. Son visage était presque impassible, en dehors d'un léger plissement autour de sa bouche et de ses yeux pour indiquer qu'il avait remarqué sa présence.

Elle joignit les mains devant sa taille et lui offrit un sourire ensoleillé.

— Bonsoir. Je me demandais si tu voulais dîner avec moi ? Seuls. Sans Felix, je veux dire.

— J'avais l'intention de dîner seul, en fait. Mais j'allais me rendre à Ware.

— À l'Ours d'or ? s'enquit Sarah avec espoir. Je pourrais t'accompagner. Le chef est-il vraiment français ?

Anthony fronça les sourcils.

— Le chef est-il… ? répéta-t-il, secouant la tête. Je ne pense pas.

— Mais, Felix et toi n'y êtes pas allés l'autre soir ?

— Si, je suppose que oui. Mais je me souviens à peine du repas, dit-il, et sa peau rosit juste au-dessus de son col. Euh, peu importe. Peut-être que demain nous pourrons aller nous promener. Seuls.

— Anthony, je ne vais pas te laisser partir après ce qui s'est passé tout à l'heure. Je comprends que nous traversons une période difficile, mais je ne veux pas que nous nous battions. Je n'ai plus assez d'émotions pour être en colère contre toi en plus de tout le reste.

Le regard d'Anthony s'adoucit, et il lui prit la main.

— Je suis désolé, Sarah. Je ne sais pas pourquoi j'ai réagi ainsi. Néanmoins, tu dois bien admettre que l'ouverture d'une boutique de modiste est plutôt extravagante.

— Peut-être, dit-elle, car elle n'était pas certaine qu'elle parlerait d'*extravagance.* C'est plutôt inhabituel.

Le coin de la bouche d'Anthony se souleva.

— Tu es tout ce qu'il y a de plus inhabituel, et je l'entends de la manière la plus flatteuse qui soit.

— Merci, soupira-t-elle. Qui sait si j'ouvrirai réellement la boutique ? Pour l'instant, j'essaie juste de revenir à quelque chose que j'aime, à savoir, fabriquer des chapeaux.

Cela la distrayait également de Felix, l'autre chose qu'elle appréciait visiblement. Et *cette* révélation n'était-elle pas la chose la plus déconcertante à propos de ses émotions en ce moment ?

Certes, elle ne faisait pas beaucoup d'efforts pour se distraire de lui. Non, elle cherchait plutôt des moyens pour qu'ils se retrouvent seuls tous les deux. Mais il avait raison :

ils ne devraient pas. Et c'était ainsi que son cerveau l'avait conduite ici, auprès de son frère. Vers la sécurité.

— Je suis heureux que cela te plaise. Cela ne signifie pas que tu as besoin d'en tirer profit. Je veillerai à ce que tu sois toujours protégée, lui dit Anthony, le regard sérieux et attentif. Même si tu es une vieille fille.

Il se fendit alors d'un petit sourire, et elle rit doucement.

— Eh bien, me voilà soulagée. Je crois que tu devrais t'excuser auprès de Felix.

Il grimaça.

— Oui, je devrais sans doute le faire.

— Hum, *oui.*

Sarah se retourna, et son cœur manqua un battement. Apparemment, le simple son de sa voix suffisait à la faire réagir. Felix se tenait à quelques pas. Il était aussi impeccablement habillé, comme s'il venait lui aussi de faire une toilette approfondie. Elle sentait le savon qu'il avait utilisé, et cette odeur avait un effet scandaleux sur son corps.

— Tu ne peux pas t'empêcher d'écouter aux portes aujourd'hui, remarqua Anthony.

— Vous deux n'arrêtez pas de parler de moi aujourd'hui, répondit Felix d'un ton jovial. Devrais-je m'inquiéter ?

Anthony secoua la tête en souriant.

— Tu m'as épargné la peine d'aller te trouver. Je suis désolé pour tout à l'heure. Cependant, je dois te demander de cesser de t'occuper de cette histoire de boutique de modiste.

Sarah reporta son attention sur lui et ouvrit la bouche pour protester, mais il leva la main.

— Uniquement parce que, si quelqu'un doit aider Sarah, c'est moi.

— Alors je dois te dire que j'ai déjà loué le local sur Vigo Lane, dit Felix, attirant l'attention de Sarah.

— Quoi ?

Elle ignorait qu'il avait fait cela. Felix haussa les épaules, l'air un peu penaud.

— Je l'ai fait il y a quinze jours, au cas où.

Sarah était ravie, mais aussi agacée qu'il se soit montré aussi présomptueux.

— Je ne t'ai pas demandé de faire ça.

— Non, mais j'ai voulu le faire par précaution, au cas où tu déciderais d'ouvrir la boutique. Si le local n'était plus là et que tu voulais créer ton magasin, tu aurais pu être déçue. Je ne voulais pas que tu doives faire face à davantage de..., commença-t-il, détournant le regard. Enfin, tu sais ce que je veux dire.

Tristesse. Désolation. D'échec.

— Merci, dit-elle doucement. C'était incroyablement attentionné.

Une vague de chaleur envahit sa poitrine, et elle ne trouva rien d'autre à dire.

Felix s'éclaircit la gorge.

— Je venais ici pour te voir, Anthony. J'allais également m'excuser. Je ne voulais pas m'immiscer dans les affaires de votre famille.

— Ce n'est pas grave, dit Anthony. D'une certaine manière, tu fais partie de la famille. Tu es comme notre frère.

Le regard de Felix se porta sur Sarah, et une bouffée de chaleur envahit la jeune femme. Il n'avait rien d'un frère pour elle. Plus maintenant.

— Je me disais que nous pourrions aller dîner à l'Ours d'or, proposa Sarah, impatiente de changer de sujet et de planifier une soirée où elle ne serait pas seule avec Felix.

Ce qui serait le cas si Anthony se rendait seul à Ware.

Et se retrouver seule avec Felix était à la fois excitant et terrifiant. Surtout excitant. En fait, c'était seulement excitant. Elle aurait dû être terrifiée, mais elle n'arrivait pas à ressentir cette émotion. Pas lorsqu'il était question de Felix.

— C'est une excellente idée, déclara ce dernier. Je vais faire venir la calèche.

— Alors je ferais mieux de m'habiller, dit Sarah en se retirant.

Elle entendit vaguement Anthony dire que cela lui convenait et se demanda si elle avait décelé une pointe de sarcasme.

Mais tout fut oublié au moment où ils avaient atteint le dernier plat de leur dîner élaboré à l'Ours d'or. L'auberge avait effectivement un chef français, et la nourriture était absolument divine. Cela faisait des semaines que Sarah n'avait pas autant mangé. Depuis… eh bien, *depuis.*

— Vous voulez bien m'excuser quelques minutes ? s'enquit Anthony, sortant de la salle à manger semi-privée qu'ils partageaient avec deux autres tables.

Sarah regarda son frère partir et se rendit compte qu'elle était maintenant seule avec Felix. Mais pas *totalement* seule, de sorte qu'elle pouvait facilement se détendre. Peut-être pas *facilement*, puisqu'elle ne pouvait plus être en sa présence sans ressentir une séduisante attirance envers lui. Elle le regarda, mais elle l'imaginait la tête penchée sur son sein. Il parla, et tout ce qu'elle entendit, ce fut sa voix lui disant que son utilisation du mot *queue* était excitante.

— Anthony semble de bien meilleure humeur ce soir, constata Felix, apparemment insensible à l'attirance désespérée qu'elle subissait.

— C'est vrai. Mais je comprends ce qui se passe pour lui. Un instant, je me sens bien, et la minute d'après, je suis submergée de tristesse.

— Avec le temps, la tristesse s'estompera.

Elle se tourna vers Felix, assis à sa droite.

— Vraiment ? C'est ce qui s'est passé avec ton père ?

— Comme je te l'ai dit, c'était différent. Honnêtement, je ne m'en souviens pas vraiment.

— C'est à la fois une bénédiction et une souffrance. Tu as dit que ta mère ne te manquait pas, ce que je comprends, puisque tu ne l'as pas connue. Ton père te manque-t-il ?

Il avait déjà éludé cette question. Il y répondrait peut-être maintenant.

— Pas particulièrement. Il a été absent pendant plus de la moitié de ma vie, alors d'une certaine manière, c'est la même chose que pour ma mère. Mes souvenirs se sont estompés.

Sarah regarda le *syllabub*[1] à moitié mangé devant elle et se sentit soudain un peu nauséeuse. Elle avait hâte que la tristesse se dissipe, mais il était douloureux de penser que les souvenirs de ses parents disparaîtraient avec elle. Peut-être s'y accrocherait-elle un peu plus longtemps.

Felix tendit la main vers elle, mais s'arrêta avant de la toucher, décidant peut-être qu'il valait mieux ne pas le faire. Il la laissa retomber sur ses genoux.

— Sarah, tu as connu tes parents jusqu'à l'âge adulte. Je me dis que tes souvenirs dureront toute une vie, contrairement aux miens. Tu ne devrais pas t'inquiéter de les perdre.

Elle afficha un faible sourire.

— Tu as compris que c'était ce à quoi je pensais ?

— Ce n'était pas difficile. Je te connais bien.

Oui, c'était vrai. Et il la connaissait désormais mieux que jamais. Il s'en rendait peut-être compte lui aussi, car il reporta son attention sur son verre de vin.

Une servante, différente de celle qu'ils avaient eue pour le dîner, vint resservir Felix. Il leva les yeux en souriant et la remercia.

— Avec *plaisir*, Lord Ware.

Le sourire qu'elle lui adressa était chaleureux et clairement séducteur, tandis que son regard se posait sur Felix.

Une étincelle de possessivité envahit Sarah, et elle se pencha vers lui, prenant son propre verre pour être resservie, ce qui était un peu idiot, car il n'était pas vide. Elle en but rapidement le contenu, puis le tendit à la servante avec un sourire venimeux.

— S'il vous plaît ?

La femme remplit le verre de Sarah et reporta son attention sur Felix.

— Resterez-vous ce soir ?

— Non, ma maison n'est pas loin.

— Dommage, nous nous sommes bien amusés l'autre soir, dit-elle en riant avant de s'éloigner en balançant les hanches.

Sarah pinça les lèvres et jeta un regard noir à Felix.

— Il me semblait que tu avais dit n'être pas venu à Ware pour les femmes.

— Je ne l'ai pas fait. Du moins pas avec Anthony l'autre soir, répondit-il avant de boire une nouvelle gorgée de vin, l'air très mal à l'aise. Quand elle a dit l'autre soir, c'était il y a plusieurs mois.

— Donc, tu es déjà venu à Ware pour les femmes ? Dans le passé.

Elle se torturait avec cette question, mais la jalousie qui la rongeait de l'intérieur était une bête féroce.

— Sarah, j'ai fait beaucoup de choses dans le passé. Comme tu l'as toi-même remarqué, je suis un peu un séducteur.

Bien sûr qu'il l'était. Qui d'autre qu'un séducteur l'aurait embrassée comme il l'avait fait dans le placard de Darent Hall ? Ou lui aurait donné du plaisir comme il l'avait fait la nuit précédente ? Son corps rougit de désir, chassant la jalousie.

— Sauf depuis Darent Hall, dit-elle, vaguement consciente que sa voix avait quelque chose de sensuel.

— Nous ne devrions pas parler de cela, dit-il tout bas avant de boire encore du vin.

Pour une raison quelconque, elle aimait le provoquer à ce sujet. Il était toujours si sûr de lui, si imposant. Et le fait de parler de ce qui se passait entre eux le déstabilisait complètement.

— Dommage. *Nous nous sommes bien amusés l'autre soir.*

Elle répéta la remarque pleine de coquetterie de la servante, ce qui lui valut un regard perçant et une brusque inspiration de la part de Felix.

Avant qu'elle ne continue à flirter, Anthony revint pour tout gâcher. Cachant son air renfrogné, Sarah but une gorgée de vin.

— Nous repartons à Stag's Court ? demanda Anthony.

Felix bondit presque de la table.

— Oui, allons-y.

Sarah s'assit à côté de son frère sur le chemin du retour. Elle avait espéré que Felix prendrait le siège face à la route avec elle, mais elle aurait dû se douter qu'il n'en ferait rien. Il passa le court trajet à éviter le contact visuel, l'air mal à l'aise.

Lorsqu'ils arrivèrent, Seales informa Felix de la présence de George et de Vane. Sarah savait que George était son secrétaire, mais elle ignorait tout de l'identité de Vane.

— Qui est Vane ?

— Mon valet.

— Felix ?

Une voix forte et féminine s'éleva de la pièce située juste à côté du hall d'entrée, et Felix se dirigea à grands pas dans cette direction.

Sarah, curieuse de savoir qui d'autre était arrivé, le suivit avec Anthony.

— George ! s'exclama Anthony en s'avançant pour lui prendre la main. C'est bon de te voir.

Attendez, George était le secrétaire de Felix. Et c'était une femme ? Pas seulement une femme, une *belle* femme. Elle était grande, elle dépassait Sarah de plusieurs centimètres, avec des cheveux blond pâle et des yeux bleu clair. Elle aurait eu sa place chez Almack ou au milieu d'un grand bal à Clare

House à Londres, et non dans cette robuste tenue de voyage bleu foncé, avec le titre de secrétaire.

Sarah se souvint de ce que Felix avait dit à l'Ours d'or. *J'ai fait beaucoup de choses dans le passé.*

L'une ou l'autre de ces choses impliquait-elle une femme d'une beauté exquise qui était désormais à son service ?

Sarah se sentit à nouveau envahie par cette terrible bête qu'était la jalousie et comprit qu'elle courait un réel danger si elle ne parvenait pas à maîtriser ses émotions. C'était une chose de flirter avec Felix et de se réjouir des plaisirs qu'il lui offrait, surtout en ce moment où toute diversion était la bienvenue. Elle ne pouvait et ne *devait* pas attendre plus que ce qu'il lui offrirait jamais. La jalousie n'avait pas sa place dans sa relation avec lui.

— George, permets-moi de te présenter Mlle Sarah Colton, dit Felix. Sarah, Mme Georgiana Vane, ma secrétaire.

Mme Vane.

— Le valet de Felix est-il votre mari ? demanda Sarah.

— Eh bien, oui, répondit George, les yeux pétillants.

— Est-ce ainsi que vous êtes devenue la secrétaire de Felix ?

C'était tout de même étrange qu'il ait engagé une femme. Sarah ne connaissait aucun gentleman en ayant une pour secrétaire. Maintenant qu'elle avait mis sa jalousie de côté, elle trouvait l'idée plutôt merveilleuse, et cela ne la surprenait pas le moins du monde de la part de Felix.

Les autres personnes présentes dans la pièce observaient Sarah, et elle se rendit compte qu'elle se montrait impolie avec ses questions.

— Mes excuses, s'empressa-t-elle de dire. Je n'ai jamais rencontré de femme secrétaire auparavant. C'est assez fabuleux.

Felix s'esclaffa.

— George est la fille de mon intendant. Je la connais

depuis toujours. Lorsque j'ai engagé Vane, ils sont tombés follement amoureux tous les deux.

George sourit.

— C'est vrai.

— C'est donc vous qui êtes à l'origine de tous les plans élaborés de Felix, dit Sarah avec une pointe d'admiration. J'aurais dû savoir que vous étiez une femme. C'est tout à fait logique maintenant.

George éclata de rire.

— Ce sont ses idées. Je me contente de les exécuter.

— Mieux que je ne pourrais jamais le faire, intervint Felix. Maintenant, si tu veux bien nous excuser, George et moi avons des affaires à régler. Je te verrai demain.

Et sur ces mots, Sarah fut congédiée. Elle se dit qu'elle pouvait faire irruption dans sa chambre à coucher plus tard, mais elle n'en ferait rien. Après avoir mis sa jalousie de côté, elle décida qu'il était temps d'être prudente. Et qu'il était sans doute plus que temps pour elle d'abandonner son… flirt avec Felix.

Elle n'avait pas besoin qu'il la distraie de son chagrin. Elle avait ses chapeaux, et elle avait décidé depuis bien longtemps qu'ils lui suffiraient.

~

*L*e lendemain, ils retrouvèrent la beauté éclatante de l'été, avec un ciel bleu magnifique et un soleil chaud et étincelant. Il faisait bien trop beau pour rester à l'intérieur, aussi Felix avait-il proposé une excursion à la grotte de Scott, puisque Sarah avait manifesté l'envie d'y aller.

— Tu dis que nous devrions passer la journée dehors, et pourtant, la grotte est une série de tunnels, n'est-ce pas ? lui avait demandé Sarah, plus que sarcastique.

Mais elle lui avait ensuite adressé un clin d'œil, elle avait dit qu'elle plaisantait, et qu'elle serait ravie d'aller voir la grotte.

Comme l'y emmener seule n'était pas l'idée la plus sage, Felix invita Anthony, qui déclina l'invitation pour aller pêcher. Il se retrouva alors dehors à attendre Sarah, se demandant comment il pourrait annuler la sortie sans la décevoir.

Elle sortit de la maison vêtue d'une tenue particulièrement séduisante couleur lavande, bordée de bleu foncé. Son chapeau était, bien sûr, la meilleure partie de son ensemble. C'était un style mousquetaire, avec une plume rouge vif dépassant sur le côté.

— Ton chapeau est magnifique, comme toujours, remarqua-t-il.

— Merci. J'étais un peu nerveuse à l'idée de porter du rouge avec mes vêtements de deuil, mais je crains de ne pas pouvoir résister à une belle plume.

Son regard s'éclaira d'une touche de réprobation tandis qu'elle se dirigeait vers le cabriolet.

— Sarah, nous ne pouvons pas y aller, dit Felix sans préambule, et il le regretta aussitôt en voyant les yeux de Sarah se brouiller. Anthony ne vient pas.

— Je vais envoyer chercher Dovey.

— Je ne suis pas certain que ce soit judicieux.

Felix ne voulait pas attirer l'attention sur le *pourquoi*. Après qu'elle avait flirté avec lui au dîner la veille au soir, il avait craint qu'elle ne cherche à le retrouver après le retour à Stag's Court. Craint ? Non, mais il l'avait espéré. Mais elle ne l'avait pas fait, et c'était bien ainsi. Apparemment, il était toujours en proie à la tentation lorsqu'il s'agissait d'elle.

— Mais je veux vraiment voir la grotte, soupira-t-elle. Je suppose que je pourrais simplement y aller avec Dovey. Tu n'es pas obligé de venir.

Que ce soit sage ou non, il détestait voir la déception dans son regard. *Au diable la prudence !*

— Je viens. Je vais demander à Seales d'aller chercher Dovey.

Le visage de Sarah s'illumina tel un soleil.

— Fantastique !

Oh, oui, elle l'était !

Peu de temps après, ils étaient en route pour la grotte de Scott. Nichée dans une colline de craie sur le terrain d'Amwell House, qui appartenait à Maria Scott, la grotte avait été aménagée par le père de cette dernière, John Scott. Elle était plutôt grande, s'étendant sur des dizaines de mètres dans le flanc de la colline et s'enfonçant peut-être de dix mètres en dessous.

Ce jour-là, la foule n'était pas très nombreuse, mais il y avait peut-être cinq ou six véhicules garés à l'extérieur. Felix sortit du cabriolet et aida Sarah à descendre, puis il tendit la main à Dovey.

La servante sourit et annonça qu'elle allait attendre là.

— Mon dos me fait à nouveau souffrir.

Felix n'y crut pas un seul instant. Il était clair que la femme de chambre de Sarah cherchait à leur faciliter la tâche pour qu'il puisse faire la cour à cette dernière. Il se demanda seulement si la jeune femme était derrière tout ça.

Sarah passa son bras dans celui de Felix.

— Savais-tu que John Scott était un poète ?

Il lui jeta un regard en coin.

— Essaierais-tu de me distraire pour que j'oublie que ta femme de chambre joue les entremetteuses ?

— Pas du tout. Tu l'as remarqué aussi ? Elle n'a rien dit, mais lorsqu'elle est restée dans le cabriolet à Ware l'autre jour, j'ai supposé que c'était ce qu'elle essayait de faire.

Elle lui jeta un regard tandis qu'ils se dirigeaient vers le porche devant l'entrée.

— Tu crois que c'est moi qui l'ai poussée à le faire ?

Il haussa les épaules.

— J'avoue que je me posais la question.

Elle lui jeta un regard guindé.

— Je n'ai rien fait. Revenons à John Scott. Il était également jardinier.

— Tu savais déjà tout cela ?

— Non, j'en ai discuté avec Seales. C'est un fin connaisseur de la population et des événements locaux.

Elle avait discuté avec son personnel ?

— Qu'est-ce que mon personnel t'a dit d'autre ? Devrais-je m'inquiéter ?

Il ne voyait pas pourquoi il le ferait, mais il était vraiment discret. Aucun de ses employés ne voyait qui il était vraiment. Personne ne le voyait.

Était-ce vrai ? Il repoussa cette idée.

— Voilà une question bien suspecte, dit-elle en riant. Oui, ils m'ont dit comment je pourrais voler tous les objets de valeur de Stag's Court.

Il se mit à rire lui aussi, s'étonnant de toujours apprécier sa compagnie. Comment était-il possible qu'il ne s'en soit jamais rendu compte avant ? Ils entrèrent dans la salle d'entrée principale et trouvèrent le livre d'or. Felix signa de son nom et tendit le crayon à Sarah.

Elle hésita à faire de même, et leva les yeux sur lui.

— Avons-nous vraiment envie de garder une trace de notre présence ici ? Seuls. Tous les deux.

Elle lui lança un regard audacieux, suivi d'un sourire insolent.

Bon sang ! Elle n'avait pas tort. Mais il était trop tard, car elle signait déjà son nom.

S'avançant au centre de la pièce, elle leva les yeux vers le plafond, les yeux écarquillés.

— C'est spectaculaire.

Les murs étaient entièrement incrustés de coquillages, de verre coloré et de toutes sortes de pierres, y compris des fossiles. Felix se rendit compte que Lavinia pourrait s'y intéresser.

— Lavinia doit voir ça, dit Sarah, faisant écho à ce qu'il venait de penser.

Cela leur arrivait souvent, il le voyait maintenant : ils terminaient les phrases de l'autre ou semblaient lire dans ses pensées.

Il la rejoignit au centre de la grande salle.

— J'étais justement en train d'y penser. Quand Beck et elle arriveront, nous organiserons une autre excursion.

Sarah le regarda, ses lèvres se courbant en un sourire charmeur.

— Elle pourrait t'aider à en construire une.

— J'ai remarqué que tu aimais bien planifier des choses à faire pour moi. Apparemment, je vais organiser des courses l'an prochain, et je vais construire une grotte. Que devrais-je faire d'autre ?

— Laisse-moi réfléchir, répondit-elle, passant à nouveau son bras dans le sien tandis qu'ils tournaient à droite dans le passage. Si tu te révèles être un bon entremetteur, tu devrais élargir ta gamme de services.

— Mon Dieu ! *Non*. Je n'ai accepté de t'aider que parce que je t'apprécie. Je ne pourrais pas supporter d'autres filles célibataires.

— Nous sommes des *filles*, n'est-ce pas ?

— Pas toi.

Non, elle ne ressemblait à aucune femme de sa connaissance, et elle n'était pas une *fille*.

Le passage menait à une grande salle ronde. Les parois étaient aussi constellées de coquillages, de verre et de pierres étonnantes que le hall d'entrée et le passage, et des sièges y étaient également intégrés.

Sarah inspira brusquement, et le son résonna dans l'espace vide.

— Je n'imagine pas le temps qu'il a fallu pour créer cet endroit.

Felix avait déjà vu la grotte, mais cela faisait quelques années. Et c'était comme s'il ne l'avait jamais vue. Il avait l'impression de la découvrir avec elle. Il se retrouva à fixer son visage levé plutôt que la grotte.

— C'est tellement magnifique ! souffla-t-elle.

— Éblouissant, commenta-t-il.

Un groupe de quatre personnes arriva par l'autre côté. Felix en fut ravi, car il avait commencé à réfléchir à la meilleure façon de mettre à profit le temps qu'ils passeraient seuls dans un tunnel sombre.

Ils poursuivirent leur visite, passant de la pièce au couloir que l'autre groupe venait de quitter. Celui-ci était long, étroit et très mal éclairé. En fait, il était même si étroit qu'il devait marcher devant Sarah.

— Il fait plutôt sombre, n'est-ce pas ? demanda-t-elle en lui serrant la main.

Même s'ils portaient des gants, son contact le traversa comme une étincelle prenant feu.

— Il y a des puits de lumière, mais aucun le long de ce passage. Nous devons compter sur la lumière qui vient de l'arrière et de l'avant.

— Cela me rappelle un peu Darent Hall et le placard sombre.

Pourquoi l'avait-elle mentionné ? Son corps était déjà à moitié excité et il n'avait pas besoin d'encouragement. Le passage bifurquait vers la gauche, mieux éclairé par un puits de lumière situé au-dessus d'eux. Creusées dans le flanc de la colline, ces ouvertures permettaient d'éclairer la grotte. Felix imaginait combien il ferait plus sombre si le ciel était couvert ou s'il pleuvait.

Le passage débouchait sur une autre salle ronde, deux fois plus petite que celle qu'ils avaient quittée quelques instants plus tôt. Il n'y avait pas de sièges dans celle-ci, et, jusqu'à présent, personne d'autre.

Felix s'approcha du mur pour étudier une pierre particulièrement brillante. C'était une pierre précieuse.

— Je suis surprise que personne ne l'ait arrachée.

— Qui serait si affreux pour faire ça ? demanda Sarah, s'approchant de lui, et il fut bien trop conscient de sa proximité. Tu as entendu ce que j'ai dit sur le fait que cela ressemble à Darent Hall ?

— Oui. Je me suis dit qu'il valait mieux ne pas en parler.

C'était déjà assez dur qu'ils soient seuls ici. Le mot *tentation*, qu'il avait appris à détester, résonnait dans son esprit et dans son corps.

Elle expira.

— Probablement. Penses-tu parfois à ce qui aurait pu se passer si le valet de pied ne nous avait pas interrompus ?

Apparemment, elle n'allait pas tenir compte de sa suggestion. Il aurait dû protester, mais il n'y parvenait pas. Qu'il s'agisse du timbre haletant et séduisant de sa voix ou de la délicieuse proximité de ses lèvres entrouvertes, il perdait rapidement la bataille pour rester loin d'elle. Mais s'il avait vraiment voulu le faire, il aurait renoncé à cette sortie dès qu'Anthony avait décliné l'invitation.

Et pourtant, il était là, à fixer ses yeux bleus somptueux alors que son membre durcissait à chaque instant.

Elle avança la main et effleura le devant de son pantalon. Elle l'avait touché de la même manière dans le placard, et il avait cru que c'était accidentel. Maintenant, il n'en était plus si sûr.

— L'as-tu fait exprès ?

Elle plissa les yeux.

— Oui.

— À Darent Hall, je veux dire, précisa-t-il, certain que cette fois, elle l'avait fait exprès.

— C'était involontaire, et j'en ai été horrifiée. Mais aussi… émoustillée, dit-elle avec un petit rire. Et c'était avant que je sache qui tu étais.

— C'est une situation très dangereuse, Sarah.

Elle cligna des yeux et pencha la tête sur le côté.

— Comment ça ?

— Ne fais pas semblant d'être naïve. Tu sais où cela pourrait mener.

— Dans une grotte ? Je dois avouer que je suis intriguée, lui dit-elle, se rapprochant jusqu'à ce que leurs poitrines se frôlent. Dis-moi.

Il allait faire mieux que cela. Bon sang ! Il était complètement fou. Ou idiot. Ou les deux.

La prenant par la main, il l'entraîna hors de la pièce vers le passage suivant. Si ses souvenirs étaient bons, il y avait une petite alcôve que presque personne ne remarquait. Lui l'avait repérée, bien sûr, parce qu'il cherchait un endroit où voler un baiser.

Là où les passages tournaient, il y avait généralement une sorte de creux à la jonction : c'était comme si deux passages s'entrecroisaient. L'alcôve à cette intersection était légèrement plus grande que les autres, et il y avait beaucoup moins de lumière à l'arrière. De ce fait, il était plus facile de passer à côté, vu qu'elle était cachée derrière la paroi du passage.

Felix l'y entraîna. Elle était juste assez grande pour eux deux, et seulement s'ils se touchaient.

— *Felix*, souffla-t-elle.

Il entendait l'excitation et l'impatience dans sa voix, et cela alimentait son propre désir. Il la plaqua contre le mur et l'embrassa, sa bouche dévorant avidement la sienne.

Elle lui rendit le baiser avec un abandon suave et sensuel, et les mains de Sarah s'enroulèrent autour de son cou. Ses doigts se glissèrent dans les cheveux de sa nuque, tirant sur les mèches et frottant sa chair à travers le coton fin de ses gants.

Il fit glisser sa bouche sur son menton et le long de sa gorge jusqu'à ce qu'il atteigne le haut gênant de sa robe. Ce n'était pas le bon endroit pour la déshabiller, alors il fit de son mieux pour la caresser à travers les couches de ses vêtements.

Ces gants étaient une véritable plaie. Il retira le droit et le tendit à la jeune femme.

— Tiens ça.

Il ne voyait pas son visage dans l'obscurité, et cela ressemblait tellement au placard de Darent Hall que cela n'en était que plus excitant, mais il sentait sa curiosité.

— Je ne peux pas porter mon gant, et j'ai besoin d'avoir les mains libres, dit-il, commençant à soulever sa jupe.

Elle inspira brusquement.

— Felix, c'est très vilain.

Il marqua un temps d'arrêt.

— Tu veux que j'arrête ?

— N'essaie même pas !

— Bien.

Il s'arrêterait si elle le voulait, bien entendu, mais il préférait de loin ne pas le faire. Lorsque sa robe fut remontée à sa taille, il saisit la main libre de Sarah et la déplaça pour qu'elle saisisse le tissu de ses vêtements.

— Tiens ça ici. Et si tu as besoin de mettre le gant dans ta bouche pour t'empêcher de crier, fais-le.

Elle inspira brusquement et il l'embrassa à nouveau, se servant de ses dents et de sa langue pour la taquiner et l'adorer. Quand il eut terminé, elle était à bout de souffle.

Il se mit à genoux sur le sol dur, et passa ses doigts nus sur son sexe. Bien qu'il fasse nuit noire, il n'avait pas eu de mal à le trouver.

— Écarte les jambes, mon amour.

Elle fit ce qu'il lui demandait, changeant de position. Son parfum l'envahit, avec des roses et quelque chose d'indéfinissable, mais propre à Sarah, et il faillit trembler de désir. Mais, comme l'autre soir, il ne s'agissait pas de lui. Ce ne serait jamais le cas. Il n'était question que d'elle, et de lui donner tout le plaisir qu'elle méritait.

Il passa sa main gantée autour de sa hanche pour la stabiliser, puis il lécha ses doux replis intimes. Elle cria, puis le son lui parvint étouffé : elle avait mis le gant dans sa bouche.

— Bien joué, dit-il, souriant contre sa chair brûlante.

Il se servit de ses doigts nus pour caresser son clitoris, la poussant et la taquinant jusqu'à ce qu'elle commence à bouger contre lui. Puis il utilisa sa bouche, ses lèvres et sa langue pour dévorer son sexe en le suçant et en le léchant. Il était vaguement conscient des sons étouffés d'extase qu'elle produisait, mais il avait du mal à les entendre par-dessus le grondement de son propre cœur qui battait à tout rompre.

Glissant sa langue en elle, il repoussa sa cuisse. Les jambes de Sarah se mirent à frémir autour de lui, et ses muscles se tendirent. Elle était si réceptive, si merveilleusement sensuelle qu'il avait du mal à garder une pensée rationnelle, à l'exception d'une seule : l'envie de s'enfouir en elle.

Alors il le fit. Avec ses doigts et sa langue, il la combla. Elle fit tourner ses hanches contre lui, se plaquant contre sa bouche. Il suça son clitoris et plongea ses doigts en elle, les faisant tourner jusqu'à ce qu'il trouve le point qui la ferait basculer.

Il était sûr qu'elle aurait crié si elle n'avait pas eu le gant entre les dents. Il maintint fermement sa hanche alors qu'elle jouissait dans sa bouche, sans jamais cesser de lui prodiguer ses attentions, ne serait-ce qu'un instant, alors qu'elle atteignait le sommet de la vague du ravissement.

Elle se raidit une dernière fois, et les tremblements de ses jambes augmentèrent. Il ralentit, caressant son sexe jusqu'à ce que son corps commence à s'apaiser. Puis il se releva et prit ses jupes dans son poing serré, les laissant retomber au sol.

Il retira le gant de la bouche de Sarah et l'embrassa à nouveau, enfonçant profondément sa langue entre ses lèvres en même temps qu'il enroulait son bras autour de son dos, la plaquant étroitement contre lui. Peu à peu, il allégea le baiser jusqu'à le rompre tout à fait, la respiration haletante.

— Mon Dieu, Felix. Je n'en avais pas la moindre idée.

— Ah bon ?

— Pas vraiment. Je savais qu'il y avait… des choses au-delà des rapports sexuels, mais rien de tel, expliqua-t-elle, lui agrippant la nuque pour pouvoir embrasser le lobe de son oreille. Merci. Mais, et toi ?

Il fit un pas en arrière, se retournant pour rentrer dans la grande salle, enfilant son gant au passage. Il était humide à cause de sa bouche, et lorsqu'il la revoyait en train de le serrer entre ses dents, il avait envie de se caresser jusqu'à jouir dans un abandon spectaculaire.

Hélas, cela devrait attendre son retour à la maison. Il espérait pouvoir tenir aussi longtemps. Il n'avait jamais connu d'orgasme sans que quelqu'un ne le touche, mais à cet instant, il craignait que ce soit possible.

Il prit de profondes inspirations, cherchant à ramener son corps à un état moins frénétique. Puis elle le rejoignit, se plaçant derrière lui de façon que ses seins se pressent contre son dos, pendant qu'elle glissait ses mains devant lui pour lui caresser la poitrine.

Il gémit doucement.

— Sarah, nous devons y aller.

— Où ? s'enquit-elle, pleine d'espoir. Y a-t-il une autre alcôve où je pourrais faire pour toi ce que tu as fait pour moi ?

Il se retourna et déposa un baiser sur son front.

— Non. Il n'y a pas d'autre alcôve. Pas comme celle-ci.

— Alors, retournons…

Felix fut sauvé par l'arrivée d'un groupe de trois dames qui émergèrent de la pénombre en empruntant le passage. Elles saluèrent Felix et Sarah, et leur demandèrent s'ils savaient par où était la sortie. Elles tournaient en rond.

— Je le sais, en fait, leur dit-il. Suivez-nous.

Il les conduisit en file indienne, prenant quelques petits virages avant de tourner brusquement à gauche pour les ramener dans la salle d'entrée.

— Oh, merci ! dit la plus âgée des femmes.

Maintenant qu'ils avaient plus de lumière, Felix se dit qu'elle devait être la mère des deux autres.

— Je craignais que nous ne soyons perdues là-dedans pendant un certain temps !

Elle éclata d'un rire légèrement nerveux, puis ils se firent leurs adieux et quittèrent la grotte.

— Viens, il se fait tard, dit Felix, entraînant Sarah vers la lumière du jour.

Elle se tourna vers lui avec une expression légèrement perplexe.

— Pourquoi ne me laisses-tu pas te donner le même plaisir que tu m'as offert ?

— Parce qu'il ne s'agit pas de moi.

Elle se renfrogna et leva le visage vers le ciel.

— Arrête de dire cela. Tu mérites que quelqu'un fasse quelque chose pour toi. À moins que tu ne sois incapable de le permettre, ajouta-t-elle en haussant un sourcil.

Il se retint de grimacer à son tour.

— Retournons à Stag's Court. Dovey nous regarde avec un intérêt non dissimulé. S'il te plaît, dis-lui d'arrêter d'essayer de nous pousser l'un vers l'autre.

— Avons-nous vraiment besoin de son aide ? murmura Sarah alors qu'ils se dirigeaient vers le cabriolet.

Non, ce dont ils avaient besoin, c'était qu'elle agisse comme un foutu chaperon et qu'elle les garde éloignés l'un de l'autre.

Dovey posa des questions sur la grotte pendant le trajet du retour, et Sarah lui raconta tout sur les coquillages, le verre et les pierres, ainsi que sur l'obscurité et la fraîcheur de la température. Felix n'avait même pas remarqué cette dernière, car chaque fois qu'il était en présence de Sarah, il avait l'impression que son corps était en feu.

Lorsqu'ils arrivèrent à Stag's Court, un carrosse était en train d'être conduit vers les écuries.

— Il me semble que c'est le carrosse de Beck et Lavinia ! s'exclama Sarah.

Elle attendit à peine que Felix l'aide à descendre du cabriolet, et dès qu'elle toucha le sol, elle se précipita vers la maison.

Seales ouvrit la porte et elle se hâta d'entrer. Felix aida Dovey à descendre et ils la suivirent à un rythme plus tranquille.

— Le marquis et la marquise de Northam sont dans le salon, my lord, annonça Seales. Mlle Colton y est déjà partie.

— Merci, Seales.

Felix était heureux de la voir si enthousiaste. Il était également soulagé de la présence des Northam, qui constitueraient un tampon nécessaire entre lui et Sarah, parce qu'il ne pouvait pas continuer à céder à la tentation.

---

1. *NDLT* : dessert anglais traditionnel, composé de crème et de sucre mélangés à du vin

CHAPITRE 11

*A*près le dîner, Sarah fut ravie de se retirer dans le salon avec Lavinia, tandis que les hommes restaient dans la salle à manger pour boire du porto.

— On dirait que tu es très enthousiaste à l'idée de me voir seule, dit Lavinia en riant dès qu'elles furent assises ensemble sur le canapé.

Un valet de pied apporta un plateau avec deux verres de sherry dont les deux femmes se saisirent, et il s'en alla.

Sarah n'attendit pas de boire une gorgée avant de répondre :

— Je suis ravie que tu sois là. J'ai tellement de choses à te raconter !

Lavinia, elle, but un peu de sherry.

— Tu semblais déborder de nouvelles lorsque je t'ai vue brièvement après notre arrivée tout à l'heure. Je suis moi-même surprise de voir à quel point tu vas mieux. Tu vas mieux, et, j'ose le dire, tu sembles heureuse, affirma-t-elle, prenant la main de Sarah pour la serrer brièvement.

Allait-elle mieux ? Absolument. Était-elle heureuse ? À

tout le moins, elle n'était pas aussi accablée par la tristesse qu'elle l'avait été. Et c'était grâce à Felix.

— C'est Felix.

— Évidemment, répondit Lavinia. Il est le grand maître de la bonne humeur et de la distraction. S'il y a bien quel-qu'un qui peut t'aider à traverser cette période, c'est lui. Qu'a-t-il fait pour vous distraire, Anthony et toi ?

Sarah la regarda en clignant des yeux.

— Il m'a embrassée. M'a touchée. M'a fait des choses indescriptibles.

Lavinia écarquilla les yeux et serra à nouveau la main de Sarah, mais cette fois, elle ne la lâcha pas.

— Que se passe-t-il ? demanda-t-elle, se penchant en avant, les lèvres entrouvertes par anticipation. Es-tu amoureuse ?

Sarah s'arrêta net en entendant la question. Elle n'avait pas pensé aux sentiments, car elle avait volontairement repoussé toute émotion dans les recoins de son esprit.

— Je l'ignore, dit-elle tranquillement. Et je ne crois pas vouloir l'envisager.

Lorsque Lavinia ouvrit la bouche pour parler, Sarah le fit en même temps.

— À quoi me servirait d'aimer Felix ? Le sentiment ne serait jamais réciproque.

Lavinia pinça les lèvres et lâcha Sarah, se retirant doucement.

— C'est vrai, dit-elle avant de jurer doucement. Pourquoi faut-il que certains hommes soient si terribles ?

— Il n'est pas *terrible*, dit Sarah avec une pointe de sourire. Mais il peut se montrer plutôt têtu. Par deux fois, il... m'a donné du plaisir...

— Avez-vous eu des rapports sexuels ?

— Pas précisément, non.

Sarah en profita pour boire une longue gorgée de sherry. Elle avait le sentiment d'avoir besoin d'être fortifiée.

— Il s'est servi de sa main et de sa... bouche.

Lavinia haussa les sourcils, et le coin de sa bouche se releva.

— Bien joué, Felix, murmura-t-elle. Et comment était-ce ?

— Devrions-nous vraiment discuter de cela ?

— Bien sûr ! Toutes les femmes le font.

— Tu n'en parles pas avec moi, pas comme ça.

Elle avait répondu aux questions de Sarah sur ce qui se passait entre les hommes et les femmes, les maris et les épouses, mais elle n'avait pas précisé ce que l'on *ressentait*.

Les joues de Lavinia s'échauffèrent et prirent une teinte rose terne.

— Je ne voulais pas entrer dans les détails puisque tu n'étais pas mariée.

— Je ne suis toujours pas mariée.

— Ne sois pas obtuse. Tu vois où je veux en venir. Pourquoi te dire à quel point il est merveilleux d'être avec un homme alors que tu n'es pas avec un homme ? Voilà qui ne me semble pas très gentil.

Sarah pouvait le comprendre.

— C'était délicieux.

— Délicieux ?

— Et sauvage, précisa Sarah, qui rougit à son tour. Et je brûle d'envie de recommencer.

— Dans ce cas, je dirais que Felix fait vraiment bien les choses. Même si je n'avais pas vraiment de doutes, au vu de sa réputation.

Sa réputation de séducteur.

— Tu as dit qu'il était têtu, insista Lavinia, avant que je ne t'interrompe.

Elle adressa à son amie un sourire penaud.

Sarah était habituée à... l'exubérance des conversations avec Lavinia.

— Il ne m'a pas laissée lui rendre la pareille.

— Ah, je vois. Le lui as-tu proposé ?

— Bien sûr que oui. Mais il dit toujours qu'il s'agit de moi, pas de lui, dit-elle en levant les yeux au ciel. Pendant long-temps, il s'est trop attaché à satisfaire tous ceux qui l'entou-raient. Je ne suis pas sûre qu'il sache comment permettre aux autres de faire la même chose pour lui.

— Tu veux t'assurer qu'il l'accepte.

Sarah acquiesça, puis grimaça.

— Cependant, je n'ai aucune idée de ce qu'il faut faire.

Les lèvres de Lavinia s'ourlèrent en un sourire malicieux et conspirateur.

— Eh bien, je peux t'aider pour ça.

Sarah se détendit contre le canapé.

— Dieu merci !

Elle but une gorgée de sherry et attendit les conseils de Lavinia.

— As-tu envie de l'épouser ? s'enquit Lavinia.

— Non, répondit-elle aussitôt.

Elle n'y avait pas pensé, parce que ce n'était même pas une option, pas avec Felix.

— Felix ne se mariera jamais.

— En as-tu toujours l'intention ?

Sarah plissa les yeux en regardant Lavinia.

— Oui. En quoi tout cela est-il important ?

— Tu ne peux pas avoir de relations sexuelles avec Felix si tu as l'intention de te marier.

Sarah ricana.

— Je devrais rester vierge pour mon mari, alors qu'il est fort probable que lui ne le sera pas ?

Lavinia fronça le nez comme si elle avait senti une odeur nauséabonde.

— C'est la norme communément admise.

— Les femmes acceptent-elles vraiment ça ? demanda Sarah. Étais-tu vierge lorsque tu as épousé Beck ?

— Euh, non. Mais je l'étais quand nous avons couché ensemble la première fois. Et c'est ce jour-là que nous nous sommes fiancés. Fanny et moi en avons discuté l'autre jour. Elle a admis avoir eu des relations sexuelles avec David avant même qu'ils ne soient fiancés, raconta Lavinia en secouant la tête. Mais les circonstances sont très différentes. Tu sais que Felix ne t'épousera pas, alors pourquoi prendre un risque pour ton futur mariage ?

Sarah passa sa langue entre ses lèvres et souffla pour produire un bruit de dégoût.

— Je n'ai pas envie de débattre de la question de savoir si j'ai des relations sexuelles avec lui ou non. Je voulais simplement des conseils sur la manière de lui donner du plaisir. Cependant, si tu préfères me donner des conseils sur la moralité, je me débrouillerai seule.

Lavinia soupira.

— Mes excuses. Tu es mon amie la plus chère. Je ne pense qu'à ton avenir… et à tes sentiments. Mais je n'ai pas l'impression que tu laisses de la place aux émotions dans cette liaison.

— L'amour. Je ne veux pas qu'il soit question d'amour. Mais je tiens à Felix.

Sarah posa son verre de sherry sur la table à côté du canapé.

— Je n'aurais jamais imaginé qu'une telle chose puisse se produire entre nous, dit-elle d'une voix douce, essayant de se rappeler comment ils en étaient arrivés là.

C'était à cause de la mort de ses parents, à cause de son chagrin. Un malaise s'empara d'elle.

— Nous n'avons jamais vraiment parlé de Devinez qui vous embrasse à Darent Hall, dit lentement Lavinia, le regard perçant.

— Non, parce que mes parents ont été assassinés, et qu'une telle conversation me semblait plutôt triviale.

C'était toujours le cas. La mélancolie qui dominait l'esprit de Sarah depuis tant de semaines tentait de reprendre le dessus.

Lavinia acquiesça solennellement et elles restèrent silencieuses un moment. Enfin, elle dit :

— Je suppose que Devinez qui vous embrasse a tout changé entre Felix et toi ?

Plus qu'elle n'aurait pu l'imaginer. En fait, elle ne l'avait jamais imaginé. Embrasser Felix ne lui avait jamais traversé l'esprit.

— Oui.

— C'était ce qu'il me semblait. À moins que le baiser n'ait été horrible, dit Lavinia en riant doucement, apportant à Sarah un peu de légèreté dont elle avait bien besoin. Mais cela aurait aussi changé les choses. Tu imagines s'il avait eu une haleine atroce ? Ou s'il n'avait pas su embrasser ?

Sarah sourit.

— Ou s'il avait senti mauvais, comme du poisson pourri, peut-être.

Elles rirent, et Sarah se sentit beaucoup mieux. Elle était si heureuse que son amie soit là !

Lavinia but une nouvelle gorgée de sherry.

— Mais le baiser était exceptionnel, bien sûr.

— Bien sûr.

— Mais alors… Non, peu importe. S'est-il passé quelque chose à Londres ?

Sarah secoua la tête.

— Pas jusqu'à ce que nous venions ici. Il semblait y avoir cette… chose entre nous. Alors, nous en avons parlé, et nous avons essayé de faire comme si rien ne s'était passé.

Les yeux bruns de Lavinia brillèrent.

— Je vois à quel point cela a fonctionné.

— Oui, tout à fait. Nous avons essayé. Mais c'est difficile quand tu te retrouves dans une grotte sombre qui te rappelle le placard sombre où nous nous sommes embrassés pour la première fois.

Lorsque Sarah avait accueilli Lavinia et Beck cet après-midi-là, elle leur avait expliqué que Felix et elle revenaient tout juste de la grotte de Scott. Ils avaient parlé à Lavinia de toutes les magnifiques pierres et des fossiles incrustés dans les tunnels.

— Je comprends parfaitement, dit-elle, le regard déterminé. Je vois qu'il y a d'autres raisons pour lesquelles je devrais visiter cette merveille.

Sarah rit doucement.

— Alors, peut-être que nous ne vous accompagnerons pas. Mais je t'expliquerai où aller.

— J'apprécierais, merci, répondit Lavinia qui se redressa et prit une profonde inspiration. Bon, si je dois t'apprendre à donner du plaisir à Felix, nous devrions nous y mettre avant qu'ils ne débarquent.

Sarah se raidit et reporta toute son attention sur Lavinia, impatiente d'entendre ce qu'elle avait à dire.

— Oui, dis-moi.

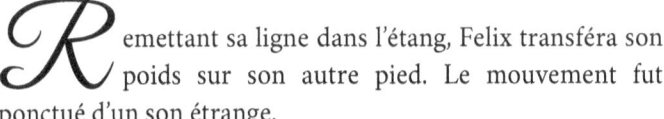

*R*emettant sa ligne dans l'étang, Felix transféra son poids sur son autre pied. Le mouvement fut ponctué d'un son étrange.

— Anthony est-il en train de ronfler ? s'enquit Beck, jetant un coup d'œil à la couverture étendue sous le grand chêne.

— Apparemment, oui.

Felix pencha la tête en arrière et plissa les yeux vers le ciel lumineux de la fin de matinée.

Beck réfréna un bâillement.

— Nous sommes restés debout tard à jouer aux cartes.

— Il n'était pas si tard que cela, répondit Felix, qui se doutait qu'Anthony ne dormait pas bien.

Ses yeux étaient un peu hagards, et il le surprenait souvent en train de bâiller.

— C'est vrai. Mais je me suis levé plus tard.

Son regard était concentré sur sa ligne dans l'étang, mais sa bouche se retroussa en un sourire satisfait.

— Je ne veux pas entendre parler de tes activités dans la chambre à coucher.

— Qui a dit qu'elles se déroulaient dans une chambre ?

Felix s'esclaffa et regarda Beck, qui souriait à présent.

— Je suis heureux de savoir que Stag's Court est aussi accueillant. Ou excitant.

— Ou les deux, remarqua Beck.

Quelques instants plus tard, il jeta un rapide coup d'œil à son ami.

— On dirait que c'est la même chose pour toi.

Oh, merde ! Felix tourna la tête pour s'assurer qu'Anthony dormait toujours. Comment Beck était-il au courant de ses *activités* avec Sarah ? Peut-être n'était-ce pas le cas, et qu'il ne faisait qu'émettre une hypothèse. Felix décida de feindre l'ignorance.

— De quoi parles-tu ?

— Je me demandais si tu préférerais faire comme si de rien n'était. Je peux comprendre, compte tenu des circonstances.

Il savait. Felix expira.

— Comment l'as-tu découvert ? Et parle moins fort, au cas où Anthony se réveillerait.

— Sarah l'a dit à Lavinia, qui me l'a répété. Nous n'avons pas de secrets dans notre mariage.

Oui, leur union était d'une perfection écœurante. Felix, qui avait grandi avec le pire exemple de mariage que l'on puisse voir, en était stupéfait. Il se réjouissait que l'un de ses amis les plus proches ait fait un si beau mariage, mais, pour être honnête, il n'était pas certain de croire que leur harmonie allait durer.

Il songea soudain aux Dartford, qui étaient mariés depuis quelques années et semblaient toujours heureux et amoureux. Felix décida qu'il s'agissait aussi d'une aberration. De plus, leur relation était récente et risquait de s'essouffler.

Il repensa à Sarah et à sa langue bien pendue.

— Sarah et moi ne sommes *pas* mariés. Je vais aborder avec elle l'importance du secret.

— Ne sois pas en colère contre elle, protesta Beck. Sa mère est morte. Elle cherchait des conseils féminins.

Vraiment ? Felix ne pouvait que supposer à quel sujet, et il n'allait pas demander de précisions. Cette conversation était déjà assez gênante.

— Évidemment que je ne suis pas en colère.

Non, la seule personne à qui il en voulait, c'était à lui-même. Il avait agi comme un imbécile en permettant la poursuite de leurs… *activités.* Mais lorsqu'il pensait à la veille dans la grotte… Mieux valait qu'il s'abstienne, à moins qu'il ne veuille s'exhiber de façon embarrassante dans son pantalon.

— Le secret est toujours important, dit Felix, jetant un nouveau coup d'œil à Anthony. Et s'il le découvre ?

Beck expira.

— Il n'aimerait pas ça, c'est pourquoi la situation est dangereuse. Il ne me viendrait jamais à l'idée de m'immiscer dans tes affaires privées, mais il s'agit de la sœur d'Anthony. C'est Sarah.

Il savait pertinemment que c'était Sarah. Pourtant, il

s'était révélé incapable de résister à son flirt, à son charme, et à l'attirance dévastatrice qu'il ressentait pour elle. Cela faisait des semaines qu'elle occupait son esprit et son corps. Depuis Darent Hall.

— J'ai déjà résolu que cela ne se reproduirait plus, déclara Felix.

— Sarah est-elle au courant ? demanda Beck, qui ne semblait pas convaincu.

Felix se rendit compte qu'il ne lui avait pas vraiment dit qu'ils ne pouvaient pas continuer. Il s'était contenté d'affirmer qu'il s'agissait uniquement d'elle. Car s'il la laissait s'approcher de son membre nu, il serait totalement et définitivement perdu.

Il devait lui parler.

— Je veillerai à ce qu'elle comprenne.

— Je pense que c'est la meilleure solution, à moins que tu n'aies changé d'avis au sujet du mariage, dit Beck d'une voix où ne transparaissait ni espoir ni question.

— C'est pour cela que je te considère comme l'un de mes amis les plus proches, affirma Felix. Tu me comprends, et tu m'acceptes.

— Je me reconnais aussi un peu dans ton âme, même si tu la camoufles beaucoup mieux que moi.

Felix se figea un instant, choqué par la perspicacité des paroles de Beck. Il était sujet à des accès de noirceur, voire de mélancolie. Il déversait ses émotions dans sa poésie et sa musique, tandis que Felix cloisonnait ses émotions pour qu'elles ne soient jamais accessibles ou visibles. Cela les rendait-il semblables ?

Que Felix admette intérieurement l'existence de cette cloison était terrifiant, et Felix eut soudain envie de revenir sur ce qu'il avait dit.

— Si tu pouvais me comprendre en silence, je t'en serais reconnaissant, dit-il.

Beck rit.

— Comme tu veux.

La ligne de Beck se tendit et il entreprit de remonter le poisson. Il saisit la truite et la décrocha de l'hameçon, puis la jeta dans le panier qui se trouvait sur la berge entre eux. Alors qu'il reprenait sa ligne pour la lancer à nouveau, il demanda :

— Y aurait-il une raison pour laquelle tu reviendrais sur ton vœu anti-mariage ?

Felix réprima une grimace.

— Ce n'est pas un vœu. Je ne vois pas l'intérêt du mariage. Je ne veux pas de femme, et je ne veux pas d'enfants. Et je n'ai besoin d'aucun des deux.

— Et si tu tombais amoureux ?

Felix sentait son irritation enfler.

— Beck, tu commences à tester les limites de notre amitié, et cela alors que je viens juste de te remercier pour ta compréhension *muette* de ma nature.

— Pardonne-moi. Je suis, et je ne m'attends pas à ce que tu le comprennes, éperdument amoureux de ma femme, et je ferais tout ce qu'elle demande. Y compris t'interroger sur l'éventualité d'un mariage.

Bon sang ! Sarah avait-elle poussé Lavinia à agir de la sorte ? Ils n'avaient jamais parlé mariage, et il n'avait pas l'impression qu'elle voulait autre chose que ce qu'ils faisaient. Mais ils n'avaient pas non plus discuté de cela. Apparemment, parler n'était pas leur priorité.

— Avez-vous attrapé quelque chose ?

Felix poussa un profond soupir de soulagement au son bienvenu d'une voix féminine, celle de Lavinia, pour être exact. Tournant juste assez la tête pour voir le chemin menant à la maison, il les vit, Sarah et elle, s'approcher de la berge, bras dessus, bras dessous.

Sarah s'arrêta près de la couverture et regarda son frère.

— Tu dors ?

Anthony se redressa d'un coup.

— Quoi ? Que s'est-il passé ?

Sarah et Lavinia éclatèrent de rire, et Beck sourit. Felix était encore trop déstabilisé pour faire l'un ou l'autre.

— Pouvons-nous pêcher ? s'enquit Lavinia.

— Il n'y a que trois cannes, mais manifestement, Anthony ne se sert pas de la sienne, remarqua Beck d'un ton sarcastique. Tu peux la prendre.

— Merveilleux ! dit Lavinia qui ramassa la canne et prépara la ligne.

Anthony se leva de la couverture.

— Et si je veux pêcher ?

Haussant une épaule, Lavinia lui jeta un regard insolent.

— Tu peux attendre ton tour.

Elle se tourna vers Beck et lui demanda de l'aide pour lancer sa ligne. Au vu de la qualité de sa ligne, Felix ne pensait pas qu'elle en avait besoin. Mais voir Beck l'entourer de ses bras, et le sourire qu'elle lui adressait, expliquait pourquoi elle le lui avait demandé.

Sarah s'approcha de Felix après avoir récupéré la canne de Beck pendant qu'il aidait Lavinia.

— Tu n'as pas répondu à la question de savoir si vous aviez attrapé quelque chose, remarqua-t-elle, jetant un coup d'œil dans le panier où se trouvaient trois poissons. Et voilà la réponse. C'est toi qui les as attrapés ?

Il secoua la tête.

— Anthony en a attrapé un, et Beck les deux autres.

À cet instant, la ligne de Felix se tendit.

— Je t'ai porté chance, constata Sarah.

Beck lui reprit sa ligne et observa Felix qui remontait son poisson.

— Il était temps que tu attrapes quelque chose ! C'est ton étang !

— Mais il ne passe guère de temps ici, remarqua Sarah. Seales dit qu'il n'a pas pêché ici depuis des années.

Felix retira le poisson de son hameçon et le déposa dans le panier.

— Seales est-il encore mon majordome ou se contente-t-il de discuter avec toi toute la journée ? demanda-t-il avant de se tourner vers Anthony. Tu peux prendre ma place, si tu veux.

Son ami s'avança et il prit sa canne.

— Sarah a toujours importuné le personnel.

— À l'excès, je le crains, confirma-t-elle en riant. Notre père avait l'habitude de me bannir dans ma chambre parce que j'empêchais notre majordome ou la gouvernante de travailler.

Elle écarquilla légèrement les yeux et se tourna vers Anthony. Puis elle referma la bouche et tourna la tête pour contempler l'étang. Apparemment, la simple mention de son père l'avait bouleversée. C'était la première fois que Felix l'entendait parler de ses parents de manière anecdotique. Il le voyait comme un bon signe. En fait, il s'en trouvait un peu soulagé, car il ne se réjouissait pas de lui annoncer qu'il n'y aurait plus de *rencontres* entre eux. Il se doutait que leur liaison l'aidait à surmonter son chagrin, et il ne voulait pas perturber ses progrès. Mais il ne voulait pas non plus exploiter sa vulnérabilité.

Une liaison ? Il ne pouvait pas la nommer ainsi. Une liaison était prévue, intentionnelle. C'était spontané. *Insouciant.*

— Beck, dit Lavinia, rompant le silence et détournant la conversation comme le ferait une bonne amie. Je pense que nous devrions aller à la grotte de Scott demain. Je veux absolument voir les pierres et les fossiles.

Elle se rapprocha de lui et lui murmura quelque chose à

l'oreille. Beck sourit et déposa un rapide baiser dans son cou, juste sous sa mâchoire.

Une vague de jalousie frappa Felix, à sa grande surprise.

— Il est impoli de chuchoter, dit-il tout à coup, sans y penser.

— Dommage, car elle ne va pas le répéter, répliqua Beck. Certaines choses doivent rester entre un homme et son épouse.

— Une femme et son mari, le corrigea Lavinia, ce qui lui valut un petit rire appréciateur de la part de Beck.

À les regarder, il était facile de comprendre comment on pouvait tomber amoureux, se marier et être béatement heureux. Mais Felix savait ce qu'il en était. Soudain, il eut hâte de s'éloigner de leur joie conjugale.

— Si vous voulez bien m'excuser, certaines choses requièrent mon attention dans mon bureau.

— Nous allons devoir renvoyer George à Londres, dit Anthony. Pour que tu ne sois pas interrompu.

Il gloussa en lançant sa ligne à l'eau.

En temps normal, Felix aurait ri avec lui. Son but premier n'était-il pas de se divertir et de s'amuser ?

Grommelant intérieurement, il repartit à grands pas vers la maison, où il s'entretint effectivement avec George pendant un court moment. Après son départ de son bureau, il desserra sa cravate et retira sa veste qu'il drapa sur le dossier de sa chaise. Il s'avança vers les fenêtres donnant sur l'allée, et observa un oiseau de proie perché en haut d'un arbre, la tête penchée, à la recherche de son prochain repas.

— Felix ?

Soudain, il eut l'impression d'être une proie lui aussi.

C'était idiot. Sarah ne le chassait pas. Et pourtant, elle était là, debout dans son bureau, la porte fermée.

Fermée ?

Peut-être était-elle en train de le chasser, *finalement*.

— Sarah, tu ne devrais pas être ici.

— Pourquoi pas ?

Elle s'avança, retira son chapeau à large bord et le jeta sur son bureau.

— Nous devons parler de ce qui s'est passé, lui dit-il.

— Tu ne vas pas encore me dire que nous devons arrêter, n'est-ce pas ?

Elle continua à avancer vers lui, puis le dépassa. Elle desserra les attaches des rideaux et les tira sur la fenêtre. La pièce fut plongée dans une quasi-obscurité, avec seulement des bandes de lumière filtrant dans l'interstice.

— Sarah, gronda-t-il.

Le simple fait de la voir fermer les rideaux avait mis son corps dans un état d'anticipation.

Elle se détourna de la fenêtre pour lui faire face et posa les mains sur son gilet, ouvrant chaque bouton l'un après l'autre.

— Oui ?

Il devait mettre un terme à cela.

— Il m'a effleuré l'esprit que tu te sers de moi pour éviter ton chagrin.

Ses mains s'immobilisèrent et elle cligna des yeux, ses cils sombres s'agitant un court instant avant qu'elle ne lève le nez vers lui.

— C'est ce que tu crois ?

— Ai-je tort ?

— Je ne vois pas comment je pourrais t'utiliser alors que tu ne m'autorises pas à te faire quoi que ce soit.

Elle se remit à retirer les boutons de son gilet, ouvrit le dernier, puis glissa les mains sous le vêtement pour les passer sur ses côtes.

Felix en eut le souffle coupé, et son membre tressaillit en réponse.

— Disons que je me sers de toi, dit-elle, le caressant du

bout des doigts à travers la batiste de sa chemise. Cela te dérangerait-il ?

Bon sang, non !

— Ce n'est pas la question.

— Je répondrai que tu es en train de me felixer.

La confusion vint se heurter à sa lubricité, ce dont il était reconnaissant.

— Te felixer ? Tu parles d'ivresse ?

— Non, de me *felixer*.

Elle fit courir ses ongles sur sa poitrine et appuya ses pouces sur ses mamelons. Il essaya de réprimer un gémissement, mais il s'échappa du fond de sa gorge.

— Tu me distrais. J'ai décidé que tu étais le duc Boute-en-train.

— Bon sang ! Maintenant, j'ai hérité d'un de ces surnoms ?

Il luttait pour maintenir un semblant de pensée rationnelle et craignait d'échouer sous les assauts de séduction de Sarah.

— Seulement entre nous.

— Sarah, nous devons arrêter.

Elle poussa son gilet sur ses épaules et le fit glisser le long de ses bras, puis le laissa tomber sur le sol.

— Je voulais voir ton torse nu, mais je vois bien qu'il faut que j'entre dans le vif du sujet.

Elle fit descendre une main le long de son abdomen et trouva les boutons de son pantalon.

Son membre s'étira, durcit sous sa main.

— C'est une très mauvaise idée.

— Ce pourrait être la conclusion de notre… distraction. Mais j'insiste pour te donner le même plaisir que tu m'as offert. Deux fois. Ou du moins, je vais essayer de le faire. Il se peut que je ne sois pas très douée pour cela.

Elle lui jeta un regard gêné en déboutonnant son pantalon.

— Même si tu ne faisais rien de plus, je déclarerais déjà que tu es vraiment excellente.

Elle lui adressa un sourire grivois et séducteur.

— Tu es trop généreux, mais je le savais déjà.

Le pantalon de Felix s'ouvrit, et elle passa la main dans son sous-vêtement, et ses doigts trouvèrent l'extrémité de son sexe.

— Tu es déjà humide, murmura-t-elle.

— Tu es au courant pour ça ? demanda-t-il, partagé entre jalousie et émerveillement.

— Ne pose pas de questions. Et ne va pas t'imaginer que j'ai déjà fait cela. Je viens de te dire que ce n'était pas le cas.

Elle n'avait pas dit cela, mais qu'elle n'était peut-être pas douée pour ça ; mais il n'allait pas la corriger. Il avait bien trop envie qu'elle essaie et il se convainquit qu'il serait cruel de l'obliger à s'arrêter.

Plus tard, il se rendrait compte de l'ineptie de cette pensée.

Elle referma la main autour de son membre et la fit glisser jusqu'à la base. Le bout de ses doigts effleura ses testicules et il gémit à nouveau, plus fort cette fois.

— Chut, murmura-t-elle avant de l'embrasser, remontant sa main libre jusqu'à sa nuque tout en continuant à le caresser de l'autre.

Fermant les yeux, Felix fit glisser sa langue contre la sienne, avide de son baiser. Il bascula les hanches vers l'avant tandis qu'elle touchait sa verge, pour l'inciter à continuer.

C'est alors que la bouche de Sarah s'éloigna de la sienne, et elle se laissa tomber devant lui. Il ouvrit les yeux et la vit à genoux. Ensuite, elle le prit dans sa bouche, et il dut se mordre la lèvre pour ne pas crier.

C'était le moment qu'il avait à la fois rêvé et redouté. Elle l'aspira sur sa langue, la main posée sur sa base. Elle bougeait lentement, mais avec une telle chaleur et une telle précision qu'il devait faire un effort pour maîtriser son corps, de peur de pénétrer sa gorge.

Elle le prenait profondément, puis reculait, toujours doucement. Caresse après caresse, elle maintenait un rythme tranquille, mais sensuel. Il en était heureux, car cela l'empêchait de jouir. Et il en avait terriblement envie.

À quoi pensait-il ? Il ne pouvait pas se répandre dans sa bouche. Elle n'avait jamais fait cela auparavant, et il la choquerait terriblement. Et pourtant, il était impossible qu'il ne jouisse pas. Ce n'était pas comme toutes les autres fois où il s'était contenu jusqu'à ce qu'il soit seul et se soit masturbé jusqu'à l'épuisement.

Il ne pouvait échapper à l'extase. Elle allait obtenir ce qu'elle voulait. Et lui aussi.

Soudain, Sarah se mit à bouger plus vite, sa bouche se déplaçant sur et autour de lui, de haut en bas, sa langue léchant son membre impatient. Elle resserra sa prise et appuya son autre main sur la cuisse de Felix.

Il lui saisit la tête, incapable de s'empêcher de bouger maintenant. Il s'enfonça dans sa bouche tandis que le plaisir montait et que le sang affluait dans son sexe. Il bascula la tête en arrière, ferma les yeux, certain que son orgasme n'allait pas tarder.

Mais la bouche de Sarah disparut soudain. L'air froid frappa sa chair nue, et il ouvrit les yeux : elle était debout devant lui. Ses yeux bleus étaient immenses et lumineux, ses joues rosies, ses lèvres rouges et brillantes à cause de ce qu'elle lui avait fait. Elle était la plus belle chose qu'il avait jamais vue.

Elle leva sa main pour toucher son visage.

— Je veux faire l'amour.

CHAPITRE 12

*L*a convoitise illumina les yeux verts de Felix tandis qu'il la contemplait. Il entrouvrit les lèvres, et elle fit passer son pouce sur celle du bas.

— Sarah...

Elle fit pivoter son pouce à la verticale pour couvrir ses deux lèvres.

— Chut. Ne me dis pas que nous ne devrions pas. J'ignore ce que mon avenir me réserve, en dehors d'une boutique de modiste, et je ne veux pas regretter de ne pas avoir vécu cela.

Felix plissa le front, il ne semblait pas convaincu.

— Puis-je parler maintenant ?

— Seulement si tu as l'intention d'acquiescer.

Il esquissa un petit sourire.

— Contre mon gré, affirma-t-il. Il est incroyablement difficile de se refuser à toi. Impossible, même. Puisque tu as eu la prudence de fermer les rideaux, oserais-je penser que tu as verrouillé la porte ?

Il grimaça légèrement, et elle soupçonna qu'il était en train de se dire qu'il aurait dû poser cette question plus tôt.

— Bien sûr que oui.

Elle passa la main le long de son érection, qui n'avait pas faibli le moins du monde pendant qu'ils se tenaient là. Elle était étonnée de voir à quel point elle aimait le toucher là, et partout.

— Je suppose que c'est trop d'espérer être nus.

Il gémit avant de s'emparer de sa bouche pour l'embrasser rapidement, mais passionnément.

— J'en ai bien peur. Mais nous ferons au mieux avec ce que nous avons, dit-il en rivant ses yeux sur ceux de Sarah. En es-tu certaine ?

Elle saisit le côté de son cou, abaissant sa tête.

— Embrasse-moi, Felix.

Sa bouche s'ouvrit sur la sienne et sa langue s'enfonça profondément à l'intérieur, attisant davantage son désir déjà chauffé à blanc. Elle lui rendit son baiser et passa une main sous l'ourlet de sa chemise pour sentir la surface lisse de son dos. Il était chaud et dur, ses muscles tendus contre sa paume.

Il releva la tête.

— Il n'y a pas de bon endroit pour s'allonger ici.

— Le tapis ? suggéra-t-elle.

— Ce ne serait pas confortable, répondit-il, la regardant avec une pointe de malice dans les yeux. À quel point te sens-tu aventureuse ?

— Avec toi, j'ai envie de tout explorer.

Son regard s'assombrit et il lui prit la main, la guidant vers le petit canapé près de la cheminée. Il se retourna et s'assit.

— Soulève tes jupes et place tes genoux de part et d'autre de moi.

Le sexe de Sarah palpita lorsqu'elle baissa le regard sur son érection saillante. Elle attrapa le bas de ses jupes et les releva, s'installant comme il le lui avait dit. Elle sentit immédiatement sa chaleur contre elle, et inspira brusquement.

Il enfouit sa main sous les vêtements de Sarah et ses doigts trouvèrent son sexe ; il caressa les replis sensibles, attisant son excitation. Il croisa à nouveau son regard.

— Tu en es certaine ?

— *Oui.* Arrête de me demander ça.

Il plongea un doigt en elle, et elle ferma les yeux, extatique. Elle posa les mains sur ses épaules, laissant ses jupes s'étaler autour d'eux.

Alors qu'il entamait un mouvement de va-et-vient, il se servit de son pouce pour taquiner ce point qui semblait déclencher sa libération. Chaque fois qu'il la touchait là, son corps se tendait de plaisir, et elle avait envie de crier son extase. Mais crier était une mauvaise idée, aussi ne s'autorisa-t-elle qu'un doux gémissement.

— Embrasse-moi, Sarah, lui intima-t-il.

Elle abaissa la tête et le serra fort en posant la bouche contre la sienne. Il poursuivit son offensive sur son sexe, et elle se trouva impuissante face aux sensations qu'il lui procurait. Ses hanches remuaient presque de leur propre chef tandis qu'il la propulsait vers son apogée.

Juste au moment où les vagues de plaisir déferlaient sur elle, sa main se retira, et elle sentit son membre contre son intimité. Il s'y enfonça, agrippant sa taille de son autre main, au-dessus de ses jupes, et il la maintint fermement.

Elle cria dans sa bouche quand son corps se mit à trembler et que son sexe la combla. Elle ressentit une gêne, mais aussi une intensification des chocs qui la traversaient.

Écartant sa bouche de celle de Felix, Sarah lutta pour respirer, le cœur battant la chamade. Il l'embrassa dans le cou, sur le bord de sa clavicule, à la base de sa gorge.

— Bouge, si tu veux, dit-il tout contre elle, taquinant sa peau avec sa langue. Dans cette position, tu peux tout contrôler.

Elle s'efforçait de s'habituer à l'avoir en elle. C'était une sensation incroyablement différente et excitante. Elle fit tourner ses hanches contre le bassin de Felix, cherchant à tâtons ce qu'elle voulait.

Elle se rendit compte qu'elle aimait le sentir contre elle à l'extérieur et l'avoir en elle. Il étala la main sur l'extérieur de la cuisse de Sarah, pour la masser et la pousser à agir.

— C'est un peu comme l'équitation, dit-elle.

— Exactement.

— Mais bien plus agréable.

— J'espère bien. Je commence à regretter que nous ne soyons pas nus. Cette position est idéale pour me donner accès à tes seins.

Elle baissa les yeux et constata qu'effectivement, il était parfaitement placé pour les prendre dans sa bouche.

— Comme c'est dommage !

Elle avait envie de lui dire qu'ils seraient nus la prochaine fois, mais elle était presque certaine qu'il n'y aurait pas de prochaine fois. Il avait essayé de se comporter comme un gentleman, et elle l'avait déjà poussé au-delà de la limite. Elle ne recommencerait pas.

Cela devrait suffire.

Sarah entoura sa tête de ses mains et l'embrassa à nouveau, glissant sa langue à l'intérieur de sa bouche tout en accélérant le rythme, montant et descendant sur lui comme si elle était en train de faire passer son cheval du trot au galop.

Felix enfonça le bout des doigts dans sa cuisse, et elle se mit à bouger encore plus vite. C'était une sensation totalement incroyable de la voir les entraîner vers la libération. Les muscles de Sarah se tendirent, et elle comprit qu'elle était proche. Et lui ? Elle n'en avait aucune idée.

Mais il resserra les mains sur sa taille et sa cuisse, et il s'enfonça en elle, se plaquant contre son corps avec un désir de plus en plus grand. Un nouvel orgasme la submergea et elle rompit le baiser, luttant de toutes ses forces pour ne pas crier son nom.

Et il bougeait toujours, la pénétrant encore et encore. Puis il se tendit, et elle sut qu'il y était. Un puissant sentiment de satisfaction l'envahit, avant de se briser lorsqu'il se retira de son corps.

Elle ouvrit les yeux et vit que sa tête avait basculé en arrière contre le haut du canapé. Il avait les yeux fermés, le visage tendu, les lèvres entrouvertes par l'extase, la respiration hachée.

— Pourquoi t'es-tu arrêté ?

— Je ne l'ai pas fait, répondit-il d'une voix tendue, les yeux toujours clos.

Elle sentit une humidité poisseuse entre eux, et elle comprit. Lavinia lui avait dit que l'homme pouvait retirer son sexe avant de répandre sa semence, afin d'éviter de faire un enfant. Elle appréciait sa prévoyance, car elle-même n'y avait pas songé.

Enfin, il ouvrit les yeux, et elle ne les avait jamais vus d'un vert plus pur ni plus incandescents.

— Merci, dit-il simplement, et il se pencha pour l'embrasser à nouveau, ses lèvres se déplaçant doucement et délicieusement sur celles de Sarah.

— Felix, j'ai des nouvelles ! s'exclama une voix alors que la porte s'ouvrait à la volée.

Sarah tourna la tête, et tout son corps se figea.

Anthony se tenait sur le seuil et les regardait ensemble sur le canapé, sa mâchoire tombant presque par terre.

— Bon sang ! Mais qu'est-ce que vous faites ?

*S*arah se précipita sur le côté droit de Felix, se servant de son corps pour le protéger pendant qu'il se rajustait. Non pas que cela ait la moindre importance. Le mal était fait. Anthony ne pouvait pas interpréter autrement que par la vérité ce qu'il venait de découvrir.

Une fois son pantalon reboutonné, Felix se leva et fit face à son meilleur ami.

— Je sais que tu es en colère, mais cela ne te regarde pas.

Anthony se dirigea vers lui, et, avant que Felix ne puisse se méfier, il lui planta son poing dans la joue. La tête de son ami bascula en arrière, et la douleur explosa sur son visage.

Sarah se leva d'un bond du canapé et attrapa le bras d'Anthony.

— Arrête !

— Je demande satisfaction ! grogna, Anthony. Nomme ton second.

Felix se frottait la joue.

— Un duel ? Tu es fou.

Anthony arracha son bras de la poigne de Sarah et se rapprocha à nouveau de Felix.

— C'est toi qui es fou si tu penses pouvoir déshonorer ma sœur et rester impuni !

La jeune femme se faufila entre eux, plaquant son dos contre le torse de Felix.

— Anthony, arrête. Il n'y aura pas de duel. Je ne suis pas *déshonorée*.

Anthony déplaça son regard sauvage vers sa sœur.

— Je sais ce que j'ai vu.

— Et je suis désolée que tu l'aies vu. Mais ça t'apprendra à débarquer quelque part alors que la porte est fermée, répliqua-t-elle, tournant la tête pour regarder Felix. J'étais certaine de l'avoir fermée à clé.

— C'est *ma* faute ? tonna Anthony.

— Non, c'est la mienne, intervint calmement Felix, qui détestait voir la douleur sur le visage de son ami.

— Ce n'est pas ta faute non plus ! protesta Sarah, plissant les yeux vers lui avant de reporter son attention sur son frère. C'est la mienne. Je l'ai séduit. Si tu veux punir quelqu'un, ce devrait être moi. Mais je ne crois pas qu'il faille punir qui que ce soit. Felix et moi sommes capables de prendre nos propres décisions, et nous sommes prêts à en assumer les conséquences.

Le jeune homme grimaça intérieurement. Était-elle obligée d'utiliser ce mot ? Avec un peu de chance, il n'y aurait pas d'enfant ; il avait fait de son mieux pour l'éviter, aussi difficile que cela ait été.

— Oh, que oui, vous allez les assumer ! répliqua Anthony, le ton venimeux. Vous allez vous marier.

— Cela n'arrivera pas non plus, répondit Sarah avec fermeté. Vraiment, Anthony, c'est entre Felix et moi.

Même si ce dernier appréciait ce que la jeune femme essayait de faire, cela ne servait à rien. Cependant, avant qu'il n'ait pu parler, Anthony continua, les yeux emplis de fureur et d'une dizaine d'autres émotions déchirantes.

— Je suis le vicomte maintenant, Sarah, le chef de notre famille. Il est de ma responsabilité de veiller à ce que tu ne sois pas déshonorée et à ce que tu te maries en toute sécurité, voire dans la joie. Je ne peux pas permettre à Felix, ou à n'importe quel autre homme, de profiter de toi et de s'en tirer sans être inquiété.

Felix vit la culpabilité, qui était déjà un défi quotidien pour Anthony, remonter à la surface et sut qu'il était prêt à tout pour alléger les souffrances de son ami.

— Nous nous marierons.

Le corps d'Anthony se détendit légèrement, mais pas autant que son ami l'aurait espéré. Il était toujours furieux, et il avait toutes les raisons de l'être. Felix était un homme

horrible, qui avait profité de Sarah. Qu'il veuille le reconnaître ou non, elle était incroyablement vulnérable en ce
moment, et il n'aurait jamais dû la laisser le persuader.

Comme s'il avait eu besoin de beaucoup de persuasion.

Sarah fit un pas de côté et tourna la tête, fronçant les
sourcils d'abord vers lui, puis vers Anthony.

— Nous n'allons pas nous marier. Felix ne veut pas…

— Ce qu'il veut n'a pas d'importance.

Anthony ne quittait pas Felix du regard, et celui-ci craignait que leur amitié ne soit à jamais compromise.

— Non, c'est vrai, répondit-il, inclinant brièvement la tête
avant de regarder son ami dans les yeux. Je te demande
humblement pardon.

— Tu es un goujat et un réprouvé. Jamais je n'aurais
imaginé que tu pourrais profiter d'une femme dans la position de Sarah, et encore moins de ma sœur.

— Il n'a rien fait de tout cela, intervint Sarah, haussant le
ton. Cesse de parler de moi comme si je n'étais pas là.

Elle se tourna vers Anthony.

— Tu n'as pas à parler pour moi, lui lança-t-elle avant de
reporter son attention sur Felix, les yeux flamboyants.

— Et si tu veux m'épouser, demande-le-moi.

— Veux-tu m'épouser, Sarah ? demanda Felix, qui ne
reconnaissait pas sa propre voix.

— Non.

— C'est ce que nos parents voulaient ! s'écria Anthony.
S'ils étaient ici…

Il n'acheva pas sa phrase, mais il n'eut pas à le faire. Le
mal était fait.

Sarah pâlit, horrifiée, et ses lèvres s'entrouvrirent. Elle se
retourna et quitta la pièce.

— Je sais que tu es en colère, intervint Felix, lui-même
piqué au vif, car Sarah n'avait pas mérité cela. Mais essayer

de faire en sorte qu'elle se sente aussi coupable que tu l'es est cruel.

— Va te faire voir, Felix !

Anthony quitta la pièce à grands pas, laissant Felix seul.

Différents sentiments tourbillonnaient dans sa poitrine. Il prit plusieurs respirations profondes et ferma brièvement les yeux. Ensuite, il fit le tour de la pièce pour ramasser les vête-ments qu'il avait jetés, les remettant lentement. Lorsqu'il eut terminé, il s'assit à nouveau derrière son bureau et entreprit de lire la correspondance que George lui avait remise.

La distraction était la clé de l'harmonie et de la paix. La distraction était tout ce qu'il connaissait.

◦⁓◦

*H*eureusement, Sarah avait réussi à contenir ses larmes jusqu'à ce qu'elle ait quitté la maison. Elle ne pleura pas longtemps : les larmes de colère ne duraient jamais aussi longtemps que les larmes de tristesse.

C'était de sa faute. Elle n'aurait jamais dû insister auprès de Felix. Le regard d'Anthony… Aussi en colère qu'elle soit contre lui, elle se sentait terriblement mal. Elle était déver-gondée et égoïste, et ses parents auraient été horrifiés.

Non, elle n'allait pas penser à eux maintenant, car elle verserait alors des larmes de tristesse, elle se fondrait en une flaque, et jamais plus elle ne trouverait le chemin de la maison. Pour l'heure, elle avançait d'un pas décidé sur le sentier menant à l'étang, sans véritable but. Et elle ne voulait pas retourner à l'étang.

Elle préféra couper à travers la pelouse et se reprocha intérieurement de ne pas avoir apporté de chapeau, car le temps était chaud et lumineux. Elle commençait à transpirer, alors elle ralentit l'allure. Elle aurait dû retourner à la maison pour prendre un bain, en particulier pour se nettoyer à cause de ce qui s'était produit plus tôt.

Elle s'arrêta et ferma les yeux, laissant l'énormité de ce qu'elle avait fait lui peser sur les épaules. La culpabilité et la honte menaçaient, mais pourquoi se laisser aller à ces émotions ?

Parce que c'était ce que sa mère aurait voulu qu'elle ressente. Sa gorge commença à s'obstruer.

— Mademoiselle Colton ?

La voix féminine empêcha Sarah de sombrer dans un puits de désespoir. Elle ouvrit les yeux et cligna des paupières dans la lumière de l'après-midi.

— Madame Vane ?

— Je vous en prie, appelez-moi George.

La femme arborait un sourire chaleureux, qui procura à Sarah une dose de réconfort bienvenue.

— Vous avez oublié votre chapeau, remarqua-t-elle.

George souriait toujours, et elle eut l'impression qu'elles partageaient une plaisanterie.

— C'est vrai, et c'est plutôt ironique.

George pencha la tête.

— Ah oui ?

— Je crée des chapeaux. C'est déjà étrange de sortir sans, mais pour moi, c'est presque un crime.

— Je n'ai aucun sens de la mode, dit George en montrant sa robe marron terne. Bien sûr, dans ma profession, j'en ai rarement besoin.

Profession. George était une femme avec un emploi.

— Comment est-ce de travailler ? l'interrogea Sarah.

La jeune femme haussa les épaules.

— J'aime ce que je fais, si c'est ce que vous voulez dire.

— J'aimerais ouvrir une boutique de modiste.

— Oh ! s'exclama George, dont les yeux s'arrondirent de surprise. Le magasin sur Vigo Lane ? Felix m'a demandé d'organiser l'inspection de la propriété et j'ai communiqué avec son avocat au sujet du bail. J'ignorais que la boutique était pour vous. Il ne l'a pas dit.

Sarah s'émerveilla des compétences de cette femme, et ressentit une pointe de jalousie. Visiblement, Felix se reposait sur elle. Ce devait être… bon.

— Vous l'appelez Felix.

— Nous nous connaissons depuis que nous sommes enfants, et même s'il était déjà Lord Bramfield à l'époque, il m'a toujours demandé de le tutoyer et de l'appeler Felix. Nous avions l'habitude de pêcher dans l'étang et de nous balancer sous le saule. J'ai essayé de l'appeler Lord Ware, une fois qu'il est devenu comte, mais il me l'a interdit. À dire vrai, à treize ans, aucun garçon ne devrait être appelé *lord*, à moins que ce ne soit *Lord Idiot.*

Sarah rit.

— Je suis très heureuse d'être tombée sur vous. Cela vous dérangerait-il que je vous accompagne dans votre promenade ?

— Êtes-vous sûre de ne pas vouloir rentrer chercher un chapeau ?

— Non, j'apprécie la chaleur du soleil.

Le lendemain, elle aurait sans doute quelques taches de rousseur, mais qui s'en soucierait ?

— Je suis simplement en route pour rendre visite à ma mère. Vous pouvez vous joindre à moi.

— J'aimerais bien, merci, répondit Sarah en commençant à marcher aux côtés de George. Où se trouve la maison de l'intendant ?

Elle n'y était pas allée.

— Pardonnez-moi pour la confusion, dit George avec un soupçon d'excuse. Ma mère est décédée il y a deux ans. Elle est enterrée dans la parcelle de Ware, et je me rends sur sa tombe.

Et tout à coup, la tristesse que Sarah s'était efforcée de garder à distance revint, lui serrant la gorge.

George lui toucha doucement le bras.

— Je ne voulais pas vous bouleverser. Ce doit être une période difficile.

Période que Sarah n'avait fait que compliquer.

— Je croyais que cela allait mieux, mais…, commença-t-elle avant que sa voix se brise.

— Ma mère était malade, expliqua George alors qu'elles gravissaient une pente douce. Je savais qu'elle allait mourir, mais cela n'a pas rendu les choses plus faciles.

— Mes parents ont été assassinés, raconta Sarah d'une voix douce, mais ferme, ce dont elle était reconnaissante. Mais vous le savez probablement. Nous n'étions pas du tout préparés à… cela.

— Je le savais, et je suis sincèrement navrée pour votre perte. Je suis sûre que Felix a fait de son mieux pour alléger vos souffrances. Il est exceptionnellement doué pour cela.

— Oui, murmura Sarah.

Elle savait que George ne pouvait pas se douter à quel point Felix l'avait apaisée, et elle n'avait certainement pas l'intention de le lui dire. Sauf s'ils se mariaient. Sarah ne pourrait pas le cacher.

Était-elle en train de réfléchir à sa demande ? Enfin, si l'on pouvait appeler cela une demande.

Alors qu'elles arrivaient au sommet de la colline, elles aperçurent le cimetière. Il y avait un petit bâtiment en pierre.

— Est-ce une église ?

— Oui, répondit George. Mais depuis que je vis ici, la famille ne l'a pas utilisée en tant que telle. Elle abrite la crypte de la famille Ware. Ma mère est enterrée à l'extérieur.

Le cœur de Sarah se serra. Elle ne s'était pas encore rendue sur la tombe de sa mère à Oaklands. Elle n'avait pas assisté à l'enterrement, bien sûr, et elle n'avait pas voulu la voir. Il le fallait. Peut-être bientôt.

— Les parents de Felix sont-ils là-dedans ? s'enquit Sarah alors qu'elles descendaient la colline.

— Oui, mais il ne vient jamais.

— Pourquoi ?

C'était un endroit magnifique, niché au pied d'une colline, avec deux grands chênes en sentinelle et des fleurs sauvages parsemant le paysage.

— Je pense que c'est parce qu'il n'a jamais connu sa mère. Il ne ressent tout simplement pas de lien avec elle.

— Mais c'était sûrement le cas avec son père ? demanda Sarah.

Elle se souvenait de ce qu'il avait dit à propos de l'oubli, et elle se demandait si peut-être George se souvenait.

— Pas vraiment. Le comte buvait à l'excès… pardon, pour moi, c'est le père de Felix le comte.

Elle s'avança vers un groupe de nénuphars, de marguerites et de géraniums.

— Je vais cueillir quelques fleurs pour ma mère.

Sarah la suivit, mais elle était très curieuse d'en savoir plus sur le père de Felix et elle voulait entrer dans l'église pour voir sa tombe, ainsi que celle de sa mère. Elle ne pouvait s'empêcher de poser des questions sur l'ancien comte.

— Felix n'était donc pas proche de son père ?

Sa passion pour la boisson aurait-elle empêché une relation familiale ? Et le problème était-il que Felix ne voulait pas se souvenir plutôt qu'il était incapable de le faire ?

— Pas vraiment. Le comte était presque toujours en proie à la mélancolie. Ma mère disait qu'il ne s'était jamais remis de la perte de sa femme, expliqua-t-elle, se baissant pour cueillir une poignée de fleurs. C'est triste, quand on y pense. Je ne sais pas comment je pourrais continuer sans M. Vane. Je le

ferais, parce que je n'aurais pas le choix, mais ce serait difficile. Bien plus que de perdre ma mère, je crois, qui me
manque tous les jours.

Le ton de George ne laissait planer aucun doute sur
l'amour qu'elle portait à son mari et à sa mère.

— Avoir autant d'amour dans sa vie est un véritable
cadeau. Vous avez beaucoup de chance, dit Sarah d'une voix
douce.

George lui adressa un sourire chaleureux.

— J'ai de la chance. Et je suis reconnaissante. J'ai eu la
chance d'avoir Felix aussi. En plus de m'offrir une opportunité qu'aucun autre homme n'accorderait à une femme, il a
été un soutien et un ami incroyables. Lorsque ma mère est
décédée, il a toujours été présent, avec sa gentillesse et ses
rires, pour mon père et moi. Mais c'est sa nature.

C'était vrai, mais Sarah commençait à penser qu'il y avait
une raison à cela.

— J'imagine que vous avez fait la même chose pour lui à
la mort de son père.

George rassembla les fleurs qu'elle avait cueillies, et
conduisit Sarah vers le cimetière.

— Bien sûr, mais ce n'était pas nécessaire. Honnêtement,
la mort du comte a été un soulagement pour nous tous.

— Il n'était pas triste ? s'enquit Sarah, qui avait du mal à
comprendre comment c'était possible.

Elle n'avait pas toujours été d'accord avec ses parents, et
Dieu savait que leurs relations avaient été tendues sur la fin,
mais elle n'arrivait pas à imaginer qu'elle pourrait se sentir
soulagée ou ne pas être triste.

— En tout cas, il ne l'a pas montré, mais vous savez
comment il est.

George franchit la grille du cimetière, et Sarah tendit la
main pour la maintenir ouverte.

Oui, elle savait comment il était, et maintenant, elle

commençait à comprendre. Elle essaya de se souvenir d'un moment où il avait exprimé une émotion forte, de la colère, de la déception, de la tristesse... de l'amour.

Sarah se tint en retrait pendant que George se rendait sur la tombe de sa mère. Après avoir déposé les fleurs, elle parla doucement, prononçant des mots que Sarah ne pouvait pas entendre, et qu'elle ne cherchait pas à écouter. Ensuite elle porta la main à ses lèvres et pressa le bout de ses doigts sur la pierre. La gorge de Sarah se serra, et des larmes lui brûlèrent les yeux.

Elle se retourna et se dirigea vers l'église. Faisant le tour du bâtiment jusqu'à l'avant, elle ouvrit la porte et entra dans l'édifice plongé dans la pénombre. Une grande fenêtre au-dessus de la porte fournissait la plus grande partie de la lumière, mais des fenêtres plus petites étaient disposées à intervalles réguliers sur les côtés. Il y avait deux rangées de bancs de chaque côté de l'allée, et l'autel se trouvait à l'extrémité opposée.

George entra derrière elle.

— La tombe des Ware se trouve derrière l'autel. Voulez-vous la voir ?

Même si elle se sentait un peu intrusive, Sarah décida qu'il n'était pas étrange de vouloir rendre hommage à ses futurs beaux-parents.

Envisageait-elle vraiment de se marier ? Elle avait déjà refusé sa demande. Il devait certainement être au comble du soulagement, et elle ne s'attendait pas à ce qu'il lui pose à nouveau la question.

— Si vous estimez que ce n'est pas un problème, répondit Sarah.

— Ce n'est pas un souci.

Sarah suivit George dans l'allée et derrière l'autel. Les tombes étaient superposées à l'intérieur du mur, avec les noms et les dates gravés sur la face de chacune d'entre elles.

George se déplaça vers la droite et fit un geste vers le sol.

— Les parents de Felix sont ici.

Sarah s'accroupit pour lire leurs noms, celui de son père en bas et celui de sa mère au-dessus. Mary Havers, la comtesse de Ware, était décédée le 1er juillet.

— Après-demain, ce sera l'anniversaire de sa mort.

George acquiesça.

— L'anniversaire de Felix.

Sarah se releva en clignant des yeux.

— Je n'avais pas fait le rapprochement, mais bien sûr.

Parce que sa mère était morte en le mettant au monde.

— Je viens de me rendre compte que je n'ai jamais su quand était l'anniversaire de Felix.

La seule raison pour laquelle cela l'interpellait était que Felix ne manquait jamais de se souvenir de son anniversaire ou de celui d'Anthony. Ou de ceux qu'il considérait comme des amis proches. En fait, elle se souvenait de la fête d'anniversaire qu'il avait organisée pour les vingt et un ans de son frère. Elle n'avait fait qu'en entendre parler, parce qu'elle n'avait pas été invitée.

Soudain, elle eut envie de faire quelque chose de gentil pour lui, comme il l'avait toujours fait pour les autres.

— Nous devrions faire une fête pour l'événement, vu que nous sommes ici, ainsi que Lavinia et Beck.

George secoua la tête.

— Je ne crois pas qu'il aimera, dit-elle avant de hausser les épaules, semblant changer d'avis. Peut-être faudrait-il lui poser la question.

— Je le ferai.

Sarah était plus que jamais curieuse de le connaître. Elle regarda encore un moment les noms sur la pierre, puis annonça à George qu'elle était prête à partir.

— Vous retournez à la maison ? s'enquit la jeune femme alors qu'elles sortaient de l'église.

C'était sans doute ce qu'elle aurait dû faire, mais elle n'avait pas particulièrement hâte de voir Felix ou Anthony. Cependant, elle voulait parler à Lavinia.

Beck et elle avaient-ils entendu Anthony crier ? Ou frapper Felix ? Sarah tressaillit au souvenir du coup de poing ; elle espérait que Felix allait bien. Elle ne lui avait même pas posé la question avant de s'enfuir de la maison.

La maison… George lui avait demandé si elle y retournait.

— Tout à l'heure, répondit Sarah avec un vague sourire. C'est une si belle journée.

— Je vais voir mon père. Vous êtes la bienvenue si vous voulez m'accompagner… j'apprécie votre compagnie.

Elle lui adressa un nouveau sourire chaleureux, et Sarah la remercia pour l'invitation.

Il y avait dix minutes de marche jusqu'au cottage de l'intendant, une charmante maison à un étage avec un toit de chaume. Située derrière les écuries, il n'était pas étonnant que Sarah ne l'ait pas vue ou n'y soit pas allée. Bien sûr, elle n'avait pas non plus de raison de la chercher.

— C'est ici que vous avez grandi ? s'enquit Sarah.

— Oui. C'était suffisamment près des écuries pour que je joue les pestes dans le but d'apprendre à monter à cheval en même temps que Felix.

— Avez-vous le même âge ? demanda Sarah, qui pensait que George était plus jeune que Felix, qui avait vingt-huit ans.

— Presque. J'aurai vingt-huit ans au début de l'année prochaine.

— Felix et vous avez vraiment grandi ensemble.

— Oui, sans doute. Du moins, jusqu'à ce que Felix aille à Eton. Votre frère y est allé aussi, n'est-ce pas ?

Sarah acquiesça. Elle pensa alors à Anthony. Elle ne pouvait pas éviter de le voir. Elle devait lui faire comprendre pourquoi elle ne devait pas épouser Felix juste à cause de ce qui s'était passé.

Sarah s'arrêta net sur le chemin.

— Je devrais retourner à la maison. Merci beaucoup de m'avoir permis de vous accompagner.

George s'arrêta à son tour et se tourna face à elle.

— C'était un plaisir. J'espère que nous pourrons recommencer. Si vous décidez de parler à Felix de son anniversaire, s'il vous plaît, faites-moi savoir ce qu'il dit et si je peux aider à quoi que ce soit. J'aimerais faire quelque chose de gentil pour lui, pour une fois.

— Moi aussi.

Sarah lui sourit, puis tourna les talons et prit la direction de la maison, ravie qu'il y ait de l'ombre sur cette partie du chemin.

Alors qu'elle tournait le coin des écuries pour se diriger vers la maison, elle faillit percuter Martin Havers, l'oncle de Felix. Elle s'arrêta avant qu'ils ne se heurtent.

— Doux Jésus ! J'ai bien peur de marcher un peu trop vite, dit-il d'un ton jovial. Je vous prie de m'excuser.

— Ce n'est pas grave, répondit Sarah, lui rendant son sourire.

Elle commença à reprendre sa route.

Il fronça les sourcils en regardant sa tête nue.

— Qu'est-il arrivé à votre chapeau ?

— Il s'est envolé.

Il sembla déconcerté.

— Mais il n'y a pas de brise.

— Je plaisantais.

— Ah ! s'exclama-t-il, mais sans faire mine de s'écarter de son chemin. C'est tellement différent de vous avoir ici, votre frère et vous, et maintenant, vous êtes plus nombreux.

Sarah trouva sa remarque étrange. Ce n'était pas comme si Martin passait du temps à la maison. Car, en dehors du dîner organisé à leur arrivée, elle ne l'avait pas vu. Pourquoi trouverait-il leur présence *différente* ou quoi que ce soit d'autre ? Elle ignorait comment répondre.

— J'imagine que vous resterez aussi longtemps que vous le pourrez, dit-il, le front plissé. J'espère que vous n'avez pas d'attentes irréalistes en ce qui concerne Felix.

De quoi diable parlait-il ? Sarah cligna des yeux.

— Je ne crois pas que ce soit le cas, dit-elle d'une voix hésitante.

— Cela me réconforte de l'entendre. Je me posais la question, vu comment vous le regardez. Vous devez savoir qu'il ne se mariera jamais.

— Tout le monde le sait, répondit-elle sans dissimuler la dérision dans sa voix.

Martin souffla, puis sourit d'une manière tout à fait condescendante.

— C'est bon à entendre. Je ne fais que m'occuper de mon neveu, vous comprenez.

Non, elle ne comprenait pas.

— Je ne crois pas que ce soit le cas. Je pense que vous cherchez à protéger les intérêts de votre fils. Si Felix se marie et qu'il a un enfant, votre fils n'héritera pas comme vous l'entendez.

Sarah se demanda si Martin n'avait pas fait entrer l'idée de ne pas se marier dans l'esprit de Felix des années auparavant, peut-être même dès la mort de son père.

Il écarquilla les yeux, et ses lèvres remuèrent, mais le seul son qui en sortit fut une série de halètements. Finalement, il parvint à articuler :

— Vous vous oubliez !

— Je pense que c'est vous qui vous oubliez. Il se trouve que Felix m'a demandée en mariage et que j'ai accepté.

Les mots s'envolèrent de sa bouche avant qu'elle ne puisse y réfléchir.

Les yeux de Martin, déjà grands et écarquillés, lui sortirent quasiment de la tête.

— Vous venez de dire que tout le monde sait qu'il ne se mariera jamais !

— Je faisais preuve de politesse face à votre présomption et votre impolitesse. J'avais prévu de laisser Felix vous annoncer la nouvelle, mais je ne peux pas me contenir.

— Cela n'arrivera jamais. Je ne sais pas quel sort vous lui avez jeté, mais il est absolument déterminé à rester célibataire.

— Plus maintenant.

Elle lui jeta un dernier regard, puis le contourna en se hâtant de rejoindre la maison.

Le cœur battant à tout rompre, elle se demanda ce qu'elle venait de faire. Avait-elle changé d'avis quant à l'idée de l'épouser ? Apparemment, oui. Mais, et s'il ne voulait pas l'épouser ?

Bien sûr qu'il ne voulait pas l'épouser, il ne l'avait demandée en mariage que parce qu'Anthony les avait surpris ensemble. Elle avait refusé parce qu'elle savait qu'il n'en avait pas envie.

Seulement, elle le voulait.

Son pas ralentit lorsqu'elle le comprit, au moment où elle s'approchait de la porte arrière qui menait au salon. Elle voulait l'épouser. Parce qu'elle était amoureuse de lui.

CHAPITRE 13

C'était une sensation désagréable, le sentiment qu'il avait fait quelque chose de mal, ce qui était le cas, et qu'il ne pouvait pas réparer. Vraisemblablement, c'était impossible. Son amitié avec Anthony était gâchée, et son… Que partageait-il avec Sarah ? Une amitié ? Oui, ils en avaient eu une. Mais tout avait changé après ce baiser à Darent Hall.

Et merde !

Il détestait se sentir ainsi. Il avait passé sa jeunesse dans un état de bouleversement constant, le ventre noué, craignant le prochain accès de colère de son père et sachant qu'il était impuissant à l'arrêter. Depuis la mort de son père, il avait passé sa vie à faire tout ce qui était en son pouvoir pour ne plus jamais éprouver ce sentiment d'impuissance. Et il était là, tendu et affaibli, tout cela à cause de son sexe.

Non, c'était plus que cela. *Sarah* était bien plus que cela. Mais il ne voulait pas qu'elle le soit.

Réfléchis, Felix, réfléchis.

Il faisait les cent pas dans son dressing. Il devait y avoir un moyen de détourner la situation, de persuader Anthony que tout irait bien. Qu'il n'avait pas à s'inquiéter pour Sarah. Elle avait décliné sa demande en mariage.

Il s'arrêta. Il n'avait pas à s'inquiéter pour elle ? Bon sang ! Il lui avait volé son innocence.

Le pensait-il vraiment ? Il s'était comporté comme un brigand, mais il n'était pas le seul à blâmer. Il se passa une main sur le visage, regrettant de ne pouvoir effacer toute cette journée.

Vane passa la tête dans le dressing.

— Mlle Colton demande à vous voir. Que dois-je lui dire ?

Felix baissa les yeux sur sa tenue, comme s'il ne se souvenait pas de son état vestimentaire. Et peut-être qu'il ne le pouvait pas. Il se trouvait qu'il était presque prêt pour le dîner.

— Votre veste est là, dit Vane, indiquant d'un geste le vêtement accroché à la porte de l'armoire.

Felix la prit au crochet et glissa son bras dans une manche. Vane s'approcha pour l'aider.

— Où est-elle ? demanda Felix.

— Juste dehors.

— Je vais la recevoir, dit Felix, pinçant les lèvres dans une grimace sombre.

— Vous n'avez peut-être pas envie de donner l'impression que vous montez à l'échafaud, suggéra Vane.

— Je vais essayer, murmura Felix.

Il afficha une expression impassible avant de sortir de sa chambre. Il entra dans la pièce de réception extérieure qui menait à l'extrémité de la longue galerie traversant le premier étage.

Sarah avait l'air tout aussi tourmentée que lui, le visage pincé, les mains jointes. Que s'étaient-ils donc fait l'un à l'autre ?

Il s'approcha d'elle et lui prit la main, sans pouvoir s'empêcher d'essayer de soulager sa douleur.

— Qu'est-ce qui ne va pas ?

— Tout ?

Ses lèvres se courbèrent en un petit sourire et, miraculeusement, il sentit qu'il se détendait un peu. Elle lui toucha la joue, ce qui le fit grimacer.

— J'allais te demander si cela faisait mal, mais je crois que tu viens juste de répondre à cette question.

Sa peau était devenue violette au cours de la dernière heure.

— C'est sans doute moins que je le mérite. Je suis sincèrement désolé pour tout à l'heure, dit-il. C'était entièrement de ma faute.

— Non, pas du tout, et ne me contredis pas. S'il faut vraiment un fautif, ce sera moi. Je devrais regretter ce qui s'est passé, mais… ce n'est pas le cas.

Elle retira sa main de la sienne et se retourna, les mains jointes et les épaules tendues.

Elle inspira profondément.

— J'ai dit à ton oncle que nous allions nous marier.

Pendant un instant, Felix ne trouva pas la bonne réponse. *Existait-il* une bonne réponse ?

— Mais tu as refusé ma demande.

— Oui, mais il était si arrogant à propos de toi et de ton droit d'aînesse, et je ne pouvais pas rester là et le laisser te le voler.

Elle avait les paupières mi-closes, et le menton relevé en signe de défi.

— Me le voler ? Pourquoi penses-tu une chose pareille ?

Elle desserra ses mains et s'avança vers lui.

— Parce que c'est ce qu'il fait ! Il croyait que j'avais des vues sur toi, et il a estimé qu'il était de son devoir de m'informer que tu ne te marierais jamais. Même quand je lui ai annoncé que nous étions fiancés, il a dit que tu n'irais pas jusqu'au bout.

— Mais nous ne sommes pas fiancés, protesta-t-il, ne sachant pas vraiment de quoi il s'agissait. À moins que tu ne sois en train de me dire que tu as changé d'avis.

Elle prit une nouvelle inspiration et releva le menton.

— Oui, j'ai changé d'avis.

Oh, merde !

Le ventre de Felix se noua à nouveau, et il se retrouva à batailler contre un tumulte d'émotions.

— Tu n'avais pas tort. Je ne souhaite pas me marier. Rien n'a changé.

— J'espère quand même que *quelque chose* a changé, dit-elle, blêmissant. Ce n'est pas juste de ma part. Tu n'as pas demandé cela.

— Je ne voulais pas dire cela comme ça, dit-il en essayant de mettre des mots sur ses pensées. Bien sûr que les choses ont changé. Elles ont changé à Darent Hall, et il est clair que nous ne pouvons pas revenir en arrière.

Il s'approcha d'elle, ne laissant que quelques centimètres entre eux.

— Je voulais dire que mes sentiments à l'égard du mariage n'ont pas changé. Mais si je dois épouser quelqu'un, je préfé-rerais que ce soit toi.

Elle le dévisagea un moment, et il n'avait aucune idée de ce qu'elle pensait. Enfin, elle dit :

— Merci ?

Il sourit, et sa tension se relâcha à nouveau, pas complète-ment, mais un peu.

— Les gens se marient pour toutes sortes de raisons, et beaucoup d'entre eux ne finissent même pas par s'apprécier. Il suffit de regarder ma tante et mon oncle. Au moins, nous nous apprécions mutuellement. J'espère que nous resterons toujours amis, et je pense que cela ferait un mariage plutôt réussi.

Elle n'avait pas l'air convaincue.

— Seulement en tant qu'amis ?

— Eh bien, un peu plus que cela. Il semble que nous soyons plutôt attirés l'un par l'autre.

Elle rougit, et il se demanda s'il se lasserait un jour de la voir faire cela.

— Il semblerait, oui, murmura-t-elle.

— Alors nous nous marierons.

Au moment où il prononçait ces mots, il eut l'impression que son corps se détachait de son cerveau et flottait au loin.

— Oui, répondit-elle avec un regard hésitant. Si cela te convient.

— Cela me convient.

À peine. Comment allait-il faire cela ?

Comme tu fais tout le reste, comme si cela ne te touchait pas. Reprends-toi.

— Ton oncle ne va pas être content, remarqua-t-elle.

— Tu as sans doute raison, mais ce n'est pas mon problème. Et, de toute façon, nous n'aurons peut-être pas de fils.

Sarah haussa les sourcils, mais ne répondit rien. Au lieu de cela, elle dit :

— Nous devrions le dire à Anthony.

Le malaise de Felix s'accentua. Anthony serait satisfait, mais il craignait toujours que leur amitié ne soit irrémédiablement abîmée. Quoi qu'il dise, le frère de Sarah ne pourrait jamais oublier ce qu'il avait vu, ou changer ce qu'il croyait, à savoir que Felix avait profité de sa sœur dans un moment où elle était extrêmement vulnérable. Le croyait-elle aussi ?

— Sarah, je veux que tu saches que je n'ai jamais voulu profiter de toi.

— Bien sûr que je le sais. Tu as essayé de me dissuader de faire des bêtises. J'ai juste…, dit-elle, détournant le regard. J'ai peut-être cédé à mon propre sentiment de solitude.

Elle reporta son regard sur celui de Felix, les yeux brillants de larmes.

— Je suis désolée de t'avoir mis dans cette situation. Si tu n'as vraiment pas envie de te marier, Anthony finira par comprendre.

Cela n'arriverait pas. Felix réduisit la distance qui les séparait et la prit dans ses bras, l'attirant contre son torse. Elle posa la joue sur sa veste et l'étreignit à son tour.

— Je ne vais pas t'épouser pour sauver mon amitié avec Anthony. Mais je vais être honnête, et te dire que j'espère qu'elle pourra l'être. Pour l'instant, je ne suis pas optimiste. Je t'épouse parce que je suis un homme d'honneur, et que je ne l'ai guère montré jusqu'à présent.

Elle leva les yeux vers lui.

— Cesse de te dénigrer.

— Je le ferai si tu le fais, dit-il d'un ton taquin, et il se réjouit du sourire qu'il obtint.

— Très bien.

Il recula d'un pas.

— Allons trouver Anthony.

Felix prit le bras de Sarah, et ils se rendirent à la chambre de son frère. Ils frappèrent deux fois, et la porte s'ouvrit enfin. Anthony tenait un verre vide à la main, et les regardait d'un air renfrogné.

— Nous allons nous marier, annonça Sarah.

— Bien.

Cela ressemblait davantage à un grognement qu'un mot. Il porta le verre à ses lèvres et but. Constatant qu'il était vide, il fronça les sourcils et l'abaissa.

— Quand ?

Sarah regarda Felix. Ils n'avaient pas abordé ce sujet.

— Dès que tu le voudras, répondit Felix, espérant que Sarah trouverait cela acceptable.

Anthony expira, et il apparut évident que cela faisait un

certain temps qu'il buvait. Il y avait sans doute passé tout l'après-midi.

— Il ne serait pas opportun que cela se fasse dans un avenir proche, leur dit-il, les regardant comme deux enfants qui avaient fait des bêtises. D'ici un mois, cela devrait suffire.

Felix se tourna vers Sarah.

— Veux-tu te marier à Ware ou à Harlow ? Ou à Londres ?

— Ware, répondit Anthony, attirant l'attention de Sarah sur lui.

Elle hocha la tête, et Felix se demanda pourquoi tous les deux semblaient préférer cette solution.

— Je pars pour Epping demain, dans la matinée, annonça Anthony avec une moue féroce. J'ai appris tout à l'heure que les bandits de grand chemin avaient attaqué une autre calèche. L'un d'entre eux a été blessé et emmené chez le magistrat. Je vais veiller à ce qu'il soit pendu pour meurtre.

C'était donc cela, ses nouvelles, la raison pour laquelle il avait fait irruption dans le bureau de Felix alors que la porte était fermée. Celui-ci ne doutait pas que, si son ami avait débarqué dans son bureau, c'était pour lui demander de l'accompagner à Epping.

— Je pourrais venir avec toi, proposa Felix, espérant que leur amitié n'était pas entièrement détruite.

Il tourna les yeux vers Sarah.

— Es-tu certaine que tu ne préférerais pas ta propre paroisse ? Je pourrais m'arrêter à Harlow et obtenir la licence.

— Je n'ai pas besoin que tu viennes, intervint Anthony.

C'était la réponse que Felix redoutait : aux yeux du frère de Sarah, leur amitié était morte. Et il n'était pas certain de lui en vouloir.

Un sentiment de perte le transperça, lui coupant le souffle. *Non*, il ne se laisserait pas abattre.

— Tu pourrais peut-être envisager d'emmener Beck, suggéra Felix. Si tu n'as pas envie d'y aller seul.

Anthony le fixa d'un regard froid, ce qui lui fit penser qu'il n'était pas aussi ivre qu'il l'avait supposé.

— La solitude ne me dérange pas. Plus maintenant.

Tous trois restèrent debout là en silence, jusqu'à ce qu'Anthony reprenne la parole.

— Y a-t-il autre chose ?

— Non, je ne crois pas, répondit Felix d'une voix qu'il espérait normale en dépit de sa gorge nouée. Devons-nous t'attendre pour le dîner ?

— Je ne crois pas.

Anthony laissa échapper un léger grognement, puis leur ferma la porte au nez.

Felix sentit Sarah se crisper à ses côtés.

— Il a juste besoin de temps pour surmonter sa colère.

— Et sa tristesse, ajouta-t-elle, l'air triste elle aussi. S'il le peut.

Elle lui lança un regard curieux, presque interrogateur, qui le mit un peu mal à l'aise.

Il se détourna de la porte d'Anthony, luttant contre le sentiment de perte qu'il ne voulait pas ressentir, et tentant désespérément de se concentrer sur autre chose. Une chose qu'il pourrait gérer. Qu'il pourrait contrôler.

Il suggéra qu'ils descendent dîner et lui offrit son bras.

— Alors, le mois prochain, nous nous marierons à Ware ? Je peux obtenir la licence demain.

Elle posa la main sur sa manche, et ils s'engagèrent dans les escaliers.

— Qu'en est-il de ton église familiale ? demanda-t-elle, et sa question le surprit. Le pasteur pourrait peut-être y célébrer la cérémonie.

Le cœur de Felix battait si fort qu'il craignait qu'elle ne puisse l'entendre.

— Tu connais l'église ?

— Je l'ai visitée aujourd'hui avec George, expliqua-t-elle au moment où ils tournaient pour commencer à descendre au rez-de-chaussée. C'est un endroit magnifique.

— Je, euh… je préfère me marier à Ware.

Il n'allait jamais à l'église. Son père l'y avait traîné chaque année jusqu'à sa mort. Felix n'y était pas revenu.

À mi-chemin de l'escalier, elle faillit le faire chuter jusqu'en bas.

— Ton anniversaire est après-demain. Et si nous faisions une fête ? Anthony ne sera pas là, mais Lavinia et Beck, oui. Je crois qu'ils ont l'intention de rester au moins une semaine de plus.

— Je n'ai pas besoin d'une fête. Nous devrions nous concentrer sur la préparation de la célébration du mariage.

Oui, il devait se concentrer sur *n'importe quoi* d'autre. Elle plissa le front alors qu'ils arrivaient au bas des escaliers.

— Nous ne devrions pas vraiment faire de fête. C'est trop tôt après mes parents.

Il se saisit de l'excuse, conscient qu'elle n'était peut-être pas adaptée, mais il s'en moquait.

— Alors nous ne devrions certainement pas fêter mon anniversaire.

Elle retira sa main de son bras et se tourna vers lui, le front toujours plissé d'inquiétude.

— Il n'y a aucune raison de ne pas le faire. Sauf si tu préfères que nous nous abstenions.

Acculé, il profita de la sortie qu'elle lui offrait.

— Je préférerais que nous nous abstenions.

C'était aussi la vérité.

— Pourquoi pas ? Tu travailles si dur pour divertir tout le monde. Ne pourrions-nous pas te divertir pour une fois ?

Flatter. Flirter. Esquiver. Fais ce qu'il faut pour détourner l'attention et faire diversion.

— Sarah, je croyais qu'il était évident que tu me divertissais énormément.

Elle plissa légèrement les yeux.

— Tu aurais bien besoin d'un peu de plaisir pour toi-même.

Il avait envie de protester, de lui crier que c'était à cause de cela qu'il se retrouvait précipité dans ce désastre conjugal. Mais il n'en fit rien. À la place, il sourit et lui prit à nouveau le bras.

— Alors je te laisse le soin de me donner des cours.

Il lui adressa un sourire séducteur, et la conduisit à la salle à manger.

— Je m'en réjouis, répondit-elle avec un regard en coin. Et toi aussi, tu t'en réjouiras.

Il n'avait aucun doute à ce sujet.

~

*U*ne fois de plus, Sarah et Lavinia étaient assises ensemble sur le canapé du salon après le dîner. Anthony ne s'était pas joint à eux, et ne s'était pas excusé pour son absence non plus. Felix avait raconté à Beck et Lavinia que le bandit de grand chemin avait été blessé.

Après cela, Sarah et Felix avaient partagé la nouvelle de leur futur mariage, mais sans donner les détails qui l'avaient motivé. Cela devait être assez évident, du moins pour Lavinia, compte tenu de ce que son amie lui avait raconté et des conseils qu'elle lui avait prodigués.

— Maintenant que nous sommes seules, tu peux tout me dire, dit Lavinia dès qu'elles furent assises et que le valet de pied fut parti après avoir déposé leurs verres de sherry sur une table. Pourquoi diable épouses-tu Felix ?

— La meilleure question n'est-elle pas de savoir pourquoi Felix m'épouse ?

Sarah rit doucement. Ce n'était pas vraiment drôle, mais que pouvait-elle faire d'autre dans cette situation ? Elle avait imposé le mariage à un homme qui n'en voulait pas.

— Probablement, mais je n'allais pas te le demander comme ça, dit Lavinia, se rapprochant de son amie. Vous avez fait l'amour, n'est-ce pas ?

— Oui, mais cela n'aurait pas suffi à nous obliger à nous marier. Anthony est entré.

La mâchoire de Lavinia se décrocha.

— Quelle horreur ! Pour tout le monde !

— *Nous avions terminé*, précisa Sarah, estimant qu'il était important de clarifier cette partie. Malgré cela, ce que nous avions fait était évident.

— Felix n'a donc pas eu d'accident dans les écuries aujourd'hui ? demanda Lavinia, faisant référence à l'excuse qu'il avait donnée pour son ecchymose au dîner.

Sarah secoua la tête.

Lavinia ricana doucement.

— J'ignore pourquoi il a menti. Ce n'est pas comme si Beck et moi n'allions pas finir par le découvrir. Je pense qu'il est en train de raconter la vérité à Beck. Et s'il ne le fait pas, je m'en chargerai. À ce propos, je dois t'informer que j'ai parlé à mon cher mari de Felix et toi, dit-elle en grimaçant. Nous n'avons pas de secrets l'un pour l'autre, et j'étais bien trop heureuse pour vous deux. J'espérais sincèrement que vous trouveriez un moyen de vous marier.

Sarah ouvrit la bouche pour parler, mais Lavinia poursuivit.

— Et Beck a dit quelque chose à Felix ce matin à l'étang. Il n'était pas très heureux que tu m'aies révélé votre relation.

— Je vois, répondit Sarah.

Mais il ne lui avait rien dit. D'un autre côté, quand aurait-il pu le faire ?

— Merci de me l'avoir dit. Je devrais peut-être cesser de te parler.

Lavinia grimaça à nouveau.

— Je suis sincèrement désolée. Si tu as besoin de me confier quelque chose en toute confidentialité, je te promets de ne rien répéter à Beck.

Sarah voyait à quel point cela lui serait difficile.

— Je pense que c'est bien que vous soyez si honnêtes l'un envers l'autre. C'est ainsi qu'un mariage devrait être, à mon sens.

Et c'était le mariage qu'elle voulait avec Felix. Mais comment avoir un mariage honnête lorsque l'un des deux aimait l'autre sans le lui dire ?

N'est-il pas plus judicieux de cacher à quelqu'un une chose qu'il ne veut pas entendre ?

Pensait-elle qu'il ne voulait pas entendre qu'elle l'aimait ? Peut-être.

Sarah exprima sa confusion et son inquiétude.

— Lavinia, je ne sais pas quoi faire.

— À propos de Felix ?

— Ses sentiments à l'égard du mariage n'ont pas changé. Il m'épouse pour faire plaisir à Anthony.

— Et à toi, j'espère.

— J'ai d'abord dit non. Je ne voulais pas le forcer alors que je savais qu'il n'en avait pas envie.

Elle déglutit pour ravaler la douleur qui lui obstruait la gorge.

— Ensuite, je me suis rendu compte que *moi*, j'en avais envie. Je veux Felix, dit-elle, triturant une perle cousue dans la jupe de sa robe. J'ai croisé son oncle, et il s'est montré tellement arrogant vis-à-vis de Felix et du domaine, comme si c'était lui, le comte, et non son neveu. Il a eu le culot de me dire que je ne devrais pas avoir de vues sur lui. Pourquoi pense-t-il une chose pareille ?

— Je l'ignore.

— Il a dit que c'était la façon dont je regarde Felix... Est-ce que je le regarde d'une certaine manière ?

— Tu le fais maintenant, oui, répondit Lavinia avec un petit sourire. Désolée. Mais il me semble plutôt évident que tu es éprise.

— Éprise ? répéta Sarah.

Elle se leva d'un bond et s'éloigna du canapé avant de se retourner et de fixer Lavinia. Elle était submergée d'émotions.

— Je ne suis pas éprise.

Oh, que si, tu l'es ! Tu penses constamment à lui. Tu rêves de lui. Tu es toujours impatiente de le revoir. Tu sais déjà que tu l'aimes, alors pourquoi le cacher à ta meilleure amie ?

Sarah plaqua la paume de sa main sur ses yeux et soupira. Ensuite, elle sentit Lavinia lui toucher l'épaule. Laissant retomber sa main, Sarah posa sur sa meilleure amie un regard de désespoir total.

— Je l'aime.

— Je sais, répondit Lavinia en la prenant dans ses bras.

Elles restèrent ainsi un moment avant qu'elle ne demande :

— Y a-t-il une chance qu'il t'aime aussi ?

— Comment pourrais-je le savoir ? L'as-tu déjà vu manifester une émotion au-delà de l'amusement ou d'un léger dégoût ? Et même pour cela, il faudrait quelque chose comme du fumier qui bloquerait un chemin.

— Non, c'est vrai, je ne l'ai pas vu faire. C'est intéressant que tu parles de cela, car Beck m'a dit quelque chose à ce sujet. Il a ajouté que Felix et lui ressentaient tous les deux des sentiments très profonds. Je dois avouer que j'ai ri.

Sarah recula et pressa brièvement ses mains sur ses joues rougies.

— Je l'aurais fait aussi. En fait, je ricane maintenant.

— Beck s'est expliqué, et je pense qu'il pourrait avoir raison. La différence, c'est que lui met toutes ses émotions dans sa musique et sa poésie. Où Felix place-t-il les siennes ?

Au bout d'une minute, Sarah suggéra :

— Dans ses divertissements ?

Lavinia approuva d'un hochement de tête.

— Ou bien nulle part.

Sarah laissa cette idée faire son chemin dans son esprit.

— Son anniversaire est après-demain, mais il ne veut pas de fête, dit-elle, concentrée sur Lavinia. Avec tout ce qu'il fait pour les autres, il refuse de se célébrer lui-même.

— Pour quelle raison, à ton avis ?

Sarah avait des soupçons, mais elle n'allait pas les partager. Pas avec Lavinia en tout cas.

Heureusement, elle n'eut pas à répondre, car les gentlemen entrèrent dans le salon.

— C'est bon, Felix m'a complètement convaincu que nous devions nous rendre à la grotte de Scott, annonça Beck.

— Tu n'auras pas à me convaincre, répondit Lavinia avec un sourire, retournant vers le canapé. Et si nous y allions demain ?

Beck prit place à côté d'elle, Sarah s'installa sur un fauteuil proche, et Felix dans un autre.

— Je ne sais pas, dit Beck. Felix et moi étions justement en train de parler d'Anthony, et nous nous demandions si nous devrions le suivre à Epping. Juste au cas où il aurait besoin de... quelque chose.

— Je ne crois pas que cela soit judicieux, intervint Sarah. Mais je devrais peut-être y aller. Vous avez raison de dire qu'il ne devrait pas être seul.

— Nous pourrions tous y aller, proposa Lavinia.

Felix acquiesça lentement.

— Je suppose que nous pourrions.

— Je ne suis quand même pas sûre.

Sarah songeait à l'état dans lequel se trouvait Anthony à cet instant. Il était toujours aussi bouleversé au sujet de leurs parents, mais, contrairement à Sarah, il n'était pas tombé amoureux au beau milieu de sa tristesse. De plus, il était furieux contre son meilleur ami et à peine moins en colère contre elle. Malgré tout, elle pensait vraiment qu'il ne fallait pas qu'il soit seul.

— Nous devrions le suivre à distance.

— Je recommande de lui donner une heure d'avance, proposa Beck.

Felix se leva.

— Je m'en occupe. Je vous vois tous demain matin.

Son regard s'attarda sur Sarah, puis il se retourna et sortit.

Un peu plus tard, elle était dans sa chambre, prête à se coucher. Elle n'était absolument pas fatiguée. Elle était consumée par un désir désespéré de voir, de toucher, et de parler à Felix. Pourquoi n'irait-elle pas dans sa chambre ? Ils étaient fiancés à présent.

Resserrant la ceinture de son peignoir, elle quitta la pièce et se rendit à sa chambre. Elle s'arrêta avant d'entrer : de mauvaises choses se produisaient lorsque les gens entraient à l'improviste.

Elle frappa et attendit anxieusement une réponse. Comme il n'y en avait pas, elle leva la main pour frapper à nouveau, mais la porte s'ouvrit.

— Sarah.

Felix avait l'air surpris de la voir. Il était aussi... déshabillé.

Il portait une robe de chambre en soie, et peut-être rien d'autre. Elle ne pourrait en être certaine que si elle la lui retirait. Soudain, Sarah eut la bouche sèche, et son corps s'enflamma.

Elle baissa les yeux vers les pieds de Felix. Ils étaient nus.

Ramenant son attention sur son visage, elle dut faire un effort pour se souvenir de la raison de sa venue.

— Puis-je entrer ?

Il tint la porte ouverte et s'écarta lorsqu'elle franchit le seuil.

Elle se tourna face à lui.

— Tu ne vas pas fermer la porte ?

Il haussa un sourcil, mais ne dit rien, et fit ce qu'elle demandait. Une fois la porte fermée, il s'y adossa, toujours sans rien dire.

— Je pensais que tu refuserais peut-être de me laisser entrer. Ou au moins de fermer la porte.

— Pourquoi devrais-je le faire ? Nous allons nous marier.

— Oui.

L'entendre le dire, ou peut-être était-ce le fait qu'il soit peu vêtu, à moins que ce ne soit parce qu'ils se trouvaient dans sa chambre, la fit rougir de désir.

— Ai-je raison de supposer que tu es venue ici pour me séduire à nouveau ?

Il s'avança, faisant deux pas pour se placer juste devant elle.

— Non, répondit-elle en secouant la tête, légèrement déstabilisée. Oui. Et pour parler.

Il haussa à nouveau les sourcils en attrapant la ceinture du peignoir de Sarah pour la détacher. Le devant du vêtement s'ouvrit, et l'impatience fit picoter ses seins.

— De quoi voulais-tu parler ?

Il repoussa le peignoir sur ses épaules et passa derrière elle pour le lui retirer. Il le déposa sur un fauteuil près de la cheminée et revint vers elle.

Sarah ne trouvait plus les mots pour exprimer ce qu'elle avait voulu dire. Elle voulait parler de ses parents. De son anniversaire. De ses sentiments.

Lui dire combien elle l'aimait.

Il saisit sa tresse qui reposait sur son épaule et commença à défaire les boucles.

— Cela fait des années que je ne t'ai pas vue les cheveux détachés.

Elle n'entendait plus rien que le battement régulier de son cœur, dont la vitesse augmentait à mesure qu'il s'activait, et que sa respiration s'accélérait. Lorsque ses cheveux furent détachés, il passa les doigts dans les mèches et les laissa retomber sur ses épaules et dans son dos.

— Magnifique. Comment se fait-il que je ne l'aie jamais vu avant ?

Il posait sur elle un regard émerveillé, comme s'il n'avait jamais vu quelque chose comme elle. Elle avait imaginé qu'un homme pourrait la regarder ainsi, mais sans jamais rêver que cet homme serait Felix. C'était à la fois déroutant et… juste.

— Tout comme je n'ai jamais vu que tu étais insupportablement beau.

Elle tendit la main vers l'une des deux attaches qui maintenaient la robe de chambre fermée.

— Es-tu… nu, là-dessous ?

Il acquiesça.

— Veux-tu voir ? Je t'en prie, dis oui, parce que je *désespère* de te voir.

Une chaleur intense inonda son ventre et elle détacha le vêtement, retenant son souffle lorsqu'il s'écarta pour révéler son torse. Elle posa les paumes à plat sur sa peau brûlante. Ses poils noirs la chatouillèrent lorsqu'elle passa le bout de ses doigts sur ses muscles. Son petit doigt rencontra une légère bosse. *Son mamelon*, comprit-elle. Elle ouvrit le vêtement et regarda tout son soûl.

— À mon tour.

Il se pencha légèrement et saisit des deux mains la jupe de sa chemise de nuit. Doucement, il lui passa le vêtement pardessus la tête, et l'air frais de la pièce lui fit prendre pleinement conscience de la situation. Ses seins, déjà lourds, se tendirent, surtout lorsqu'il posa les yeux sur eux.

— Mon Dieu ! Sarah ! Tu es absolument exquise.

Il posa les mains sur ses clavicules et fit doucement courir ses doigts le long de sa peau, allant vers ses épaules, puis descendant le long de ses biceps. Ensuite, ses mains se mirent à caresser le bord extérieur de ses seins.

Une vague de désir déferla sur Sarah, et elle s'efforça de se contenir, de peur de se jeter sur lui. Il remonta vers le haut de ses seins, puis abaissa ses paumes pour les faire lentement glisser sur l'extrémité de ses mamelons. Elle haleta doucement, impatiente qu'il fasse bien plus.

Il fit tourner ses mains sur sa chair, la poussant à s'avancer, avide de davantage de contact. Alors il le lui offrit, refermant ses mains sur elle, soulevant leur poids sensible. Elle haleta encore et ferma les yeux, se délectant de cette nouvelle sensation.

Sa respiration s'accéléra alors que les mains de Felix la touchaient lentement et régulièrement. Il la caressait, faisant glisser le bout de ses doigts autour de ses seins, les ramenant vers le mamelon. Après plusieurs passages, il adopta un toucher plus ferme, pressant sa chair et tirant sur ses mamelons, puis répétant ce geste jusqu'à ce qu'elle soit presque haletante de désir.

Puis il les pinça en même temps, mais sans lui faire mal. Elle ouvrit les yeux et aspira une bouffée d'air, sous l'effet de la surprise. Il abaissa la tête et saisit un sein qu'il suça avant de passer à l'autre, se servant de son pouce pour taquiner celui qu'il venait de quitter. Il allait et venait entre les deux, la tourmentant, faisant naître une douce envie entre ses jambes.

Elle ferma à nouveau les yeux, s'abandonnant complètement aux délicieuses sensations qu'il lui procurait. Plus il la touchait, plus son plaisir augmentait, et elle se demandait s'il pourrait l'amener à l'extase juste comme cela.

Soudain, quelque chose changea. Son attention dévouée et méthodique se déplaça. Il mordilla sa chair et la suça, puis fit glisser sa main le long de son abdomen. Ses doigts caressèrent son sexe, et les genoux de la jeune femme flanchèrent.

— *Sarah*. Tu es tellement humide.

Elle ouvrit les yeux et le vit se redresser. Il la regarda en enfonçant un doigt en elle. Un grognement monta dans la gorge de Felix juste avant qu'il ne l'embrasse. Sa bouche était ouverte, humide, et incroyablement sauvage. Elle s'agrippa à ses épaules alors qu'il caressait son sein, plongeant encore son doigt en elle.

Puis elle s'envola. Du moins, elle en eut l'impression, car il la souleva dans ses bras et la porta jusqu'au lit. Il l'allongea et l'embrassa encore, enfonçant profondément sa langue dans sa bouche. Sarah enroula sa main autour de son cou et plongea les doigts dans son cuir chevelu tout en répondant à son baiser. Le désir qu'elle ressentait pour lui était à la fois merveilleux et terrifiant.

Pendant qu'il l'embrassait, ses mains et ses doigts caressaient sa chair, taquinaient son mamelon, titillant son sexe. Elle écarta les jambes, le suppliant sans un mot de la libérer.

Sa bouche quitta la sienne et descendit le long de son cou, ses dents et sa langue ravageant sa chair. Il tira sur un mamelon, refermant ses lèvres autour de lui, suçant la chair avant de passer à l'autre pour faire de même. Elle empoigna les cheveux de Felix, rejetant la tête en arrière dans un total abandon. Ses doigts la pénétraient, puis sa bouche se posa sur elle. Il fit à son sexe ce qu'il avait fait à ses seins, léchant et suçant jusqu'à ce qu'elle se pousse contre lui, éperdue de désir.

Enfin sa libération survint, la brisant en mille petits morceaux. Elle planta ses ongles dans son épaule, agrippant la couverture de l'autre main. Avant qu'elle ne reprenne ses esprits, il s'installa entre ses jambes, son membre contre le sexe de Sarah.

Elle ouvrit les yeux et le regarda, emplie d'un sentiment de paix et de plénitude. Il était si beau, et elle aimait tellement ses traits familiers... Il n'y avait aucun endroit au monde où elle aurait préféré être, que ce soit maintenant ou pour toujours.

Il agrippa sa hanche, et, de son autre main, il se guida dans son sexe. C'était différent d'avant et pourtant c'était la même chose. Elle bascula le bassin lorsqu'il se glissa en elle. Puis il positionna les jambes de Sarah, les enroulant autour de ses hanches. Il se pencha en avant et elle se souleva pour l'embrasser, frôlant ses lèvres des siennes.

— Je t'aime, murmura-t-elle.

Il s'immobilisa, mais seulement pour un bref instant, si bref qu'elle se demanda si elle l'avait imaginé. Ensuite, elle cessa de penser, car il anéantit toute raison dans son esprit.

Son corps se déplaçait sur et dans le sien, la revendiquant et l'adorant avec chaque coup de reins et chaque caresse. Il embrassa sa bouche, son cou, sa poitrine, et elle se perdit complètement dans son étreinte. Il la pénétra plus profondément, puis caressa son clitoris, la poussant vers cet endroit où l'obscurité et la passion s'entrechoquaient. Elle cria en même temps que lui, puis il disparut. En grande partie. Il continua à la toucher, l'accompagnant jusqu'à l'apogée, jusqu'à ce qu'elle s'écroule.

Elle était vaguement consciente qu'il s'était effondré à côté d'elle. Ouvrant les yeux, elle tourna la tête et vit qu'il avait le bras plaqué sur son front, luttant pour reprendre son souffle. Il avait les yeux fermés, les lèvres entrouvertes.

— Tu m'as encore quittée. Pourquoi ?

Il n'ouvrit pas les yeux.

— Pour ne pas faire d'enfant.

— Mais nous allons nous marier. En quoi est-ce important ?

— Nous ne sommes pas encore mariés.

Sarah roula sur le côté, tournée vers lui.

— Devrais-je craindre que nous ne nous mariions pas ?

Il ouvrit alors un œil et la regarda, mais seulement brièvement.

— Non.

— Est-ce à cause de ce que j'ai dit ?

Elle se tendit, le souffle coupé, en attendant sa réponse. Elle n'avait pas pu se contenir. Elle l'aimait, et elle voulait qu'il le sache.

— Je ne vois pas bien ce que tu veux dire, dit-il, roulant sur le côté pour l'embrasser.

Faisait-il exprès d'être obtus ou était-il possible qu'il ne l'ait pas entendue ? Elle voulait s'en assurer. Posant la main sur son visage, elle lui caressa la joue jusqu'à ce qu'il la regarde dans les yeux.

— Je t'aime, Felix.

Son expression ne changea pas… jusqu'à ce qu'elle se modifie. Il sourit, puis l'embrassa à nouveau.

— Je te raccompagne dans ta chambre.

Cette fois, elle savait qu'il l'avait entendue. Forcément. À quoi s'était-elle attendue, à ce qu'il lui réponde la même chose ?

Elle se redressa, craignant de demander ce qu'elle devait savoir, tout en se rendant compte qu'elle devait le faire.

— Felix, quand tu as juré de ne jamais te marier, as-tu aussi juré de ne jamais aimer ?

Il s'assit avec elle, puis descendit de l'autre côté du lit.

— Non.

Sa réponse fut laborieuse, que ce soit à cause de leurs efforts ou de son incertitude, elle n'aurait su le dire. Il ramassa sa chemise de nuit, puis vint de son côté du lit et la lui donna.

Elle passa le vêtement par-dessus sa tête et le fit descendre sur son corps, car elle avait froid. Il alla chercher son peignoir et le lui ramena aussi.

Sarah se glissa hors du lit et s'en saisit, l'enfilant pendant qu'il mettait sa robe de chambre. Après avoir noué sa ceinture, elle s'approcha lentement de Felix.

— Cela te dérange-t-il que je t'aime ?

— Non, répondit-il, achevant d'attacher sa robe de chambre. Prête ?

— Non.

Elle secoua la tête, en proie à une myriade d'émotions : la perplexité, la frustration, la déception. Elle ne s'était pas vraiment attendue à ce qu'il lui dise qu'il l'aimait en retour, mais il y avait autre chose. Que ressentait-il ?

— Je sais que tu ne m'aimes pas maintenant. Du moins, je ne le pense pas, sinon tu l'aurais dit. Est-ce une folie de ma part que de croire que tu le feras un jour ?

Il prit une inspiration, mais elle était superficielle, et son pouls sembla s'accélérer dans son cou.

— Tu n'es pas folle, Sarah. Ni aujourd'hui ni jamais. Laisse-moi être honnête.

— Oui, s'il te plaît. Je le mérite.

— C'est vrai, confirma-t-il, baissant la tête un moment avant de la regarder droit dans les yeux. Je n'aime personne. Je ne l'ai jamais fait. Et personne ne m'a jamais dit ces mots.

Personne ne lui avait *jamais* dit ces mots ? Le cœur de Sarah se brisa. Elle s'avança vers lui, la gorge nouée.

— Oh, Felix.

Son regard se durcit.

— Je t'en prie, ne fais pas ça. Je ne veux pas de ta pitié. Je ne le supporterais pas.

Il parlait d'un ton suppliant, et elle vit dans son regard un désespoir obsédant qu'elle n'avait jamais vu. Jamais il n'avait été aussi près d'exprimer une émotion profonde.

Mais elle disparut aussitôt. Il cilla, et ce fut comme si le soleil avait repoussé les nuages et brillait maintenant dans le vert vif de ses yeux.

— Il est tard et nous devons nous lever tôt.

C'était vrai. Elle hocha la tête et il ouvrit la porte. Elle franchit le seuil, et elle se rendit compte qu'il voulait venir avec elle. Il lui avait proposé de l'accompagner jusqu'à sa chambre.

Elle se tourna vers lui.

— Je n'ai pas besoin que tu viennes. Bonne nuit, Felix.

Elle partit avant qu'il puisse répondre. Ou peut-être ne pouvait-elle tout simplement pas l'entendre à cause du grondement assourdissant des émotions dans ses oreilles.

De retour dans sa chambre, elle s'appuya contre la porte, et ses genoux se dérobèrent. Elle glissa sur le sol et atterrit sur les fesses. Dans quel enfer Felix s'était-il retrouvé enfermé sans personne pour l'aimer ? Comment était-il devenu le jovial duc Boute-en-train que tout le monde admirait ? Comment était-il possible qu'il ne se sente pas aimé ?

Elle essuya les larmes qui roulaient sur ses joues. Il était profondément aimé, et elle allait faire tout ce qu'elle pouvait pour s'assurer qu'il sache qu'il le méritait.

CHAPITRE 14

$\mathcal{F}$elix était content que Sarah et Lavinia soient assises ensemble sur la banquette de son carrosse qui faisait face à la route, ce qui lui permettait de s'asseoir à côté de Beck. Car s'il avait dû passer les quinze kilomètres du voyage jusqu'à Epping blotti contre Sarah, il serait sans doute devenu complètement fou. Non seulement parce qu'il la désirait, mais à cause de ce qu'elle avait dit la veille.

Il refusait même de *penser* ces mots.

Il tourna les yeux vers la vitre, comme il l'avait fait pendant presque tout le voyage. Ils avaient atteint la périphérie d'Epping et seraient bientôt à destination.

Quelques minutes plus tard, le carrosse arrivait devant une grande maison située au sommet d'une colline. Avec sa pierre pâle et sa maçonnerie élaborée, en particulier la décoration de la cheminée, le manoir constituait une belle représentation de l'architecture du siècle précédent. Il était étrange de penser qu'un meurtrier était logé quelque part sur le domaine, mais c'était là qu'ils avaient amené le bandit de grand chemin blessé.

Le valet de pied ouvrit la portière et installa le marche-pied. Felix descendit en premier, suivi de Beck, qui aida les deux femmes à sortir.

Beck prit bien sûr le bras de sa femme, laissant à Felix le soin de prendre celui de Sarah. Dès qu'elle le toucha, son angoisse s'intensifia et il se sentit encore plus troublé. C'était une torture de savoir ce qu'elle ressentait. Il avait été idiot de penser qu'il pourrait l'épouser.

Ils s'avancèrent vers la porte ouverte. Le majordome les accueillit.

— Bonjour, dit Felix. Nous sommes ici pour voir Lord Colton.

— Je crains qu'il ne soit déjà parti.

Felix échangea un regard confus avec Beck avant de se tourner de nouveau vers le majordome.

— Savez-vous où il est allé ?

— Je ne sais pas, mais peut-être que M. Allencourt peut vous aider. Ils se sont brièvement vus. Pourriez-vous patienter ici un moment ?

Le majordome s'excusa et les laissa dans le hall d'entrée.

— Que crois-tu qu'il se soit passé ? s'enquit Sarah.

Sa main, posée sur la manche de Felix, s'était enroulée autour de lui, signe de sa tension, et ses traits étaient marqués par l'inquiétude.

— Peut-être le prisonnier a-t-il déjà été transporté à Chelmsford, suggéra-t-il.

C'était là que se tiendraient bientôt les assises et que le bandit de grand chemin serait jugé pour ses crimes.

Sarah fronça les sourcils.

— Alors, Anthony est sûrement en route.

Elle s'éloigna de Felix et fit quelques pas, visiblement contrariée.

Un homme d'une cinquantaine d'années entra dans le hall. Ses cheveux noirs étaient légèrement striés d'argent, y compris au niveau des favoris qui empiétaient sur la partie supérieure de sa mâchoire. Il afficha un large sourire lorsque son regard se posa sur Sarah.

— Mademoiselle Colton, quel plaisir de vous voir !

Il s'approcha d'elle, et son sourire s'estompa aussi vite qu'il était apparu. Prenant sa main dans la sienne, il s'inclina.

— Permettez-moi de vous présenter mes plus sincères condoléances. Votre père était un homme formidable et un ami très cher.

Il lui lâcha la main, et Felix se rendit compte qu'il avait retenu son souffle.

— Merci, répondit Sarah en se tournant vers Beck, Lavinia et Felix. Permettez-moi de vous présenter le marquis et la marquise de Northam, ainsi que le comte de Ware.

Allencourt s'inclina devant chacun d'eux.

— Bienvenue, bienvenue. J'aurais aimé que vous nous rendiez visite dans de meilleures conditions. Pourrions-nous aller dans un endroit plus confortable ?

— J'apprécie votre hospitalité, dit Sarah. Cependant, nous sommes à la recherche de mon frère. Était-il ici plus tôt ?

— Oui, pour voir le prisonnier, répondit Allencourt, avant d'afficher une moue profonde. J'ai le regret de vous annoncer qu'il est décédé dans la nuit, la crapule. C'est une trop belle fin pour lui, si vous voulez mon avis.

Felix ne pouvait qu'imaginer la réaction d'Anthony face à cette nouvelle. Il était impatient de demander des comptes à cet homme.

— Je vois, murmura Sarah.

Felix remarqua que sa main se crispait, s'ouvrait, puis se refermait à nouveau.

— Savez-vous où est parti Anthony ?

— À Oaklands, je crois. Allez-vous y retourner ?

— Oui. Merci pour votre temps, monsieur Allencourt, dit-elle avec un mince sourire.

Il lui reprit la main.

— Je vous offrirai tout le soutien dont vous avez besoin, surtout en ce moment. Je crois que votre père voudrait que je m'occupe de vous. Lorsque vous serez prête à recevoir des visiteurs, j'aimerais être le premier.

Allencourt la regardait avec une intensité fervente, presque sexuelle, qui donnait à Felix envie de le frapper. C'est alors qu'il se souvint du nom de l'homme. C'était le gentleman qui avait exprimé le désir d'épouser Sarah. Évidemment qu'il voulait lui rendre visite. Seulement, elle était déjà fiancée.

Mais ce n'est pas ce que tu veux.

Il repoussa mentalement ce rappel. Ce n'était pas parce qu'il ne voulait pas se marier qu'il allait permettre à cet homme de s'en prendre à Sarah. Felix s'avança vers elle et lui offrit son bras.

— Merci encore, monsieur Allencourt. Bonne journée.

Il escorta Sarah dans le hall, précédé par Beck et Lavinia.

Ils sortirent dans la matinée couverte, qui montrait déjà des signes d'amélioration à mesure que les nuages se dissipaient.

— Allons-nous à Oaklands, alors ? demanda Lavinia alors qu'ils retournaient au carrosse.

Felix imaginait la colère et la déception d'Anthony. Il avait perdu ses parents, son meilleur ami avait déshonoré sa sœur, et maintenant, l'homme qui avait assassiné ses parents avait échappé à sa vengeance.

— Il préfère peut-être être seul.

N'était-ce pas ce qu'il avait dit ?

— Je suis sûr que c'est le cas, mais le fait que nous le suivions établit clairement que nous ne partageons pas ce sentiment, remarqua Sarah, lâchant le bras de Felix. Nous allons à Oaklands.

Elle monta dans le carrosse, ne laissant aucune place à la contestation.

Une fois à l'intérieur, elle lui jeta un regard étrange, mêlé de curiosité et de doute. Quelles qu'aient été ses pensées, cela ne faisait qu'ajouter à son malaise.

Il leur fallut près d'une heure pour arriver à Oaklands, le domaine de la famille Colton. Plus petit que Stag's Court, il suscitait un sentiment de nostalgie bien plus fort que la maison de Felix. Il se souvenait des moments passés ici dans sa jeunesse, où d'autres personnes avaient servi de tampon entre lui et son père. Des moments heureux.

Peut-être les plus heureux de sa vie.

Sarah ne prit pas le bras de Felix cette fois-ci. Elle se précipita vers la porte et étreignit le majordome, qui la serra chaleureusement dans ses bras.

— Il est dans le bureau de votre père, lui dit-il avant de s'éclaircir la gorge. Je veux dire, dans son bureau.

Sarah acquiesça et entra dans la maison. Felix inclina la tête vers l'homme, un solide gaillard d'une cinquantaine d'années.

— C'est bon de vous voir, Inman.

— Vous de même, my lord.

Felix présenta Beck et Lavinia, mais le majordome salua cette dernière comme s'ils s'étaient déjà rencontrés, et elle fit de même.

— Je suis venue quelques fois, expliqua-t-elle.

Inman leur suggéra d'aller dans le salon. Alors qu'ils s'y rendaient, Felix avait l'impression de marcher sur du verre brisé. Il était rongé par un tourment intérieur à propos de Sarah et d'Anthony, et… de tout, apparemment.

— Ce doit être difficile pour eux d'être de retour ici, remarqua Beck.

— Je sais que ça l'est pour Sarah, dit Lavinia. Elle était

partagée entre l'envie de venir ici parce que c'est chez elle, et le besoin de rester loin.

Elle jeta un regard triste à son mari, qui lui prit la main et déposa un baiser sur son poignet.

Felix se détourna. Cela faisait des années qu'il n'avait pas repensé à sa première visite ici. Il était venu avec son père, invité par les Colton. En dehors de George, Anthony était le seul enfant que Felix avait jamais rencontré. Se lier d'amitié avec un garçon avec lequel il pouvait courir, pêcher et grimper aux arbres l'avait empli d'une joie dont il n'avait pas conscience qu'elle lui avait manqué jusqu'alors. Oh, il avait essayé de faire ces choses avec George, mais elle n'y était pas toujours autorisée, soit par ses parents qui pensaient qu'elle devait se comporter davantage comme une fille, quoi que cela signifie, soit surtout par le père de Felix qui lui disait qu'il ne devait pas jouer avec les filles, en particulier avec celle de l'intendant. Mais c'était seulement quand son père faisait attention à lui, quand il n'était pas plongé dans une bouteille.

Au bout d'un moment, Felix se mit à faire les cent pas tandis que Beck et Lavinia étaient assis ensemble sur un petit canapé. Ils semblaient parfaitement bien, satisfaits même de rester tranquillement là à attendre. Felix avait l'impression qu'il allait exploser. Bon sang, qu'il détestait ça ! Comment pouvait-il mettre un terme à cela ?

Il devait trouver quelque chose d'autre à faire. Quelque chose qui l'éloignerait de cette douleur.

Il se tourna vers Beck et Lavinia.

— Je crois que je devrais y aller. Ma présence ici va sans doute contrarier Anthony. Il est encore assez fâché contre moi.

Et il le serait sans doute toujours.

— Oui, je le suis, dit Anthony en entrant dans la pièce, Sarah sur les talons.

Il avait le visage pâle et les traits tendus.

— Vous n'auriez pas dû venir, dit-il, s'adressant à tout le monde plutôt qu'à Felix. Vous devriez tous retourner à Stag's Court.

Beck et Lavinia se levèrent.

— Nous avons été navrés d'apprendre la mort du bandit de grand chemin, mais, au moins, il n'est plus là, dit Beck.

La bouche d'Anthony se pinça.

— J'aurais dû venir hier, dès que j'ai appris la nouvelle. Mais j'ai été distrait par...

Il lança un regard noir à Felix, puis à Sarah.

Son ami, déjà remonté comme une pendule, ne parvint plus à se maîtriser.

— Arrête ! Arrête de faire honte à Sarah ! Tu n'es pas le seul à avoir le droit d'être triste et en colère et de chercher du réconfort là où tu le peux. Que ta sœur m'ait choisi au lieu d'une foutue bouteille ne te regarde pas !

Anthony s'avança, les yeux brillants.

— Tu ne vas tout de même pas recommencer avec cet argument, n'est-ce pas ?

— Il n'est pas question d'argument, répliqua Felix.

Son sang était en train de bouillir, mais il parvint à se maîtriser.

— Sarah et moi allons nous marier. Il n'y a aucun tort à déplorer.

— Pas encore, mais tu ne veux pas l'épouser. Tu ne veux épouser personne. Combien de temps faudra-t-il avant que tu ne te détournes d'elle ? Jusqu'à ce que tu la détruises ?

Oui, leur amitié était bel et bien terminée, et Felix s'en réjouissait.

— Va au diable, Anthony.

Il quitta la pièce en trombe et retrouva le chemin du hall d'entrée, où il passa devant Inman sans dire un mot.

À l'extérieur, il s'arrêta. Il ne pouvait pas abandonner

Beck et Lavinia ici. Ni Sarah. Bon sang ! Elle était chez elle. Il ne pouvait pas l'abandonner là où elle vivait.

Bientôt, ta maison sera la sienne.

— Felix !

Le son de la voix de Sarah le frappa comme une flèche en plein cœur. Il se retourna lentement, et il la vit à quelques mètres de lui. Elle avait retiré son chapeau, ce qu'il prit comme un signe qu'elle avait l'intention de rester.

Elle fit un pas en avant.

— Tu es en colère. Je ne t'ai jamais vu ainsi.

— Je ne me mets jamais en colère, répondit-il, s'efforçant de garder une voix égale, ce qu'il n'avait pas fait à l'intérieur.

— Je sais. Et tu devrais pourtant.

— À quoi cela servirait-il ? Regarde Anthony. C'est un véritable désastre émotionnel, et tout le monde en pâtit.

— Suis-je un désastre ?

— Bien sûr que non.

— Mais je déborde d'émotions, protesta-t-elle en faisant un pas de plus.

Felix pivota pour lui présenter son profil.

— Je ne peux pas, dit-il en secouant la tête. Je ne peux pas t'aider pour ça.

— Mais tu l'as fait. Tu aides tout le monde. C'est ce que tu fais.

Oui, c'était ce qu'il faisait. Mais il ne pouvait pas le faire pour elle. Pas en sachant ce qu'il savait. Qu'elle l'*aimait*. Lorsqu'il avait compris que tout avait changé entre eux, il n'aurait jamais imaginé que ce serait aussi radical ni qu'être avec elle le priverait de son souffle et l'attacherait si étroitement qu'il aurait l'impression de ne plus pouvoir bouger.

Il concentra son regard sur un arbre lointain.

— Anthony ne veut pas de moi ici, et je le comprends. Je serai à Stag's Court. Reste ici aussi longtemps que tu le souhaites, et nous organiserons le mariage quand tu le décideras.

Elle s'avança dans son champ de vision, le visage marqué par l'inquiétude et une dizaine d'autres émotions qu'il ne voulait pas voir.

— Tu présumes que je reste ici.

— Ce n'est pas le cas ?

Il leva les yeux vers ses cheveux sombres relevés. Leur souvenir lui picota le bout des doigts.

— Tu n'as pas ton chapeau.

— Tu supposes aussi que nous allons toujours nous marier.

— As-tu encore changé d'avis ? l'interrogea-t-il d'un ton parfaitement égal.

Il n'allait pas chercher à la convaincre dans un sens ou dans l'autre. C'était entièrement son choix.

— Comme tu n'as rien dit à Allencourt ce matin, je me suis demandé si ce n'était pas *toi* qui avais changé d'avis. Alors ?

Elle cligna des yeux, son visage affichant un masque stoïque. Sa voix ne reflétait aucune émotion non plus.

Il se rendit compte qu'elle se comportait exactement comme lui.

— Je vais simplement rentrer à Stag's Court. Fais-moi savoir ce que tu veux faire pour le mariage.

Il inclina la tête vers son valet de pied et monta dans le carrosse.

Elle s'approcha de la portière et regarda à l'intérieur.

— Je veillerai à ce que Beck et Lavinia retrouvent leur chemin, dit-elle d'une voix qui laissait enfin transparaître une émotion : le sarcasme.

Il acquiesça et elle s'éloigna pour que le valet de pied puisse refermer la portière.

Alors qu'il quittait l'endroit qu'il avait longtemps considéré comme sa maison, il se demanda s'il y reviendrait un jour, si le passé n'avait pas fini par le rattraper pour lui voler le maigre bonheur qu'il avait réussi à saisir.

❧

*S*arah fixa le carrosse du regard jusqu'à ce qu'il ait disparu, puis elle se retourna et marcha d'un pas lourd vers la maison. À l'intérieur, elle retrouva Lavinia qui l'attendait dans le hall d'entrée.

— Que puis-je faire ?

Sarah haussa les épaules, elle se sentait engourdie.

— Je ne sais pas. Il est parti.

Lavinia hocha la tête.

— Dois-je envoyer chercher du thé ? Ou bien veux-tu aller te reposer dans ta chambre ?

Prise d'une soudaine colère, Sarah s'éloigna de Lavinia et repartit dans le salon. Beck se tenait près de la cheminée, la tête penchée. Il leva les yeux lorsqu'elle entra, mais le regard de Sarah se posa directement sur Anthony. Il tenait un verre de whisky ou d'un autre alcool et regardait par la fenêtre le jardin arrière que leur mère avait tant aimé.

Sarah s'arrêta à quelques mètres de son frère.

— Anthony, tu vas cesser de te comporter comme un crétin !

Il se retourna pour la fusiller du regard.

— Est-il parti ?

— Oui, à cause de toi. Tu ne peux pas être en colère après lui.

— Je me fâche après qui je veux.

— Très bien, alors je serai en colère contre toi jusqu'à ce que tu arrêtes. Felix va devenir mon mari, et même si ce n'était pas le cas, c'est ton ami le plus ancien et le plus cher. Je l'ai séduit, et il essaie de faire ce qu'il faut, même si ça le tue !

Sa voix se brisa, et elle sentit la main de Lavinia sur son épaule.

Sarah prit une grande inspiration pour retrouver son équilibre.

— Il a besoin de moi, Anthony. Il a besoin de *nous*. Nous savons assurément à quel point la famille est importante et à quel point nous devons la préserver et la chérir. Felix est notre famille, quand bien même nous ne nous marierions pas.

— Mais tu viens juste de dire que faire ce qu'il faut le tuait. Pourquoi devrais-je, ou devrais-tu, vouloir cela pour lui s'il est de la famille ?

Ce n'était pas ce qu'elle voulait. Et cela *le* tuait. Elle le voyait dans les éclairs de terreur dans ses yeux, dans le fait qu'il avait révélé aujourd'hui une émotion profonde qu'il n'avait jamais manifestée auparavant.

— Il ne devrait pas souffrir. C'est pourquoi je dois le sauver.

Si elle le pouvait. Elle priait pour être en mesure de le faire.

Anthony pinça les lèvres et contempla le verre qu'il avait à la main.

— Va le chercher, alors. Je ne te retiendrai pas.

— Non, tu n'y arriverais pas même si tu essayais. Mais, me soutiendras-tu ? Est-ce que tu le soutiendras, *lui* ?

Elle s'avança vers Anthony, cherchant désespérément à atteindre le frère enfoui sous la fureur et le chagrin. Elle comprit qu'elle devait le sauver aussi.

— Nos parents ont essayé d'intégrer Felix après la mort de son père, dans la mesure où son oncle le permettait. Ils voudraient que nous soyons solidaires. Il a autant besoin de nous que nous avons besoin de lui. Je t'en prie, Anthony.

Lorsqu'elle avait mentionné leurs parents, il avait relevé

le nez, plongeant son regard dans le sien. Les yeux de son frère étaient pleins de tristesse, mais aussi d'amour.

— Quand veux-tu partir ?

Sarah expira.

— Après avoir rendu visite à nos parents. Je vais aller chercher mon chapeau et je te retrouve dans le jardin.

Elle se retourna et serra brièvement Lavinia dans ses bras.

— Merci.

— Veux-tu que nous restions ici ? s'enquit Lavinia.

Sarah secoua fermement la tête.

— Non, vous venez aussi. Demain, c'est l'anniversaire de Felix et nous organiserons une fête.

Elle espérait seulement qu'il viendrait.

CHAPITRE 15

C'est ton anniversaire.

Ces mots avaient toujours été prononcés avec dédain et tristesse, jamais dans la joie. Le jour de la naissance de Felix avait toujours été une source de désespoir et de chagrin. Et de reproches.

Il ne se passait pas un jour sans que Felix ne soit parfaitement conscient du rôle qu'il avait joué dans la mort de sa mère et dans la souffrance consécutive de son père.

Ce devrait être un jour de joie. Ta mère aurait été très heureuse. Mais maintenant, regarde-la.

Il sentait encore la main de son père sur sa nuque, l'obligeant à regarder les lettres et les chiffres froids gravés dans la pierre, qui les séparaient de la femme que son père avait aimée. La femme que Felix avait détestée.

Il baissa les yeux sur la tombe qui portait son nom, ainsi que la date de sa mort. Aujourd'hui. Son anniversaire.

Mais il ne la détestait plus. Il ne l'avait même pas connue. De l'avis général, elle avait été une personne chaleureuse et charmante, le genre de femme qui aimait les enfants et adorait les animaux. Le genre de femme qui illuminait la pièce de sa présence et encourageait tous ceux qui l'entouraient.

Soudain, il se rendit compte que c'était le genre d'homme qu'il était devenu. Mais pas parce qu'elle l'avait rendu ainsi.

Felix leva les yeux vers la tombe de son père.

— C'est toi qui as fait ça.

La pierre resta figée devant lui, dans un silence frustrant.

— Vois-tu que, malgré toi, je suis l'homme qu'elle aurait voulu que je sois ?

Toujours rien.

L'émotion le gagna et il se laissa tomber, s'accroupissant pour pouvoir regarder son père à hauteur des yeux.

— Je suis presque l'homme qu'elle aurait voulu. Je ne crois pas qu'elle aurait voulu que je me sente mal aimé. Je ne crois pas qu'elle aurait voulu que tu te saoules jusqu'à en mourir prématurément, et que tu renonces totalement aux devoirs de la paternité.

La pierre était presque aussi stoïque que l'avait été son père quand Felix pleurait. Jusqu'au jour où il l'avait battu jusqu'à ce qu'il s'arrête. Ensuite, il n'avait plus jamais pleuré, et son père n'avait plus jamais levé la main sur lui.

— Tu n'avais plus besoin de me frapper après ça, n'est-ce pas ? Tout a changé quand tu m'as vidé de toutes mes émotions à coups de poing. Je savais que je ne devais pas les montrer, alors je ne l'ai plus jamais fait.

Même maintenant, alors que la rage l'envahissait, il ne parvenait ni à crier, ni à hurler, ni même à pleurer.

— Je te remercie pour ça. Au moins en partie, ajouta-t-il. Je suis heureux de ne rien ressentir pour toi, mais tu m'as rendu incapable de ressentir quoi que ce soit pour qui que ce soit. Tu vois, il y a une femme qui m'aime. Elle *m'aime.*

Sa voix se brisa, et la vague d'émotions lui coupa totalement le souffle.

Felix se pencha en avant et appuya sa main sur une pierre,

prenant soin de toucher la tombe à côté de son père, qui était celle d'un grand-oncle. Fermant les yeux, Felix s'efforça d'inspirer.

Finalement, il releva la tête et se redressa, de nouveau en équilibre sur ses pieds.

— Je veux l'aimer, mais je ne sais pas comment.

— Je pense que tu le fais déjà.

Sa voix était comme un baume sur la souffrance aiguë de son âme. Il se leva et se retourna, et ses jambes flageolèrent lorsque le sang afflua. Ou peut-être était-ce simplement le fait de la voir. Il ne l'avait quittée que la veille, mais cela lui avait semblé une éternité.

— Comment..., commença-t-il avant de s'éclaircir la gorge. Comment peux-tu le savoir ?

— Que tu m'aimes ? demanda-t-elle, s'approchant de lui.

Vêtue d'un gris tourterelle doux, elle paraissait fragile à l'exception de son chapeau. Avec son large bord surmonté d'une plume mauve, elle incarnait la quintessence de Sarah, pleine de charme et d'énergie, de beauté et de lumière.

Il était incapable de parler à cause de la boule qui lui obstruait la gorge, alors il hocha la tête.

Elle prit sa main entre les siennes, un doux sourire ourlant ses lèvres.

— Parce que lorsque nous sommes ensemble, tout va mieux. C'est cela l'amour. Qu'il soit romantique, familial ou amical.

Elle essayait de lui dire qu'il existait différentes sortes d'amour, qu'il en avait connu tout au long de sa vie. Du moins, c'était ce qu'il retirait de ses mots.

— Quel genre d'amour ressens-tu ? lui demanda-t-il.

Le corps de Felix se raidit. Si elle lui disait qu'elle l'aimait comme un frère ou un ami, il craignait de s'effondrer.

Des plis apparurent aux coins des yeux de Sarah lorsqu'elle sourit.

— As-tu vraiment besoin de le demander ? Je t'aime comme, je l'espère, mon mari. Comme mon amant. Comme mon ami. Comme la première personne que je veux voir quand je me réveille chaque matin, et la dernière que je veux voir avant de fermer les yeux pour dormir, énuméra-t-elle, caressant le dos de sa main avec son pouce, tandis qu'une vague d'émotions submergeait Felix. Dis-moi ce que tu ressens.

Les mots se bloquaient dans sa gorge.

— Je... Je ne peux pas le décrire. Non, je peux. Je suis terrifié. À l'idée de t'aimer. À l'idée de te perdre.

Sa voix se brisa une fois encore, et cette fois, il détourna le regard. Il songea à sa mère qui gisait derrière la pierre, cette femme qu'il n'avait jamais connue.

— Je me suis retiré de ton corps l'autre nuit parce que j'ai peur. Si ce qui est arrivé à ma mère t'arrivait...

Sarah l'entoura de ses bras et elle le serra fort.

— Cela n'arrivera pas.

Il résista à l'envie de la serrer dans ses bras en retour, cherchant désespérément à garder une petite partie de lui-même protégée et en sécurité.

— Tu ne peux pas dire ça.

— Je peux y croire parce que je le dois. Je crois en notre avenir, en nous, et s'il doit y avoir de la tragédie ou du chagrin, je prendrai quand même ce que nous avons. Je ne veux pas d'alternative. Je ne veux pas vivre sans toi, quel que soit le temps dont nous disposons, lui dit Sarah, reculant pour poser la main sur son visage et caresser sa joue. Je vois que tu as peur. Et je crois comprendre pourquoi. Ce n'est pas à cause de l'amour ou de la perte, du moins pas seulement à cause de cela, mais parce que, je crois que, d'une certaine manière, tu ne penses pas mériter d'aimer et d'être aimé. Mais, Felix, tu le mérites.

Il la dévisagea, le tumulte qui régnait en lui s'apaisant

pour la première fois en présence d'une autre personne. Grâce aux paroles et au réconfort de quelqu'un d'autre.

— Je ne crois pas que quiconque ait jamais vu le vrai moi. Pas jusqu'à présent.

— Alors, c'est un honneur pour moi.

Cela ne pouvait pas être aussi simple. Et si Anthony avait raison ? Et s'il la détruisait ?

— Je ne sais pas comment faire, Sarah. L'amour, la confiance…, dit-il avant de s'interrompre.

Il jeta un bref coup d'œil vers la tombe.

— Il m'a brisé.

Une larme roula sur la joue de Sarah, mais elle lui sourit.

— Nous allons faire cela ensemble, dit-elle d'une voix ferme et assurée.

Le barrage en lui se brisa, et les émotions, si nombreuses, se déversèrent en cascade. Pour la première fois depuis une éternité, il sentit des larmes sur ses joues. Il entoura Sarah de ses bras et la plaqua contre son torse, puis il l'embrassa, son âme cherchant le réconfort qu'elle seule pouvait lui apporter.

Il la souleva dans ses bras et la porta à l'extérieur.

— Je ne peux plus être là avec lui, expliqua-t-il.

Il la reposa à distance de l'église, à l'ombre des arbres.

— Je ne veux que toi, Sarah. J'ai besoin de *toi*, lui dit-il, caressant doucement les côtés de son visage avant de poser les mains sur ses joues. Je t'aime.

Elle sourit, et il craignit que son cœur n'éclate.

Il l'embrassa à nouveau, sa bouche s'emparant de la sienne avec un doux désespoir. La toucher, la sentir, c'était comme si l'air remplissait ses poumons après une vie passée sous l'eau. Elle agrippa ses épaules et plaqua son corps contre celui de Felix. Il voulait se perdre complètement en elle. Non, il voulait lui montrer la profondeur de ses sentiments, l'urgence absolue qu'il ressentait de la posséder et d'être possédé.

Il se laissa tomber sur le sol, l'entraînant avec lui. L'embrassant, il se démena pour trouver l'ourlet de sa jupe, qu'il souleva tandis qu'elle posait les doigts sur les boutons de son pantalon.

Il la repoussa et se dressa au-dessus d'elle en inspirant.

— Est-ce affreux de faire cela ici ?

Elle rit doucement et secoua la tête.

— C'est merveilleux. Aime-moi, Felix. Maintenant.

Elle ouvrit son pantalon pendant que lui remontait sa robe jusqu'à sa taille. Les doigts de Felix trouvèrent son sexe, et il constata que Sarah était plus que prête. Elle le guida pour qu'il s'enfonce dans sa chaleur humide. Un gémissement s'échappa de sa gorge, et il se mit à bouger.

Elle le tenait, une main dans son dos et l'autre sur ses fesses, l'attirant plus profondément tandis que ses jambes s'enroulaient autour de sa taille.

La passion, étourdissante et sauvage, le consumait. Les jambes de Sarah se mirent à trembler, ses muscles se tendirent. Elle cria en se contractant autour de lui et il s'enfonça en elle, indifférent au fait qu'il hurlait son nom lorsqu'il atteignit son orgasme. Et sans se soucier non plus de se répandre, ainsi que leur avenir, en elle.

Non, il s'en souciait. Il le fit avec tendresse et un amour sans limites.

Elle resserra ses jambes autour de lui pour le garder en elle. Il l'embrassa sur la joue, sur son oreille, et murmura :

— Je ne m'en vais pas. Jamais.

Elle attira la bouche de Felix sur la sienne.

— Bien.

Quelques minutes plus tard, à moins que ce ne fût une heure, mais Felix l'ignorait et s'en moquait, il l'aida à se mettre debout. D'une manière ou d'une autre, son chapeau s'était retrouvé à plusieurs mètres de là. Celui de Sarah était toujours sur sa tête, mais de travers.

— Je suis étonné que ton chapeau soit toujours en place, remarqua-t-il. Ce doit être dû à la qualité de l'exécution.

Elle rit en le redressant.

— Sûrement. J'espère que les gens seront prêts à payer pour cela.

— Ils le seront, mais, même si ce n'est pas le cas, je sais de source sûre que tu n'auras pas à te soucier de prévoir un avenir de vieille fille.

Elle était en train de se rajuster, et marqua une pause.

— Tu sais que ce n'est pas pour ça que je t'épouse.

Il ramassa son propre chapeau et revint vers elle.

— Je sais précisément pourquoi tu m'épouses. C'est la même raison pour laquelle je me marie avec toi : je ne peux pas vivre sans toi.

Elle l'embrassa encore, et elle ne suggéra pas avant un certain temps qu'ils retournent à la maison.

— Y sommes-nous vraiment obligés ? demanda-t-il.

Elle acquiesça, passant son bras dans celui de Felix.

— Je crains que nous ne devions nous rendre à une fête d'anniversaire. Si tu y consens.

La joie emplit l'âme de Felix.

— J'y consens tout à fait. J'ai hâte d'y être.

&

*A*près un bref passage à la maison pour organiser le dîner d'anniversaire de Felix, ils se rendirent à Ware, où ce dernier acheta leur licence de mariage. Sarah s'arrêta ensuite pour se procurer des fournitures pour chapeaux. La journée avait commencé dans l'incertitude et l'appréhension, mais c'était dorénavant le plus beau jour de la vie de Sarah.

Lorsqu'ils étaient rentrés le soir précédent, Seales l'avait informée que Felix était allé à Ware. Elle avait attendu qu'il rentre, mais elle avait fini par abandonner un peu après minuit, et elle s'était réveillée tôt pour partir à sa recherche.

C'était ainsi qu'elle l'avait trouvé dans l'église. Seales avait indiqué que Felix n'était pas dans la maison, et une visite aux écuries avait montré qu'il n'avait pas pris de cheval ni de véhicule. Apercevant la maison de l'intendant, Sarah avait pensé à George, puis à l'église. Le passé lui disait qu'il ne serait pas là, mais elle y était allée quand même. En partie parce qu'elle voulait présenter ses respects en ce jour où leur famille avait été déchirée.

— Je ne pense pas que je vais rester pour le porto, annonça Martin, tirant Sarah de sa rêverie.

Il se leva de table et jeta un regard quelque peu peiné à Felix.

— Encore une fois, félicitations pour ton mariage… et ton anniversaire.

Felix lui sourit.

— Merci, mon oncle. N'oublie pas que vous pouvez rester dans la maison douairière aussi longtemps qu'il le faudra pour que tu trouves une nouvelle situation qui réponde à vos besoins.

Les yeux de Martin, toujours aussi globuleux, semblaient sur le point de se détacher de sa tête, mais il cilla, éliminant le risque.

— Je te remercie pour ton hospitalité. Bonsoir.

Il s'inclina devant la table et s'en alla.

— Combien de temps crois-tu qu'il restera ? s'enquit Beck.

Felix haussa les épaules.

— J'imagine que cela lui déplaira terriblement. Je ne m'attendais pas à ce qu'il soit aussi amer, mais c'était idiot de ma part. J'ai toujours su exactement quel genre d'homme il était, dit-il en buvant une gorgée de vin.

— Pouvons-nous vous laisser à votre porto ? s'enquit Sarah en se levant.

— Non ! s'exclama Felix en bondissant de sa chaise. C'est mon anniversaire et c'est à moi de décider. Allons tous au salon.

Il sourit à Sarah en passant son bras autour de sa taille.

— Je crois que je vais me retirer, annonça Anthony.

Felix et lui s'étaient réconciliés cet après-midi-là, mais son frère traînait toujours un air sombre et mélancolique. Sarah se doutait qu'il en serait ainsi pendant un certain temps. Elle se demanda si elle ressentirait la même chose sans Felix et le bonheur qu'il lui apportait.

Elle s'éloigna de lui et alla déposer un baiser sur la joue de son frère.

— Dors bien.

Il hocha la tête et l'étreignit brièvement.

— Je suis ravi que tu sois aussi heureuse, murmura-t-il. Sincèrement. Si je n'étais pas dans un état si pitoyable, j'aurais compris plus tôt à quel point il est merveilleux que deux des personnes que j'aime le plus trouvent l'amour ensemble.

Elle lui rendit son étreinte en lui disant :

— Je t'aime.

Anthony souhaita bonne nuit aux autres avant de sortir.

Lavinia glissa son bras dans celui de Sarah, et elles s'en allèrent vers le salon.

— Avez-vous choisi une date pour vous marier ?

Sarah jeta un coup d'œil à Felix par-dessus son épaule.

— Pas encore. Nous aimerions que David et Fanny viennent, si possible. Je leur ai écrit cet après-midi pour leur demander s'ils pourraient venir dans une semaine. Nous sommes, euh… un peu impatients de nous marier.

Lavinia éclata de rire.

— Je sais ce que cela fait. Je suis sûr que Fanny viendra. Elle est impatiente de te voir.

Dans le salon, Felix veilla à ce que tout le monde ait une boisson, puis il porta un toast.

— À *ma fiancée*, deux mots que je n'aurais *jamais* cru prononcer, s'exclama-t-il, déclenchant les rires de ses amis, et il sourit. À Sarah, qui m'a donné plus que ce que j'avais imaginé. Mais, apparemment, tout ce que je mérite, d'après elle.

— Elle a raison, déclara Beck. Elle aura toujours raison. Mieux vaut que tu t'y habitues dès maintenant.

Il leva son verre en direction de Lavinia et lui adressa un clin d'œil.

Sarah posa sur Felix un regard empli d'amour et but une gorgée de sherry, encore étonnée de voir à quel point sa vie avait changé en un si court laps de temps.

Plus tard, elle se faufila dans la chambre de son fiancé, qui l'attendait avec un baiser qui la fit frissonner jusqu'aux orteils.

— Voilà qui est plutôt coquin, dit-elle alors qu'il l'entraînait vers le lit.

Felix, qui ne portait qu'une chemise qui couvrait à peine son érection, lui sourit.

— Tout ce que nous avons fait était coquin. Et tu connais déjà ma chambre et mon lit.

— C'est vrai, mais nous ne sommes pas encore mariés.

Il la déshabilla, jetant de côté son peignoir et sa chemise de nuit.

— *Pas encore*, c'est la clé. Nous sommes pratiquement mariés. En fait, je serais plus que ravi de filer dès demain à Londres pour obtenir un permis spécial. Tu pourrais être ma comtesse dès le coucher du soleil.

Il l'embrassa dans le cou, et elle ferma les yeux en soupirant.

— C'est très tentant, mais je patienterai jusqu'à notre mariage à Ware.

Il releva la tête.

— Tu es sûre de ne pas préférer Harlow ? Je ne comprends pas pourquoi Anthony et toi préférez Ware.

— Je pense que c'est simplement plus facile, dit-elle doucement. Pour Anthony en particulier. Cela te convient-il ?

— Bien sûr, répondit-il avant de l'embrasser, puis de poser son front contre le sien. Ton frère va se rétablir.

— Ton père n'y est pas parvenu, répondit-elle.

Elle recula et le regarda droit dans les yeux, songeant à ce qu'elle l'avait entendu dire ce matin-là.

— Je n'arrive pas à croire tout ce que tu as dû endurer. Quand je pense à la façon dont ton père te traitait, ce qu'il a fait…

— Chut. Tout va bien. *Je* vais bien. Et Anthony ira bien aussi, dit-il avant de l'embrasser encore. Dès qu'il tombera amoureux.

Sarah ne put réprimer un sourire.

— C'est vrai ?

— Cela a tout changé pour moi.

Elle empoigna l'ourlet de sa chemise, s'apprêtant à la lui passer par-dessus la tête.

— Pour le meilleur, j'espère.

Il prit son visage entre ses mains et sourit.

— Pour le meilleur, absolument.

CHAPITRE 16

Neuf jours plus tard, Felix offrit officiellement son cœur et son âme à la femme qui les possédait déjà. Après s'être mariés à l'église, ils retournèrent à Stag's Court, un endroit où Felix ne s'était jamais vraiment senti chez lui, mais où il envisageait désormais un avenir avec sa femme et la famille qu'ils partageraient, si tout allait bien.

Fanny et David étaient arrivés la veille, et voir Sarah avec ses amis faisait sourire Felix. George s'était jointe à eux, car depuis une semaine, Vane et elle étaient devenus des habitués de la table du dîner. Si quelqu'un trouvait étrange que Felix dîne avec sa secrétaire et son valet, personne n'en dit rien. Il était simplement heureux d'avoir ce tout nouveau sens de la famille et l'intense sentiment d'amour qui semblait imprégner tout le monde. À présent qu'il avait accepté cette émotion, il ne pouvait plus s'en passer.

La tante de Felix l'aborda dans le salon après le petit déjeuner de mariage. Elle avait été ravie d'apprendre qu'il se mariait, et il la soupçonnait de prendre plaisir à voir déjouer les plans de son mari.

Bridget tapota le bras de son neveu avec un sourire.

— C'était une si belle cérémonie ! Tu n'aurais pas pu choisir meilleure épouse. Ton père aurait été heureux, dit-elle, et, voyant son front se plisser, elle laissa retomber son bras. Il t'aimait. Parfois, nous, les parents, sommes tellement concentrés sur nous-mêmes que nous en oublions de veiller à ce que…

Elle s'interrompit et tourna les yeux vers son fils, qui se tenait près des fenêtres, en grande discussion avec Anthony.

— Peu importe, dit-elle, et son sourire s'adoucit, tout comme son regard lorsqu'elle le posa sur Felix. J'ai essayé de m'occuper de toi comme une mère doit le faire, mais j'ai peut-être laissé trop de liberté à Martin. Il ne voulait pas que tu te maries. Il voulait le comté pour Michael.

— Ce n'est pas la peine d'en parler, répondit Felix.

Il s'efforçait peut-être de ne plus cacher ses émotions, mais il n'avait pas particulièrement envie de les montrer à son oncle et sa tante.

— Non, je suppose que ce n'est pas nécessaire. Mais j'espère que tu sais que Michael est plutôt soulagé. Il se trouve qu'il était pétrifié à l'idée de devenir comte.

— Alors tout s'est passé au mieux, murmura Felix.

Bridget jeta un regard à Martin, puis observa brièvement le plafond.

— Oui. Martin ne sera pas d'accord avec ça, mais ignore-le. Il s'en remettra. En fait, je crois qu'au fond de lui, il est heureux pour toi. Il n'est pas doué pour montrer ses émotions. Il aurait des choses à apprendre de toi, mon garçon.

Felix toussa.

— J'en doute. Si tu veux bien m'excuser, je voudrais parler à Michael.

Anthony et son cousin se tournèrent vers lui lorsqu'il s'approcha d'eux.

— Voici l'heureux marié, dit son ami.

— C'est moi, annonça Felix, regardant son cousin. Tu n'hériteras sans doute pas du titre, mais j'aimerais quand même que tu viennes habiter à Londres avec Sarah et moi. Peut-être à l'automne, si cela te convient ?

Michael acquiesça en souriant.

— J'en serais très heureux.

— Parfait ! Je veillerai à ce que tu sois bien installé, lui dit Felix. Je te donne ma parole.

— Merci, Felix, répondit Michael avant de s'en aller d'une démarche enjouée.

— Tu viens d'illuminer la journée de ce garçon, dit Anthony. En fait, tu as peut-être même illuminé toute son année.

— Peut-être, dit doucement Felix.

Il reporta toute son attention sur son meilleur ami, qui était désormais aussi son beau-frère.

— Merci de m'avoir permis d'épouser Sarah.

Laissant échapper un son qui tenait à la fois du rire et du ricanement, Anthony secoua la tête.

— Comme si j'avais quelque chose à voir avec ça. Tous les deux, vous auriez fait exactement ce que vous vouliez. Je suis simplement heureux que tu aies fait le bon choix.

— Je le suis aussi, répondit Felix. J'ai bien essayé de tout gâcher, mais ta sœur est bien plus intelligente que moi. J'ai une chance exceptionnelle de l'avoir trouvée.

Anthony lui lança un regard sérieux.

— C'est vrai que tu es chanceux. Tout comme elle l'est de t'avoir trouvé. Mais, en réalité, c'est moi qui suis le plus chanceux, parce que je n'ai plus à m'inquiéter que ma sœur épouse un imbécile que je ne supporte pas ou que mon meilleur ami se marie avec une femme insupportable.

Felix éclata de rire.

— Eh bien, nous sommes ravis d'avoir répondu à tes

attentes. Nous attendons que tu fasses de même. Je ne veux pas non plus que tu te trouves une femme insupportable.

— Cela ne risque pas d'arriver de sitôt, qu'elle soit insup-portable ou non.

Il but une gorgée de vin, et Felix comprit qu'il souffrait toujours, et qu'il en serait sûrement ainsi pendant un certain temps encore.

Il balaya la pièce du regard, observant leurs amis et leur famille.

— Anthony, tu ne seras jamais seul, même si tu as envie de l'être.

Son ami haussa un sourcil.

— Est-ce une menace ?

— Une promesse sincère, lui répondit-il, serrant briève-ment le biceps d'Anthony. L'amour est partout autour de nous. Il suffit de le voir.

Felix s'en alla rejoindre sa femme, passant le bras autour de sa taille. Elle tourna la tête et sourit, et il se demanda comment il avait pu un jour la regarder sans tomber instan-tanément et complètement amoureux.

— J'ai cru comprendre que nous avions manqué tous les jeux de baisers à Darent Hall, déclara David.

Lavinia acquiesça.

— Oui, Felix conçoit d'excellents jeux dans ce domaine.

Sarah plissa les yeux d'un air joueur, et passa le bras dans celui de Felix.

— Plus maintenant. Les seuls jeux de baisers auxquels il s'adonne, c'est avec moi, déclara-t-elle, rougissant alors qu'elle lançait un regard d'excuse à Anthony. Désolée.

Anthony frémit.

— Il est temps pour moi de partir. Je vais à Oaklands.

— Tu ne vas pas rester pour voir les chiots ? lui demanda Sarah. Nous les ramenons à la maison demain.

— J'ai rencontré Poppy et Fleur l'autre jour, répondit Anthony en riant. Quand tu as failli me convaincre de prendre le dernier.

— Failli ? Tu sais que je vais bientôt amener ce chien à Oaklands.

Anthony sourit et s'avança pour déposer un baiser sur la joue de sa sœur.

— Viens quand tu veux, mais sans le chien. Je ne voudrais pas qu'il se sente seul. Tu devrais le prendre pour qu'il soit avec ses sœurs. C'est une chance d'avoir des sœurs.

Le sourire que Sarah lui adressa en réponse était chaleureux et plein d'amour.

— Peut-être que je le ferai, dit-elle en lui touchant la main. Chiot ou pas, je viendrai quand tu le voudras. Vraiment.

Il acquiesça, puis adressa un signe de tête à Felix avant de dire au revoir à tout le monde.

Beck s'approcha d'eux.

— Il va s'en sortir. Un peu de ténèbres n'a jamais fait de mal à personne. Cela pourrait même le rendre plus intéressant.

Il agita les sourcils et sourit, faisant rire tout le monde.

— Oui, mon chéri, pourquoi ne lui apprendrais-tu pas à jouer tristement de la guitare ?

Beck regarda Lavinia, atterré.

— C'est ce que je fais ?

Elle haussa les épaules, puis sourit, portant une main à sa bouche pour étouffer un rire.

— Parfois.

Il y eut d'autres rires, et Felix s'émerveilla de voir à quel point il se sentait différent. Il se rendit compte qu'en tant qu'organisateur, il s'était souvent tenu à l'écart. Ainsi, il n'avait pas besoin de ressentir les choses trop profondément.

Il se pencha et murmura à l'oreille de sa femme :

— Merci.

Elle se retourna, un petit pli entre les sourcils.

— Pour quoi ?

— Pour tout.

ÉPILOGUE

Londres, fin février 1819

*L*ady Eugenia Satterfield ne savait pas trop comment elle parvenait à faire tenir tout le monde dans son hôtel particulier, année après année, pour son bal annuel, mais elle y arrivait. De nouvelles personnes venaient, d'autres non. Certaines étaient retirées de la liste des invités.

Sa belle-fille, Nora, se tenait non loin. Elle avait proposé d'accueillir le bal s'il devenait trop compliqué : la maison où Titus et elle vivaient était bien plus grande. Eugenia était consciente que ce jour viendrait, mais il n'était pas encore arrivé. Pour l'instant, elle se satisfaisait de profiter de cette soirée, à commencer par regarder le fils de son époux se lancer dans la danse avec sa femme.

En général, Eugenia et son mari ouvraient le bal, mais ce dernier s'était tordu la cheville en faisant du cheval la veille et se trouvait actuellement dans un coin, en train d'amuser la galerie. Elle le regarda et sourit, se disant qu'il pourrait bien simuler une blessure l'année suivante.

La musique démarra, et Titus et Nora s'élancèrent sur la piste ; les yeux d'Eugenia s'embuèrent. Ils lui avaient donné trois magnifiques petits-enfants, et la jeune femme était à nouveau enceinte. Après avoir perdu son unique enfant des années plus tôt, Eugenia était incroyablement reconnaissante de tout ce que la vie lui avait donné.

Bientôt, d'autres invités se joignirent à Titus et Nora, et elle se tourna pour se mêler à ses invités. Presque aussitôt, elle croisa la sœur de Nora, qu'Eugenia considérait également comme un membre aimé de sa famille. Jo et son mari, Bran, attendaient enfin leur premier enfant. La jeune femme, qui avait longtemps cru qu'elle était stérile, était folle de joie. Ils étaient déjà les parents de la fille de Bran, Evie, qu'Eugenia considérait comme une autre petite-fille et qui était ravie de devenir grande sœur.

— Vous êtes radieuse ce soir, dit-elle en embrassant la joue de Jo. J'espère que vous vous sentez bien.

— Oui, merci. J'ai été malade ces dernières semaines, mais heureusement, cela semble être terminé, dit-elle, adressant un regard d'excuse à son mari. Ce pauvre Bran. Il a été très gentil de me supporter.

Son mari ajusta sa cravate.

— Je n'ai pas à te supporter, c'est toi qui me supportes. Allons te chercher de la limonade avant que tu n'aies trop chaud.

Il sourit à Eugenia et l'embrassa sur la joue avant d'escorter sa femme vers la table des rafraîchissements.

Poursuivant son tour de la piste de danse, Eugenia croisa davantage de personnes qu'elle affectionnait particulièrement. Les comtesses de Dartford et Sutton étaient ensemble, et leurs maris se trouvaient derrière elles.

— Tu en es sûre ? demanda Lucy, la comtesse de Dartford.

— Je sais ce que l'on ressent, déclara Aquilla, la comtesse de Sutton.

— Je sais, mais je me sens complètement différente cette fois-ci.

Le deuxième enfant de Lucy était attendu dans quelques mois, et, semblait-il, Aquilla allait peut-être aussi agrandir sa famille.

Eugenia se demanda s'il y avait quelque chose dans l'air.

— Bonsoir, les salua-t-elle.

Lucy et Aquilla lui sourirent.

— Lady Satterfield, vous êtes ravissante, dit cette dernière. Votre chapeau est absolument magnifique.

— Merci. Je l'ai trouvé dans la petite boutique la plus raffinée de Vigo Lane. Elle s'appelle *Farewell's*. Y êtes-vous allées ?

Elles échangèrent un regard et gloussèrent, puis Lucy se pencha vers Eugenia.

— Voulez-vous que nous vous révélions un secret ?

— Bien sûr.

— Vous connaissez Lady Ware, n'est-ce pas ? s'enquit Lucy.

— Oui, c'est une amie très chère de la sœur d'Ivy.

Eugenia scruta la foule, mais ne vit ni Ivy, ni sa sœur Fanny, ni Lady Ware.

Lucy hocha la tête.

— C'est bien elle.

Après avoir jeté un coup d'œil autour d'elle, Lucy baissa la voix jusqu'à murmurer :

— *Farewell's* est *sa* boutique.

— C'est extraordinaire !

Aquilla plissa le front.

— Bien sûr, vous devrez le garder pour vous.

— Certainement.

Eugenia comprenait pourquoi Lady Ware voulait garder

le secret. Ce serait un scandale si la société savait qu'elle travaillait dans le commerce.

— Vous savez comment je suis avec mes proches. Ils sont comme une famille.

— C'est la raison pour laquelle je vous l'ai révélé, dit Lucy. Je savais que vous apprécieriez et soutiendriez ses efforts.

— Je garderai son secret, et maintenant, je dois aller lui dire à quel point j'aime ce chapeau ! s'exclama Eugenia en se tapotant la tête.

— Pourquoi êtes-vous en train de chuchoter ? s'enquit Dartford en s'approchant de sa femme. Vous êtes encore en train de parler de mon charme excessif ?

Lucy leva les yeux au ciel.

— Non, de celui de Ned.

Elle se tourna vers Sutton, qui adressa un sourire tranquille à Dartford.

— C'est moi le plus charmant, le nargua Sutton.

Dartford ricana.

— Peut-être devrions-nous organiser un concours.

Eugenia rit. Ce n'était pas pour rien qu'on l'appelait le duc Audacieux.

— Je vous laisse faire !

Elle poursuivit son chemin et croisa d'autres membres de son cercle d'intimes.

Trois ladies étaient réunies : les duchesses de Kilve et de Romsey, ainsi que Mme Powell, sœur de la duchesse de Romsey. Eugenia ne l'avait rencontrée que quelques fois, car elle vivait loin au nord, dans le Lancashire, et elle lui exprima sa joie de la voir présente.

— C'est un plaisir pour moi d'être ici, déclara Mme Powell. Et, s'il vous plaît, appelez-moi Verity. Titus s'est révélé être un allié de choix pour mon mari au printemps dernier.

Son mari s'était d'abord fait passer pour son époux disparu depuis longtemps, le duc de Blackburn, afin de la protéger de son père avant que celui-ci ne soit déporté pour divers crimes. L'affaire avait fait scandale, mais Eugenia avait tout fait pour soutenir les Powell et étouffer les ragots.

Verity jeta un regard vers son mari, qui discutait avec Romsey et Kilve. Ils formaient un trio exceptionnellement beau.

— C'est son dernier événement, déclara Diana, duchesse de Romsey. Et le nôtre également. Nous nous rendons demain dans le Lancashire en prévision de l'accouchement de Verity.

— Doux Jésus ! Il y a vraiment quelque chose dans l'air ! s'exclama Eugenia. Il semble que tout le monde attende des enfants. C'est tout simplement fantastique.

— Ce n'est pas mon cas, intervint Diana. Mais notre fille n'a que cinq mois, alors je devrais en être reconnaissante.

Violet, la Duchesse de Kilve, acquiesça.

— Et notre fils a à peine six mois, ajouta-t-elle, posant les yeux sur son mari, qui lui adressa un sourire chaleureux. Mais nous espérons en avoir un autre bientôt.

Eugenia discuta encore quelques minutes avec elles avant de s'excuser et de poursuivre son chemin. Elle croisa ensuite le duc et la duchesse de Clare.

— Bonsoir, Lady Satterfield, la salua Clare. J'étais justement en train de converser avec votre mari. Il m'a parlé de son accident hier.

— Oui, il s'est montré plutôt maladroit, confirma Eugenia. Mais j'ai bien l'impression qu'il prend plaisir à amuser la galerie ce soir.

Ivy sourit.

— Il en avait l'air. Comme toujours, c'est l'événement phare de la saison. Elle ne débute pas vraiment, pas officiellement en tout cas, jusqu'à votre bal.

Eugenia lui toucha le bras. Elle avait une affection parti-

culière pour Ivy, qui avait été la dame de compagnie de Lady
Dunn, l'une de ses amies les plus chères.

— Merci. J'apprécie de voir autant de gens que j'ai appris
à connaître et à aimer. Allez-vous rester longtemps en ville ?

— Encore une semaine ou deux, répondit Ivy. Ensuite,
nous devrons retourner à la campagne, car je vais devenir
tante.

— Oh, c'est vrai ! Fanny attend un enfant ! s'exclama
Eugenia, faisant mentalement le compte des femmes
présentes qui étaient enceintes, avant d'abandonner.

Un autre couple les rejoignit : le marquis et la marquise
d'Axbridge. L'état d'Emmaline, à un stade avancé de sa grossesse, ne faisait aucun doute.

— Nous tenions à venir vous saluer, Lady Satterfield, lui
dit Axbridge. Je crains que nous ne devions partir. Nous
n'aurions sans doute pas dû venir, mais Emmaline ne voulait
absolument pas manquer votre bal, quitte à ne rester que
cinq minutes.

Ivy s'avança pour passer son bras sur la taille de la jeune
femme, le visage marqué par l'inquiétude.

— Est-ce que tu vas bien ? Veux-tu que je te raccompagne
chez toi ?

Emmaline agita une main.

— Non, ça va aller. J'ai juste un peu trop chaud.

Eugenia lui adressa un regard compatissant.

— Il est peut-être temps pour moi de permettre à Titus
d'organiser ce bal. Sa maison est bien plus grande. Il a une
salle de bal digne de ce nom.

— Non ! s'exclamèrent les quatre à l'unisson, et Eugenia
éclata de rire.

— C'est la tradition, insista Axbridge. Vous accueillez le
premier événement incontournable de la saison. C'est ainsi
que les choses se passent.

— Vous m'avez convaincue, dit Lady Satterfield en riant. Et si vous descendiez dans notre bibliothèque privée et gardiez vos pieds surélevés pendant que l'on amène votre carrosse ? Je vais vous faire envoyer de la limonade et du porto.

Le corps d'Emmaline s'affaissa sous l'effet du soulagement.

— Vous êtes un ange ! Merci.

— C'est un plaisir pour moi, et faites-moi savoir quand l'héritier d'Axbridge arrivera.

— Ce sera une fille, annonça l'intéressé.

Ivy se tourna vers Clare.

— Tu as dit la même chose à propos de Leah, et tu avais raison.

Il ricana.

— Autant que j'avais raison de t'épouser.

Il adressa un clin d'œil à sa femme, et, un instant plus tard, Eugenia conduisit les Axbridge en bas des escaliers.

Lorsqu'elle revint, une nouvelle danse avait débuté. Elle balaya du regard la salle, qui était en fait composée de deux salles ouvertes l'une sur l'autre, à la recherche de Nora et de Titus. À la place, elle aperçut Fanny, la sœur d'Ivy, et se dirigea vers la jeune femme.

Elles s'étreignirent, et le mari de Fanny, le comte de Saint-Ives, s'inclina.

— J'ai cru comprendre que vous alliez bientôt partir à la campagne, dit Eugenia. Je prierai pour que votre accouchement se passe bien.

La main de Fanny se posa sur son ventre.

— Merci. Je suis un peu nerveuse, mais Ivy dit que tout ira bien.

— Évidemment que tout ira bien, ma chérie, lui dit Saint-Ives avec un sourire encourageant.

— Je suis heureuse d'avoir beaucoup de soutien. Oh, les

voilà. Lady Satterfield, vous connaissez mes amies Lady Northam et Lady Ware, n'est-ce pas ?

Les deux ladies arrivèrent accompagnées de leurs maris, et il apparut évident qu'elles aussi avaient respiré le parfum de fécondité. Il semblait y avoir une épidémie d'unions exceptionnellement heureuses et productives.

— Oui, bien sûr, répondit Eugenia, saluant les nouveaux arrivants. J'ai comme l'impression que nombre de mes invités seront très occupés au cours des prochains mois.

— Oh, vous parlez de tous les bébés ! s'exclama Lavinia, Lady Northam. Je ne peux m'empêcher de penser que certains d'entre eux grandiront et se marieront les uns avec les autres.

— Je pense que c'est probable, intervint Eugenia. Jo m'a dit que sa fille Evie s'était liée d'amitié avec le duc de Blackburn.

Elle se tourna vers Verity Powell, la mère du duc, et vit que Jo et Bran discutaient maintenant avec elle et son mari, Kit.

— Un couple est peut-être déjà en train de se créer.

La conversation se poursuivit, et Eugenia attendit le moment opportun pour prendre Lady Ware à part.

— J'ai cru comprendre que c'était vous que je devais remercier pour mon chapeau.

Lady Ware porta le regard sur la tête d'Eugenia, et elle lui sourit.

— Qui vous l'a dit ? Non pas que cela me dérange. Il vous va à ravir.

— Lady Dartford. Elle ne tarissait pas d'éloges. J'espère que vous ne lui en voulez pas de me l'avoir dit ; je ne le répéterai jamais.

— Cela ne me dérange pas du tout. Lorsque j'ai eu l'idée de cette boutique, j'étais certaine de devenir vieille fille.

— Vous, une vieille fille ? Jamais ! Vous êtes bien trop

attachante et charmante. Vous attendiez simplement que l'homme idéal se rende compte que vous vous trouviez juste à côté de lui.

Eugenia se tourna vers Felix, le comte de Ware, qui ne cessait de jeter des regards éperdus d'amour à sa femme. Elle savait qu'ils se connaissaient depuis des années, étant donné l'amitié que Felix entretenait avec le frère de la comtesse.

— Heureusement pour moi, c'est précisément ce qui s'est passé, dit Lady Ware, les yeux brillants.

Eugenia lui promit de revenir bientôt à la boutique, puis elle aperçut Titus et Nora près de son mari, alors que le public avait, semble-t-il, diminué, au moins temporairement. Aspirant à un moment de répit dans son circuit autour de la salle, Eugenia se rendit auprès de sa famille.

— Merci d'avoir ouvert le bal ce soir, dit-elle à Titus et Nora, la poitrine gonflée de fierté. J'avais commencé à me dire que vous devriez peut-être organiser le bal l'année prochaine, mais plusieurs personnes m'en ont dissuadée ce soir.

— Et je suis ravi qu'ils l'aient fait, répondit Titus. C'est ton bal. Et, de toute façon, qu'est-ce qui te fait dire que je voudrais l'organiser ?

Il frémit, puis échangea un petit sourire avec Nora, qui secoua la tête.

— Il s'en occuperait si vous le lui demandiez, intervint-elle. Il ferait tout ce que vous lui demanderiez.

— Non, il ferait tout ce que vous lui demanderiez, raison pour laquelle c'est à vous que je m'adresserais en premier.

Eugenia fit un clin d'œil à sa belle-fille, qui éclata de rire.

— Oh, les voilà, dit Nora en regardant vers la porte.

Trois ladies se tenaient sur le seuil. Eugenia les reconnaissait, comme presque tout le monde. Ce qu'elle ignorait, en revanche, c'était pourquoi leur arrivée était digne d'intérêt.

— Les attendiez-vous ? s'enquit-elle auprès de Nora.

— Non, mais j'ai entendu parler d'elles plus tôt. Il s'agit de Jane Pemberton, Arabella Stoke et Phoebe Lennox. Apparemment, ce sont les ladies de Cavendish Square.

Titus gémit.

— Il ne s'agit pas encore d'une autre histoire de surnoms, n'est-ce pas ? Ces maudits noms d'Insaisissables commençaient enfin à disparaître.

— Non, mon cher, expliqua patiemment Nora. Ce sont des ladies, et elles vivent à Cavendish Square.

— Ensemble ? s'enquit Eugenia.

Elle pensait qu'il s'agissait de jeunes femmes célibataires.

— Voilà pourquoi les gens parlent. Deux d'entre elles vivent ensemble, et la troisième vit à côté. C'est du moins ce que j'ai entendu dire, dit-elle avant de plisser le nez. Je ne devrais pas répéter les ragots.

— Ce n'est pas ce que vous faites, la rassura Eugenia. Vous partagez des informations avec votre hôtesse pour la tenir informée. Maintenant, si vous voulez bien m'excuser, je vais aller leur souhaiter la bienvenue et m'assurer que tout le monde ici sait qu'il bénéficie de mon soutien.

Nora la regarda avec amour et admiration.

— Vous êtes notre championne, à nous les jeunes femmes, partout où vous allez. Vous étiez la mienne, en tout cas, et je ne l'oublierai jamais.

Eugenia se pencha pour embrasser la joue de Nora.

— Tout le monde en vaut la peine, ma chère. *Tout le monde.*

Fin

Que se passe-t-il lorsque des étincelles jaillissent entre une jeune femme sans le sou (Arabella Stoke du *Duc des Baisers*) et un duc criblé de dettes (Graham Kinsley du *Duc des Baisers* et du *Duc Boute-en-train* !) qui n'a littéralement pas les moyens de faire la cour ?

Découvrez-le dans *Le Duc Inattendu*, qui met en scène les personnages que vous avez rencontrés dans la série des *Insaisissables.* En plus de Graham et Arabella, vous ferez la connaissance de Phoebe Lennox (dans *Le Marquis Charmeur*) qui sera aux côtés de Jane Pemberton, ainsi qu'Anthony Colton (dans *Le Vicomte Blessé*) !

Si vous voulez savoir quand mon prochain livre sera disponible et être averti des ventes spéciales, inscrivez-vous à ma newsletter en français https://darcyburkefrancais.com/bulletin.

Et suivez-moi sur les réseaux sociaux (en anglais) :

Facebook: https://facebook.com/DarcyBurkeFans
Instagram darcyburkeauthor

Vous aimez les romans Régence ? Ne manquez pas mes autres séries historiques :

Il y a de l'amour dans l'air
Des histoires de Noël classiques et réconfortantes (écrites après la Régence !) revisitées dans le cadre d'un charmant village sous la Régence, et dont les personnages principaux sont trois frères et sœurs, ainsi que le plus beau cadeau qui soit : l'amour.

Le Club des Ducs Fringants

Six livres co-écrits avec ma meilleure amie, Erica Ridley.
Découvrez les hommes inoubliables de la taverne la plus
célèbre de Londres, Le Duc Fringant. Avec ces sublimes
séducteurs à l'esprit et au charme à revendre, épris de liberté
et d'aventures, une nuit n'est jamais suffisante.

J'espère que vous accepterez de laisser un avis sur le site de
votre boutique en ligne ou de votre réseau préféré ! J'aime
tellement mes lecteurs. Merci, merci, *merci*.

xoxo,

Darcy

NOTE DE L'AUTEURE

La grotte de Scott est un lieu réel dont vous pouvez voir des images sur le site https://scotts-grotto.org/. Vous y trouverez un plan détaillé, mais comme vous pourrez le constater, il n'y a pas vraiment d'alcôve cachée. Je me suis accordé un peu de licence d'auteur sur ce point.

L'épilogue est une lettre d'amour que j'adresse à tous ceux qui ont lu et apprécié *Les Insaisissables*. Créer ces personnages et raconter leurs histoires au cours des trois dernières années m'a procuré une joie incroyable, mais pas autant que de les partager avec vous. Même si elle les connaissait bien, il est très peu probable que Lady Satterfield aurait discuté de grossesse avec l'une ou l'autre des femmes présentes à son bal. Cependant, je voulais écrire une scène dans laquelle vous pourriez voir tous vos personnages préférés réunis, et le bal de Lady Satterfield, l'endroit où tout a commencé, me semblait parfait pour cela.

DU MÊME AUTEUR

Une nuit d'abandon par Darcy Burke

Une nuit de passion par Erica Ridley

Une nuit de scandale par Darcy Burke

Une nuit d'adieu par Erica Ridley

Une nuit de tentation par Darcy Burke

Les Insaisissables: The Pretenders

A Secret Surrender

A Scandalous Bargain

A Rogue's Redemption

À PROPOS DE L'AUTEUR

Darcy Burke est l'auteure à succès USA Today de romance sexy, sentimentale historique et contemporaine. Darcy a écrit son premier livre à 11 ans, une fin heureuse entre un cygne accro à la magie et une femelle cygne qui l'aimait, avec des illustrations extrêmement pauvres.

Native de l'Oregon, Darcy vit en bordure des vignes avec son mari guitariste, une fille artiste d'un incroyable talent, et un fils débordant d'imagination qui écrira sans doute un jour mieux qu'elle (et peut-être dès demain). Ils forment une famille-à-chats un peu folle, avec deux bengals, un petit chat en quête de notoriété qui porte le nom d'un fruit, un vieux maine-coon rescapé plutôt arrogant, et une collection de chats du voisinage qui trainent sur la terrasse et entrent quelquefois. Vous trouverez Darcy au chai, dans son confortable fauteuil d'écrivain avec son portable et un ou trois chats sur les genoux, en train de plier son linge (ce qu'elle adore), ou encore devant le télévision avec sa famille. Ses havres de bonheur sont Disneyland, le week-end du Labor Day au Gorge, Le Danemark et partout au Royaume-Uni – tant que sa famille y est aussi. Retrouvez Darcy en ligne à https://www.darcyburkefrancais.com et suivez-la sur ses réseaux sociaux.

f **◎** **⦿**